# 인간들 이야기

# 인간들 이야기

人間たちの話

이스카리 유바 지음
천감재 옮김

READbie

차례

# 겨울 시대

"헤이마쓰, 23킬로미터."

쌍안경 렌즈 너머로 파란색 간판을 보면서 엔주가 말했다. 두꺼운 얼음에서 삐죽 얼굴을 내민 안내 표지판에는, 한때 이 가늘고 긴 섬에 존재했던 도시 이름과 그곳까지 남은 거리가 적혀 있다. 오랜 세월 얼음에 묻혀 있는 동안 안료가 여기저기 벗겨지고 떨어져 나가서, 글자를 알아보기가 힘들었다.

"아니다, '효마쓰'구나. 병사 병(兵)에, 소나무 송(松)이니까."

"엔주, 그거 아마 '하마마쓰'일 거야. 시즈오카 서쪽에 있던 도시."

썰매에 실어 둔 짐에 걸터앉은 야치다모가 쌍안경을 든 엔주를 올려다보면서 말했다.

"아직도 시즈오카야? 참 길기도 하네."

"시즈오카 참 길다, 길어."

야치다모가 변성기 소년 특유의 중성적인 목소리로 투덜거렸다.

엔주는 한숨을 쉬고는 쌍안경을 케이스에 넣은 다음, 땅고래의 단단한 가죽에 칼집을 내서 만든 고글로 눈을 덮었다. 일본 열도는 일 년 내내 눈으로 뒤덮여 있어서, 이런 보호구 없이 걸으면 반사광에 금세 망막이 상하고 만다.

썰매를 동여맨 자일을 엔주가 어깨에 걸친 다음 잡아끌었고, 두 사람은 사갈을 댄 신발로 뿌득뿌득 얼음을 밟으며 걷기 시작했다. 얼음 위로 동전을 눌러 넣은 듯한 구멍이 같은 간격으로 새겨졌다. 두 사람 모두 등을 완전히 덮는 배낭을 짊어졌고, 배낭에 들어가지 않는 짐은 썰매에 실었다.

"오늘 좀 덥네. 영상으로 오르기라도 했나."

"바람이 없어서 그래."

야치다모의 말에 엔주가 대답했다. 열두 살인 야치다모는 바깥 기온이 영상으로 올랐던 날을 경험한 적이 없다. 엔주는 열아홉 살인데 어릴 때 딱 한 번 그런 날이 있었던 것을 기억한다. 하지만 분명 마을에서 가지고 나왔는데 도중에 잃어버렸는지 온도계가 없어져서, 지금 기온이 영상인지는 알 길이 없다. 애초에 그 온도계에 영상 표기가 있었는지도 기억나지 않는다.

머리 위 중천에서 내리쬐는 햇빛이 얼어붙은 대지에 난반사하며 번쩍거려 눈이 부시다. 고글 안쪽에 땀이 차서 눈이 가려워지기 시작했다.

“안에 거 한 벌 벗어야겠다. 잠깐 기다려 봐.”

“네에, 기다립니다.”

앞서 걸어가는 야치다모의 목소리는 하얀 눈으로 빨려 들어가 거의 울리지 않았다.

엔주는 방풍복을 벗고, 그 아래에 껴입었던 스웨터도 벗어서 썰매에 묶었다. 땀으로 약간 젖은 스웨터가 차가운 공기에 식자 살포시 김이 피어올랐다.

“야치, 너도 더우면 벗어.”

“괜찮아.”

“땀 흘렸다가 몸 식으면 감기 걸려.”

“우리 둘이서만 여행 중인데 무슨 감기에 걸려. 벌써 보름 동안 아무도 못 만났잖아. 몸이 식어도 바이러스가 가까이 안 온다네요.”

“그런가.”

엔주는 방풍복 앞을 여몄다. 겹겹으로 껴입은 탓에 부풀었던 방풍복이 스웨터를 벗은 만큼 가라앉아서, 섬유가 바스락바스락 소리를 냈다.

"있잖아, 엔주. 왜 땅이 계속 얼어 있는지 알아? 난 아는데."

"말해 봐."

"한번 얼음이 얼면 태양광을 반사하기 때문에 지면이 안 데워지거든. 그래서 추운 날이 계속되는 거래."

"그럼 처음 한번은 왜 언 건데?"

"그거야 모르지."

야치다모가 원숭이처럼 이를 보이면서 웃었다. 이 소년은 항상 이렇게 웃곤 했다.

"너도 몰랐냐."

엔주가 대꾸했다. 이 여행에서 몇 번을 반복했는지 모를, 둘만의 정해진 약속 같은 대화다. 야치다모는 아직 어리지만, 마을 제일의 만물박사였던 엄마의 피를 이어받아 아는 게 많다. 정작 중요한 일에 대해서는 그리 아는 게 없지만.

하늘은 구름 한 점 없이 맑고, 산 능선도 깨끗하게 보인다. 모든 것이 위에서 아래까지 온통 새하얘서 거리를 가늠하기 어려웠다. 이런 곳을 걷다 보면 내가 정말 앞을 향해 가고 있는지,

같은 곳에서 제자리걸음을 하는 건 아닌지 불안해진다. 그때마다 뒤를 돌아보고, 신발 바닥에 댄 사갈이 눈에 새긴 발자국을 확인해야만 한다.

걸을 때는 야치다모가 앞에 서는 것으로 정했다. 엔주가 연상이라 걸음이 빠르다 보니, 실수로 야치다모를 두고 가 버리는 일을 방지하기 위해서다.

고즈카타 마을을 떠난 지 얼마 지나지 않았을 즈음에는 야치다모가 지쳐서 못 걷게 되는 바람에 엔주가 썰매에 태워서 끌고 간 적도 있다. 그러나 최근에는 야치다모도 체력이 붙었는지, 잠깐 방심했다가 짐을 끌던 엔주가 뒤처질 뻔한 일도 생기곤 했다.

키도 조금씩 자라는 모양이다. 처음에는 끈으로 야치다모의 바지 밑단을 접어서 고정했는데 이제는 그 끈이 없다. 조금만 더 크면 발목이 드러나게 생겼다. 그 전에 어디서 새 바지를 조달할 수 있다면 좋겠건만.

태양이 얼굴 왼쪽으로만 쨍쨍 내리쬔다. 바람도 없다 보니 햇볕이 닿는 쪽만 바짝바짝 익어 간다.

"오늘 진짜 덥네……."

야치다모가 다시 투덜댔다. 둘 다 털가죽 모자를 벗었다. 귀는 오른쪽만 꽁꽁 얼어붙고, 고글을 쓴 탓에 눈 주변은 푹푹 쪘다.

"꽤 남쪽으로 오긴 했지."

"남쪽이라기보다는 서쪽이지만."

남쪽으로 가면 봄 나라가 있다는 확실하지도 않은 소문에 의지해 두 사람이 고즈카타 마을을 떠난 것이 반년 전이었다.

정확한 지도도 없이 그저 나침반만 보며 계속 남쪽으로 내려온 탓에, 한 달 전에는 이즈 반도 남단에서 얼마간 꼼짝없이 발이 묶여 스루가 만을 떠다니는 유빙만 쳐다보는 신세가 되기도 했다. 그곳에 사는 어부가 일본 지도를 보여 줬고, 지금은 그 지도를 토대로 만을 빙 돌아 후지산 남쪽을 지난 다음 엔슈나다 해역을 따라 서쪽으로 서쪽으로 나아가는 중이다.

어부가 가지고 있던 지도는 겨울이 오기 전에 만든 것이었다. 지금과는 해안선이 꽤 다르니까 조심하라고 했다. 겨울이 왔다고 해서 왜 해안선 형태가 달라졌는지는 엔주도 모른다. 바닷물이 전체적으로 좀 줄어들기라도 했나 보다.

바다에 너무 가까이 다가가면 대왕참수리에게 공격을 받을 위험이 있었기 때문에, 두 사람은 해안선이 보이지 않을 만큼만 땅 쪽으로 들어가서 걷기로 했다.

어쨌든 바다를 끼고 가면 돼. 지금이라면 시고쿠든 규슈든 갈 수 있겠어, 어쩌면 오키나와까지 걸어서 갈 수 있을지도 몰라. 아무리 추워도 거기까지 가면 따뜻해지겠지. 그런 이야기를 나누면서.

"저기, 엔주, 왜 남쪽으로 가면 따뜻해지는지 알아?"

야치다모가 뒤돌아보며 말을 걸었다. 엔주가 고개를 들고 대답하려는데, 문득 시야 끝에 뭔가가 들어왔다.

"쉿."

손으로 신호를 보낸다.

"구슬토끼가 있어."

엔주는 시선만 옆으로 움직이면서 말했다.

"어디, 어디?"

야치다모가 고글을 벗고 사방을 둘러봤지만, 주위에는 온통 새하얀 눈만 펼쳐져 있을 뿐 토끼의 형체는 보이지 않았다.

"그렇게 찾아보지 마. 그러다 우리가 보고 있다는 걸 들켜."

"사냥할 거야? 할 거야?"

흥분하는 야치다모를 저지하면서 엔주는 말없이 썰매 안에서 금속으로 된 통을 꺼냈다. 길이가 1미터 정도인, 덴퐁이라고 부르는 무기다. 위에 십자선이 새겨진 가늠쇠가 달려 있다.

두 사람이 있는 곳에서 오른쪽으로 수십 미터 떨어진 곳, 눈이 푹 꺼져 도랑이 된 부분에 하얀 구체 세 개가 소리도 없이 굴러온다. 멀리서 보기에는 자연현상인 것 같지만, 경사면이 없는 평지에서 눈덩이가 이렇게 빨리 구를 수는 없다. 세 개 모두 구슬토끼다. 거의 직선으로만 움직이기 때문에, 어디로 이동할지 쉽게 예상할 수 있다.

퐁.

맥 빠지는 소리가 나더니, 덴퐁에서 가속된 금속 조각이 휘익 날아가 하얀 털 뭉치 세 개 중 하나를 꿰뚫었다. 피가 좌악 뿌려지고, 얼어붙은 지면이 꽃이 핀 것처럼 붉게 물들었다.

굴러가던 다른 두 마리가 소리에 놀라 멈추고는 뛰어오르더니, 덴퐁으로 조준할 수 없게 지그재그로 움직이면서 도랑에서 올라와 옆에 있던 바위 뒤로 사라졌다.

"저기! 저 바위 있는 데에도 있어!"

야치다모가 뒤늦게 발견했지만, 엔주는 이미 덴퐁을 거두고 사냥한 한 마리가 있는 쪽을 향해 걸음을 옮기고 있었다.

시야가 탁 트인 곳이라서 일단 사냥감을 빼앗길 걱정은 없었다. 다른 행인이나 야생동물, 또는 대형 조류가 나타날 낌새도 없다.

두 사람이 사냥감 근처에 도착했을 무렵에는 이미 피는 식어서 굳었지만 몸에는 아직 온기가 남아 있었다. 살아 있는 구슬토끼는 꼭 공처럼 생겼지만, 죽으면 근육이 이완돼 만두처럼 찌부러진다. 직경은 20센티미터 정도고 온몸 곳곳에 돌멩이 같은 검은 점이 있다.

“이 검은 건 분명 구슬토끼 눈이야.”

야치다모의 말에 엔주는 그렇구나, 이게 눈이구나, 하고 생각했다. 예전에 고향 마을에서 구슬토끼를 사냥할 때, 기껏 보호색을 띠었으면서 왜 이런 검은 점이 있을까 의아하게 여긴 적이 있었다.

“눈에는 색이 있어. 안 그러면 빛을 반사해 버리거든.”

야치다모가 으스대며 말했다. 엔주는 고개를 끄덕이면서 나이프로 구슬토끼의 가죽을 벗기기 시작했다. 과일을 깎듯이 가죽을 벗기니 근육이 드러났다. 그 안에 지방층이 있고 그 아래로는 키틴질로 만들어진 껍데기가, 그리고 더 들어가면 뇌와 내장이 섞인 핵이 있다. 핵에서는 관 두 개가 피부 쪽을 향해 서로 반대 방향으로 튀어나와 있다.

“한쪽이 섭취구고 나머지 한쪽이 배설구야.”

야치다모가 말했다.

“어느 게 어느 건데?”

"나도 모르지?"

그러면서 야치다모는 이를 보였다. 엔주는 관을 잘라 펼쳐 보았다. 안쪽에 작은 뼛조각이 빼곡히 붙어 있는 쪽이 섭취구인 것 같았다. 이 입으로 얼음 표면으로 나온 빙삭충이나 끈지렁이를 먹는다.

구슬토끼의 섭취구는 펼쳐서 나무판에 붙이면 연마 도구로 쓸 수 있다는데, 고즈카타 마을에서는 그렇게 쓰지 않아서 엔주도 가공 방법을 모른다. 개수라도 많다면 모아다 어디 행상대에다 팔고 싶지만, 구슬토끼는 그리 자주 볼 수 있는 사냥감도 아니다.

근육을 적당한 크기로 잘라서 알루미늄 접시에 떨어뜨렸다. 짐에서 조리용 버너를 꺼내려는 야치다모를 엔주가 말렸다.

"날씨가 좋으니까 갓을 써. 연료를 아껴야지."

"갓을 어디 뒀더라."

야치다모는 썰매 안 가죽 주머니를 뒤적거려서 5리터들이쯤 되는 깡통을 꺼냈다. 뚜껑을 열고 핸들을 빙글빙글 돌리자, 수납되어 있던 검푸른 얇은 카본 천이 착 펼쳐지더니 집채만 한 지붕이 됐다.

지붕이 태양광을 모아서 깡통에 열을 공급하기 때문에, 그 위에 알루미늄 코펠 냄비를 얹고 구슬토끼의 지방을 조각내서 던져 넣었다. 태양열로 지글지글 데워진 지방이 대충 녹았을 때, 한입 크기로 자른 고기를 투입해 볶기 시작했다. 치익치익 부드러운 소리를 내면서 붉은 고기가 하얗게 변해 간다.

충분히 익자 일부를 야치다모의 냄비에 나눠 담고, 눈 위에 알루미늄 냄비를 올려 만질 수 있는 온도가 될 때까지 식혔다. 눈이 녹아 치익 증기가 오르고 동그란 구덩이가 생겼다.

"맛있다."

야치다모가 고기를 씹으면서 말했다.

"응."

엔주는 건성으로 대답했다. 질겨서 잘 씹히지 않는다. 푹 삶으면 조금은 더 부드러워지겠지만, 갓이 낼 수 있는 열량으로는 그런 조리는 엄두도 내지 못한다.

"있잖아, 엔주. 구슬토끼 설계자는 대체 왜 고기를 이렇게 맛있게 만들었을까?"

"동물 고기는 대체로 맛있잖아."

"기껏 보호색을 띠는데 고기가 맛있으면 엔주가 닥치는 대로 쏴 버리잖아. 불쌍하게."

야치다모는 숟가락포크를 꽂으면서 고기에 연민 어린 시선을 보냈다.

"먹으려고 만들어서가 아닐까."

엔주의 의견은 야치다모의 소년다운 세계관에는 어울리지 않았던 모양이다. 야치다모는 기분이 상한 듯이 아래턱을 쭉 내밀었다.

남은 고기를 주머니에 담은 후, 내장에서 피를 빼 빈 냄비에 넣고 가루우유를 섞어 갓으로 모은 열로 가열했다. 한소끔 끓이면 오싹한 핑크색 점액이 된다. 절반을 야치다모의 컵에 따라주었다.

"이걸 마시면 이런저런 효과가 있을 거 같지."

야치다모는 후후 불어서 식힌 다음 후룩후룩 마셨다.

내장은 호불호가 갈리지만, 엔주는 먹을 수 있는 건 대체로 먹는 쪽이다. 구슬토끼는 뼈도 없어서 털가죽과 내장 껍질을 제외하면 거의 버릴 것 없이 온몸을 먹을 수 있다. 식용 생물로 만들어졌다는 자신의 가설도 그럭저럭 설득력이 있지 않을까.

지금 얼음 위를 돌아다니는 동물 중 자연적으로 진화한 것은 거의 없어, 겨울이 오기 전에 유전자 조작으로 만들어진 동물들이야. 야치다모의 엄마가 그렇게 말했다. 기후변동을 예측한 과학자들이 급하게 동물을 만들었다는 모양이다. 백 년쯤 전의 일이어서, 하나하나 무슨 의도로 만들었는지는 엔주는 알 수 없었다. 아마 야치다모도 모를 것이다.

남은 고기를 소분해 담고 갓을 정리하고 보니 이미 해가 기울기 시작했다. 조리 도구를 정리하면서 엔주는 좀 더 앞까지 가 보자고 했다.

야영을 하려면 될 수 있는 한 경사가 진 곳을 찾아서, 눈과 수평으로 굴을 파는 것이 좋다. 평지에서 쉬는 건 바람에 취약하기도 하고, 게다가 탁 트인 곳에서 야영을 했다간 들곰을 만날 수도 있다는 이야기를 마을 어른들이 했으니까. 들곰이 뭔지는 모른다. 고즈카타 마을보다 훨씬 북쪽에서 나오는 모양이다.

해가 떠 있는 동안 움직이다 보니 여름철에는 자연스럽게 행동 시간이 길어지지만, 겨울 행군에 비하면 훨씬 편하다. 하지쯤인 이 무렵이, 일 년 중 가장 오래 걸을 수 있는 시기다.

"있잖아, 엔주. 왜……."

야치다모가 또 뭔가 얘기하려고 돌아보다가, 엔주 뒤로 뭔가를 발견했는지 입을 동그랗게 벌렸다. 엔주가 돌아보는 것과 동시에 야치다모가 외쳤다.

"제설차다!"

아까 구슬토끼를 발견한 거리보다 훨씬 멀리서, 노란색 차량이 이쪽을 향해 오는 것이 보였다. 색조가 현란해서 엔주만큼 눈이 좋지는 않은 야치다모에게도 잘 보였다.

야치다모는 제설차라고 했지만, 눈을 가르는 블레이드는 진작 잃어버렸는지 그냥 설상 이동차였다. 겨울이 오기 얼마 전에 대량으로 제조된 중장비 중 하나다. 방치된 차량은 여정 도중에 수없이 봤지만, 움직이는 것은 거의 보지 못했다.

"움직이는 걸 보면 연료가 있을지도 몰라."

"돌아갈까?"

"이쪽으로 오는 것 같아. 잠깐 기다려 보자."

"타고 있는 사람 있어?"

야치다모가 묻자, 엔주는 눈을 찌푸린 다음 쌍안경을 꺼냈다.

"좌석에 사람은 안 보이는데."

"자율식이구나."

제설차는 걸어가는 것이나 다름없는 속도로 느릿느릿 다가왔지만, 사람이 있다는 것을 인식한 듯 보이지는 않았다. 두 사람이 걷던 길보다 조금 더 산에 가까운 쪽으로 지나가는 듯했다. 두 사람은 제설차를 쫓아가듯이 뿌득뿌득 눈을 밟으며 걸었다.

드디어 차를 따라잡자 엔주는 오른손으로 썰매 자일을 쥔 채 왼손으로 운전석 문 옆에 있는 파이프를 움켜잡고 미끄럼 방지 패드가 있는 계단에 발을 얹었다. 신발의 사갈이 계단에 쓸려 기분 나쁜 끼기긱 소리를 냈다. 야치다모도 비슷한 자세로 올라탔고, 둘이서 창문을 들여다봤다.

운전석은 2인승이다. 한쪽 좌석은 이미 시트를 덮고 있던 섬유가 다 떨어져 나갔고, 노출된 스프링 사이로 유리 파편이 흩어져 있다. 다른 한쪽은 화학 섬유로 만든 갈색 시트가 깔려 있다. 타고 있는 사람은 없었다.

전방 컨트롤 패널에는 평판 화면이 박혀 있다. 도트가 절반 이상 망가져 알아보기 힘들지만, 아무래도 '자동제어중', '위성신호검출불능'이라고 적혀 있는 것 같다.

차 뒤쪽에 있는 것은 짐칸이 아니라 거대한 엔진 룸인가 보다. 엔주가 제설차와 나란히 걸으면서 레버를 당겨 덮개를 덜컹 들어 올렸더니, 사육장에서나 날 법한 짐승 비린내가 확 올라왔다. 거대한 금속 봉이 키잉키잉 소리를 내며 시계추처럼 움직이고 있다. 엔진의 동력을 전달하는 것이 아니라 액체 같은 걸 섞는 듯 보인다.

가장 안쪽에 플라스틱 캡슐이, 이삿짐을 쌀 때 마지막으로 억지로 쑤셔 넣은 짐처럼 놓여 있다. 딱 사람 한 명이 들어갈 크기다.

"이거 아마 동면기일 거야."

야치다모가 설명했다.

"그래? 사람이 들어가 있나?"

"어디에 전원이 있을 건데……. 아!"

야치다모가 캡슐 발 쪽에서 뻗어 나온 케이블을 발견했다. 케이블은 차량 엔진에 에폭시 수지로 고정돼 있고, 옆에는 주의문을 적은 스티커가 붙어 있다.

야치다모는 차의 반대쪽으로 돌아가 그 스티커에 적힌 글을 읽었다.

"생명 유지 장치와 이 차량의 전자 제어가 직결되어 있으므로, 이 장치를 멈추면 자동으로 전자 제어가 합선을 일으켜 차량을 사용할 수 없게 됩니다. 그렇대."

"그게 무슨 뜻인데?"

"이 사람이 살아 있을 수 있게 연료를 계속 공급하면, 그 대신 차량을 사용할 수 있다는 거지."

오호라, 그렇게 기발한 생각을 한 사람이 대체 누굴까 하고 엔주는 생각했다.

얼음으로 뒤덮인 이 세계에 제설차는 매우 유용하니까, 발견한 사람은 어떻게 해서든 차량을 유지하려고 할 것이다. 즉 이 차량을 필요로 하는 한 살아 있는 사람이 어디서든 연료를 찾아서 넣어 줄 테지.

겨울이 닥치기 전에 사람들은 온갖 수단을 동원해 어떻게든 겨울을 날 방법을 고민했다던데, 이것도 그 방안 중 하나일까.

"그럼 정말 사람이 안에 들어가 있는 거야?"

"아마 이거 얼굴 쪽 뚜껑만 열리게 되어 있을걸. 그쪽에 있지?"

야치다모가 캡슐 머리 쪽에 있는 뚜껑을 가리켰다. 가로세로 30센티미터 정도 크기에 경첩이 달렸다. 원래는 뚜껑에 손잡이가 있었던 것 같은데, 지금은 나사 구멍밖에 남아 있지 않았다. 엔주가 가죽 장갑을 벗고 빨갛게 튼 손을 꺼냈다. 지저분한 손톱을 틈새로 밀어 넣으니, 달칵 하고 뚜껑이 열렸다.

뚜껑 안쪽에는 녹색 점액이 들러붙어 있었다. 얼음이 녹아 그 안에서 무슨 미생물이라도 번식한 것이리라.

두꺼운 투명 창문 안쪽에는 성에가 빽빽하게 끼어 있었지만, 사람 얼굴이 어렴풋이 들여다보였다.

여자였다. 얼음 때문에 나이를 확실히는 모르겠지만, 엔주보다 조금 연상 같다.

뚜껑 뒷면에 묻은 액체를 벗겨 내니 그 안에 금속판이 박혀 있었다.

'겨울이 끝날 때까지 열지 마세요'라고 적혀 있다.

엔주 어깨너머로 한동안 얼굴을 보던 야치다모가 "윽." 하는 소리를 내더니, 제설차 옆에서 몸을 웅크렸다.

"야치, 왜 그래?"

엔주가 묻자, 야치다모는 멋대로 흘러나오는 눈물에 어쩔 줄 모르겠다는 듯이 고개를 저으면서 떨리는 목소리로 작게 중얼거렸다.

"엄마……."

엔주는 다시 한번 창으로 들여다보이는 여자의 얼굴을 확인했다. 반년 전에 죽은 야치다모의 엄마와 확실히 닮았다. 말없이 뚜껑을 닫고, 캡슐을 원래 있던 곳에 넣어 둔 다음 엔진 룸을 닫았다.

"자, 얼굴 닦아. 동상 걸리겠다."

그렇게 말하며 엔주는 흡수포를 야치다모에게 건넸다.

"괜찮아, 이 정도 온도에서는 동상 안 걸려."

야치다모는 여상하게 대답하고는 흡수포를 받아 들고 얼굴을 톡톡 두드렸다. 엄마 얼굴이 떠올라 감정과는 상관없이 다른 신경 쪽 영향으로 반사적으로 눈물이 흘러넘친 모양이다.

엔진은 휘발유를 쓰는 연소식이 아니라 유기산화식 바이오 리액터였다. 생물의 사체에 포함된 유기물을 전기 세균이 소화하고 이온을 방출하여 그 전위차로 모터를 돌리는 구조다. 아까부터 들리던 액체를 뒤섞는 소리는 이 세균이 사는 수조를 휘젓는 소리였나 보다.

세균은 몇 번이고 분열하며 대를 이어 가고 닳는 부품도 거의 없기 때문에, 얼음 밑에 우글대는 온갖 동물을 정기적으로 뭉개서 던져 넣기만 하면 따로 정비를 하지 않아도 백 년은 넘게 움직일 수 있다.

그렇지만 차량에 동물을 포집하는 기능은 없어 보인다. 그러니 어딘가에 분명 이 차를 관리하는 사람이 있을 것이다. 이 차를 타고 가면 그 사람을 만날 수 있을지도 모른다.

썰매를 들어 올려 그대로 엔진 룸 위에 실었다. 차량이 계속 움직이다 보니 꽤 힘든 작업이었다. 무기인 덴퐁만 꺼내 운전실에 넣었다.

제설차 양 측면에 있는 쇠 파이프에 자일을 묶어 썰매를 고정했다. 쌓아 둔 짐을 자일이 단단히 파고들었다. 앞뒤로 흔들리게 되면 이걸로는 불안하겠지만, 차량이 느리게 움직이니까 짐이 떨어질 염려는 없어 보였다.

두 사람은 운전석으로 들어가 앉았다. 시트가 남은 좌석에는 야치다모가 앉고, 엔주는 노출된 스프링 위에 엔진 룸에 있던 플라스틱 판자를 얹고 앉았다. 스프링의 장력 때문에 플라스틱 판자가 부자연스럽게 오른쪽으로 기울어서 옆구리 근육에 은근히 부담이 갔지만, 그래도 서 있는 것보다야 훨씬 편했다.

가만히 앉아 있자니 덜컹덜컹하고 발밑에서 리드미컬한 소리가 들려왔다. 구동계 어딘가에 돌멩이라도 걸렸는지, 타이어가 한 바퀴 돌 때마다 희미한 반발음이 울렸다. 심장 고동처럼 들리기도 한다.

"와아, 히치하이크다."

야치다모가 신이 난다는 듯이 말했다. 아까 울었던 일은 이미 머릿속에서 사라진 모양이다.

"그게 뭔데?"

"목적지가 같은 사람 차를 얻어 타는 거야."

야치다모의 엄마가 흰점병으로 죽은 것은 반년 전이었다. 옆 마을에서 건너온 독감이었다.

오십 년 전에도 같은 병이 유행한 적이 있는데, 그때 내성이 없는 사람이 대부분 죽은 탓에 이번에는 그렇게까지 크게 유행하지는 않았다. 그렇지만 야치다모의 엄마는 젊었을 때 고즈카타 마을에 온 외지인이라 그 병에 내성이 없었나 보다. 순식간에 온몸이 하얀 반점으로 뒤덮여 죽고 말았다.

야치다모의 엄마는 남쪽에서 살았다고 했다. 겨울이 오기 전에 만들어진 과학자들의 연구 시설에서 수십 명이 힘을 모아 지낸 모양이다. 그러다 결국 그 공동체도 추위를 견디지 못하고 포기하는 바람에 홀몸으로 고즈카타까지 피신해 왔다.

외부에서 사람이 찾아오는 일은 좀처럼 보기 어려운데, 새로운 방문자 덕에 마을에는 완벽하지는 않지만 구시대의 지식이 흘러 들어왔다. 엔주는 자신들이 사는 고즈카타 마을이 가늘고 긴 섬의 북단 부근에 있으며 예전에는 이와테라고 불렸다는 것도 그때 알았다.

고즈카타처럼 북방에 있는 마을이 현재도 나름대로 인구를 갖추고 어느 정도 인간다운 문화를 유지하는 이유는, 겨울이 일찍 닥쳐오면서 남쪽 문명이 아직 기능하는 사이에 먼저 겨울을 날 채비를 갖추었기 때문인 것 같다.

야치다모의 엄마가 숨을 거둔 직후, 감염병이 유행했을 때의 규칙에 따라 같은 집에서 살았던 아들 야치다모와 그 집을 자주 찾아갔던 엔주가 마을을 떠나게 됐다.

일 년이 지나면 돌아와도 된다고 했으니 지금부터 되돌아가면 딱 맞게 고즈카타에 돌아갈 수 있다. 하지만 두 사람은 여전히 남하하고 있었다.

여기서 쭉 남쪽으로 내려가면 어딘가에 봄 나라가 있다더라는 이야기를 야치다모의 엄마한테 얼핏 들은 적이 있기 때문이다.

그러나 반년 정도 계속 남쪽으로 내려왔어도 사람이 사는 기미는 줄어들기만 할 뿐, 눈에 보이는 것이라고는 유전자 조작으로 태어나 한랭화에 적응한 인공 동물들과 인간이 만든 도시의 유물 그리고 빙평선 저 끝까지 이어진 설원뿐이었다.

해가 저물어 주변이 어두워졌는데도 제설차는 쉬지 않고 서쪽으로 서쪽으로 내리 달렸다. 야치다모는 등받이 깊숙이 몸을 기대고는 곤히 잠들었다. 목이 꺾여 죽은 사람처럼 부자연스럽게 목을 기울이고 있어서, 침이 뺨을 타고 흘렀다.

엔주는 창밖으로 달을 바라봤다. 평소에는 해가 저물면 곧바로 두꺼운 텐트에 들어가 잠들다 보니 밤하늘을 차분히 바라보는 일은 꽤 오랜만인 것 같았다.

서쪽으로 길을 잡고 나아가는 제설차 안에서는 떠오른 보름달이 보이지 않는다. 하지만 반짝반짝 빛나는 창백한 빛이 운전석 프레임의 그림자를 발밑으로 떨어뜨린다. 눈 때문에 달빛이 여러 방향으로 반사되어, 일대에 널린 바위 틈새 구석구석까지 어슴푸레 빛이 닿았다.

겨울이 오기 전 선조들은 달에 간 적이 있다고 한다.

뭐 하러 일부러 그런 데까지 갔을까, 엔주는 생각해 보았다. 그냥 창백하기만 한 불모의 암석이라, 여기 지상과 딱히 다를 게 있어 보이지도 않는데. 어쩌면 선조들도 지금의 자신처럼, 일단 멀리 가기만 하면 뭔가를 발견할 거라고 생각했을지도 모른다.

제설차 창문은 보통 유리보다 단열성이 몇 배는 높은지, 엔진이 배출하는 열기로 운전실은 은근히 따뜻했다. 좁은 곳에 몸을 웅크리고 있으니, 태내로 돌아간 것 같은 조용한 안정감에 휩싸였다.

덜컹, 덜컹, 덜컹……. 제설차의 어렴풋한 고동 소리가 이어졌다.

뭔가 이상한 느낌이 들어 엔주는 천천히 눈을 떴다. 태양은 이미 동쪽 빙평선에서도 멀리 떠올라 은은하게 눈 표면을 데우기 시작했다.

어젯밤 강한 빛을 눈 위에 뿌리던 보름달은, 지금은 환자 몸에 핀 반점처럼 서쪽 빙평선 위에 덩그러니 떠 있었다. 하늘은 어제처럼 온통 파랗지 않았고, 달 주위에는 털가죽을 잘게 찢어 놓은 것 같은 흰 구름이 떠 있었다. 옆자리에서 자고 있는 야치다모는 막 잠에 들었을 때와는 반대 방향으로 목이 꺾여 있다.

엔주는 잠기운이 가시면서 점점 이상한 느낌의 정체를 알아차렸다. 제설차가 멈춘 것이다.

평판 화면에 나타난 정보에 따르면 바이오 리액터는 정상 작동 중이고, 전력도 공급되고 있는 것 같다. 아무래도 자율 제어가 여기서 멈추도록 프로그래밍된 모양이다.

머리를 들자 목이 뻐근하니 아프다. 불편한 자세로 잔 탓이다. 양손으로 광대뼈를 잡고 힘겹게 얼굴을 창문으로 돌리니, 낯선 적갈색 벽이 창문 바로 밖에 우뚝 서 있었다. 토양이 노출된 줄 알았는데, 공들여 갈아 낸 바위처럼 평평한 단면을 보니 분명 자연물이 아니다. 그제야 엔주는 깨달았다.

건물이구나.

엔주가 지금껏 본 적도 없을 법한 거대한 건물이었다. 차 천장에 가려 위가 보이지 않는다.

“야치, 일어나.”

엔주는 속삭이듯 말했다. 낯선 장소에서는 섣불리 큰 소리를 내면 안 된다. 어른들이 가르쳐 준, 여행 시 지켜야 할 원칙이다.

야치다모는 “으응, 응…….” 하고 코에서 쥐어짜 내는 듯한 소리를 냈다. 꺾인 목을 일으켜 세우고 양손을 뻗더니, 벌컥 소리를 질렀다.

"아침이네! 여긴 또 어디야!"

좁은 차 안에서 목소리가 쩌렁쩌렁 울렸다. 야치다모는 자기 목소리에 놀라서는 주위를 두리번거렸다.

"이제 그걸 알아볼 거니까 밖으로 나와."

엔주가 재촉했다. 야치다모는 눈을 비비면서 제설차 문을 열고 발을 지면에 내렸다. 까득, 바위를 깎는 듯한 소리가 들렸다. 그대로 몇 걸음을 옮기자 까득까득 소리가 계속됐다.

"엄청 거슬려!"

야치다모가 소리쳤다. 드러난 콘크리트 바닥을 사갈 이빨이 까드득 긁는 감촉이 발까지 전해졌다.

"신발 벗어. 이 다 나가겠다."

엔주는 제설차 가장자리에서 사갈을 붙인 신발을 벗고, 배낭 안에서 얇은 실내용 가죽신을 찾았다. 별로 쓸 일이 없는 신발이라서 배낭 바닥에 잠들어 있었기 때문에, 쑤셔 넣은 짐 대부분을 차 안에 도로 쏟아 내야 했다. 겨우 꺼낸 신발에서는 이상한 악취가 풍겼다. 평소 신는 신발보다 방수성은 떨어지지만, 가볍고 실내를 돌아다니기 편하다.

야치다모가 차로 돌아가 신발을 갈아 신는 동안, 엔주는 밖으로 나가 우선 엔진 룸 위부터 봤다. 어제 매어 둔 썰매가 얌전히 그 자리에 있는 걸 확인하고, 한숨을 휴우 내쉬었다. 눈을 뒤집어쓰고서 반짝반짝 빛나고 있다. 아마 바람에 날려 온 모양이다.

그리고 그 뒤로는 깨진 유리창들이 줄지어 서 있다. 보기만 해서는 다 셀 수도 없을 정도로 층층이 쌓였다.

고층 빌딩인가 보다.

겨울이 오기 전에 지어진 건물은 대부분 눈 아래에 묻히거나 얼음의 압력을 버티지 못하고 쓰러져 버렸지만, 이런 고층 빌딩 중 몇 채는 지금도 두꺼운 얼음 위로 얼굴을 내밀고 있다. 유리창은 거의 남지 않았지만, 얼음 블록으로 벽을 만들어 살림집을 차리는 사람도 있다.

엔주는 깨진 유리창 하나를 통해 건물로 들어갔다. 여기가 이 건물이 지어졌을 당시에 지상 몇 층이었는지 알려 주는 단서는 보이지 않았다.

이런 건물에서는 낮 동안 눈이 녹으며 생긴 물이 흘러들어 왔다가 밤에 다시 얼어붙으며 팽창하는데 그때 건물 내부가 압박을 받는다. 그곳에 저온 식물이나 미생물이 번식한다. 그런 과정이 기백 일 반복되다 보니, 하층부는 거대 생물의 소장 같은 기괴한 모습이 된다.

방 안에는 문이 열려 있고, 그 앞으로 복도와 계단이 있다. 엘리베이터로 보이는 공간도 있지만, 문도 상자도 어디로 사라져 버렸는지 지저분해 보이는 불투명한 얼음만 들어차 있다.

"위층으로 가면 뭔가 있을지도 몰라."

야치다모가 쿵쿵 소리를 내면서 계단을 올라갔다.

"기다려, 야치."

엔주가 부르는 사이에도 야치다모의 발소리는 점점 멀어져 갔다. 엔주는 제설차로 돌아가 운전실에 있는 덴퐁을 안아 들고 야치다모를 쫓았다. 쿵쿵쿵쿵, 쿵쿵쿵쿵, 두 사람의 발소리가 계단통에 울렸다.

야치다모는 몇 층쯤 올라가서 계단통에서 나와 방으로 들어갔다. 학교 교실 크기만 한 방에는 썩은 나무토막이 흩어져 있었고, 창가 구석에는 내진 보강재로 철제 책장을 벽에 고정해 놓았다.

완전히 녹이 슬어 버린 금속 문을 힘껏 당기자 끼기기긱 소리를 내며 문이 열렸고, 가득 꽂힌 책이 눈에 들어왔다. 성급히 한 권을 꺼내려고 하자 찌익 소리가 나면서 책등이 벗겨졌다.

"앗." 하고 소리를 지르고 말았다. 책 양쪽으로 손가락을 밀어 넣고 신중하게 잡아당겨서 겨우 한 권을 빼낼 수 있었다. 하지만 안쪽 페이지는 풀로 붙여 놓기라도 한 양 펼쳐지지 않았다.

"에이, 이거 안 되겠네."

야치다모는 투덜거렸다. 아무래도 물에 젖었다 마르기를 반복하는 사이에 안쪽이 완전히 들러붙어 버린 모양이다. 펼쳐진다 해도 잉크가 번져 읽을 수 없는 상태일 것이다.

그때였다.

그아아아악, 숨소리가 섞인 낮은 목소리가 들리는가 싶더니 등 뒤에서 거센 힘이 그를 끌어안았다. 바닥이 쑤욱 멀어졌다.

야치다모의 몸을 뭔가가 붙잡아 들어 올린 것이다. 우와악, 중성적인 목소리로 비명이 울렸다.

그 소리는 엔주가 있는 아래층에도 닿았다.

엔주는 계단을 두 단씩 뛰어 올라가, 야치다모가 있는 층으로 뛰어들었다.

온몸이 검은 털로 뒤덮인 커다란 원숭이 같은 생물이, 가슴팍 높이까지 야치다모를 들어 올리고 있었다.

몸은 짐승처럼 생겼지만 두 다리로 서 있었고, 키도 엔주보다 커서 머리가 천장에 닿을 정도였다. 검은색이라는 걸 제외하면 설인이나 예티와 비슷했다.

통나무 같은 팔에 목을 붙들린 채, 야치다모는 두려움에 사로잡힌 얼굴로 입을 뻐끔거렸다. 다리를 버둥대며 검은 설인의 배 부근을 걷어찼지만, 두웅두웅 하는 둔탁한 소리만 방에 울릴 뿐 검은 설인은 전혀 신경도 쓰지 않았다. 배에 단단한 껍데기라도 두른 듯한 소리다.

"야치!"

엔주가 외치자 검은 설인이 얼굴을 이쪽으로 돌렸다. 구아아아아, 낮게 신음하는 소리에 숨소리가 섞여 있다. 얼굴은 눈 안쪽까지 온통 검은색인데, 가지런한 치아만 이상할 정도로 하얗다. 악취를 견디다 못해 야치다모는 저도 모르게 눈을 감았다.

엔주는 지고 있던 덴퐁을 들어 검은 설인을 겨눴다. 고정할 받침대가 없어서 1미터 정도 되는 총신을 받친 팔이 부들부들 떨렸다.

"야치, 움직이지 마."

조용하게 속삭였다. 야치다모는 다리를 오므린 상태로 굳어버렸다. 공포 때문인지 입술이 실룩실룩 움직였다.

검은 설인은 무기를 두려워하는 기색도 없이, 어떻게 해야 좋을지 모르겠다는 모습으로 엔주의 얼굴을 물끄러미 쳐다보았다. 그 눈에서는 흉포한 야생동물이라기보다는 지성을 갖춘 존재의 서글픔이 전해졌다. 후우후우 거친 숨을 내뱉으면서 뭔가를 호소하듯이 턱을 움직이고 있다.

이 녀석, 인간인가? 묘한 생각이 엔주의 머릿속을 빠르게 스치고 지나갔다.

그때 뒤에서 쿵쿵거리는 다른 소리가 들렸다. 누군가가 계단을 뛰어 내려온다. 그 소리가 신호라도 되는 양 엔주는 덴퐁의 방아쇠를 당겼다.

퐁.

맥 빠지는 소리가 울리고, 빠르게 날아간 금속 조각이 검은 설인의 오른쪽 옆구리에 맞았다. 튕겨 나온 탄알이 창문에 아직 남아 있던 유리 조각에 맞았고, 유리는 빠직 깨지며 건물 밖으로 흩어져 떨어졌다. 검은 설인이 그아아악 소리를 지르면서 쓰러졌다. 검은 팔에서 풀려나 바닥에 내동댕이쳐진 야치다모는 무릎을 감싸며 몸을 웅크리고는, "털, 털이 목에 들어갔어." 하고 바닥에 퉤퉤 침을 뱉었다.

엔주는 아직 검은 설인 쪽을 보고 있었다. 검은 설인은 탄알에 맞은 옆구리를 누르면서 나무토막이 굴러다니는 바닥에서 버둥거리며 몸부림치다가, 문득 엔주 뒤로 시선을 보냈다.

"누가 왔어?"

남자 목소리가 들려서 엔주는 덴퐁을 겨눈 채로 돌아섰다.

계단 쪽에 털실 스웨터를 입은 수염투성이 중년 남자가 서 있었다.

수염이 얼굴을 온통 덮고 있어서 순간 이 검은 설인과 같은 종류로 보였지만, 이쪽은 보통 사람인 것 같았다. 키도 엔주와 큰 차이가 나지 않았다.

수염투성이 남자는 방 안을 뚫어져라 쳐다봤다. 굵은 양팔로 바닥을 쾅쾅 때리는 검은 설인, 콜록대며 거칠게 숨을 몰아쉬는 야치다모, 그리고 덴퐁을 자신에게 겨눈 엔주.

수염투성이 남자는 얼추 상황을 파악했는지, 코로 크게 숨을 내쉰 후 고개를 숙이고 말했다.

"미안하다."

예상하지 못한 반응에 엔주의 어깨에서 긴장이 풀리고, 덴퐁 총구가 아래로 향했다. 수염투성이 남자는 해칠 의도가 없다는 듯이 양손을 펼치고는 계단에 앉았다.

"그 녀석은 환자야. 용서해 줘. 다친 덴 없어?"

남자의 손은 맨손이었고 옷은 엔주 일행보다 얇은 데다, 모자도 쓰지 않아 엉망으로 헝클어진 머리카락이 그대로 드러났다.

그 모습을 보니 이 수염투성이 남자가 어떤 생활을 하고 있는지 짐작됐다. 두 사람 같은 여행자가 아니라, 이 건물 안에서 사는 모양이다.

자세히 보니 피부색도 엔주나 야치다모와는 다르다. 늘 밖에서 활동하는 사람은 눈에 반사된 빛 때문에 피부가 검붉은 색이 되지만, 이 남자는 몹시 하얗다. 눈 주위에 고글 자국도 없다.

겨우 숨을 고른 야치다모는 힘겹게 손을 짚고 일어섰다. 검은 설인도 그 거대한 몸집을 천천히 일으켰지만, 엔주가 무서운지 방 반대편 구석으로 도망가더니 벽 쪽에서 이쪽을 힐끔거리며 몸을 웅크렸다.

수염투성이 남자가 그 모습을 보더니 엔주에게 물었다.

"저기, 혹시 고기 가진 거 있어?"

"고기?"

"될 수 있으면 생선이나 새 말고, 네발짐승 고기가 좋은데."

"구슬토끼라면 있는데."

"미안한데 조금만 나눠 줘."

엔주는 말없이 배낭을 열어 어제 잡은 구슬토끼 고기를 담은 주머니를 꺼냈다. 보통은 하룻밤이면 얼어 버리지만, 어젯밤을 제설차 안에서 보낸 탓인지 고기는 아직 부드럽고 질척하니 피에 젖어 있었다.

수염투성이 남자는 그것을 거칠게 낚아채서는 내용물을 주머니 위에 올리고 검은 설인에게 건넸다. 검은 설인은 걸신들린 듯이 고기를 입으로 밀어 넣었다. 어제 엔주와 야치다모 둘이서 먹었던 것과 거의 비슷한 양을 순식간에 먹어 치워 버렸다.

고기로 배를 채운 뒤 검은 설인은 만족스럽다는 듯이 그우우우 하고 신음 소리를 냈다. 그러고는 기대고 있던 벽에서 스르르 미끄러져 바닥에 드러눕더니 거친 숨소리를 뱉으며 자기 시작했다. 덴퐁 탄환을 튕겨 낸 배가 연체동물처럼 꿀렁거리며 위아래로 움직였다.

"요즘 고기 구경을 못 했거든. 그러면 사람을 공격하기도 해. 설마 나 말고 다른 사람이 올 거라고는 생각도 못 했어."

수염투성이 남자가 숨을 내쉬었고, 엔주는 검은 설인을 가리키면서 물었다.

"여긴 어디고 저건 뭐지?"

수염투성이 남자는 벅벅 머리를 긁으면서, "어디긴 어디야, 여긴 여기고 저 녀석은 저 녀석이지." 하고 나른한 듯이 대답했다.

"당신은 누구야? 여기서 뭘 하는 거지?"

"누구긴 누구야, 나는 나지."

"아저씨, 이름이 뭐야?"

겨우 마음을 진정시킨 야치다모가 엔주 뒤쪽에서 물었다. 수염투성이 남자는 그제야 질문의 의도를 알아차렸는지 잠시 생각에 빠졌다가, "내 이름은, 그렇지, 가지마루였어." 하고 대답했다. 아무래도 이 남자는 사람이나 땅 이름 같은 것에 극단적으로 관심이 없는 듯했다. 마을이나 공동체에서 생활한 경험이 없는지도 모른다.

"제설차는 당신이 관리하는 거야?"

"제설차?"

"노란색 차 말이야."

"아아, 그 차 말이군. 그건 저 녀석 거야."

가지마루는 검은 설인을 가리켰다.

"저 녀석 거?"

"저 녀석이 직접 관리도 하고 먹이도 줬는데, 병에 걸려서 요즘엔 내가 해. 저기 바다에서 물고기를 잡아서 남은 내장을 넣지. 매일 낮에는 어디로 가 버렸다가 아침이면 돌아와."

바이오 리액터에 넣는 생물을 '차의 먹이'라 부르는 모양이라고 엔주는 생각했다. 야치다모가 창가로 뛰어갔다.

"정말이네. 여기서 바다가 보여."

엔슈나다 해역의 하얀 해안선으로 가루를 묻힌 듯한 유빙이 떠밀려 오는 모습이 보였다. 태양을 반사해 번쩍번쩍 빛나는 바다는 눈부셨다.

"저 녀석도 병이 나기 전까지는 아무렇지 않게 말도 하고 그랬어. 기온이 올라가서 그런가, 이상해졌지만."

"저 녀석은 뭔데?"

"말했잖아, 저 녀석은 저 녀석이라니까."

가지마루는 불쾌하다는 투로 말했다. 꼬치꼬치 캐묻는 게 싫다기보다, 왜 자꾸 묻는지 이해가 안 되는 질문을 되풀이하는 게 짜증 나는 듯했다.

"앗."

야치다모가 짝 하고 손뼉을 쳤다.

"알겠다. 저 사람은 분명 한랭화 적응 디자인으로 만들어진 사람이야."

"그게 뭔데?"

엔주가 물었다.

"겨울이 오는 거에 대비해서 추운 곳에서도 살 수 있게 인간을 개조한 사람이 있었대. 몸집을 키우거나, 체모가 많이 나게 하거나. 지능도 인간보다 조금 높게 만들었나 봐."

"저게 인간이라고?"

"응. 인간을 기본으로 만든 변종이지."

"지능이 높아 보이지는 않는데."

"그건 말이야, 지능을 높인 변종은 태어나서 몇십 년이 지나면 모두 이상해져 버린대. 변종 사이에서 나온 자손도 다 그렇게 돼. 그런데 그걸 알게 됐을 때는 이미 겨울이 와 버려서, 과학자들도 어떻게 손을 쓸 수가 없다 보니 그냥 방치된 거야."

가지마루는 두 사람이 나누는 대화를 잠자코 듣고 있었지만, 검은 설인의 정체에는 썩 관심이 없어 보였다. 그보다도 야치다모 같은 어린애가 어려운 이야기를 하는 것이 신기한 듯했다.

"그럼 그 여자는 뭐야?"

엔주가 가지마루에게 물었다.

"여자?"

"제설차 캡슐 안에 얼어 있는 여자 말이야."

가지마루는 조금 생각하더니, "안에 여자가 있다고? 한번 보고 싶은데." 하고 대꾸했다.

아무래도 정말 모르는 것 같다.

조금 더 대화를 나눠 봤지만 아무래도 이 가지마루라는 중년 남자는 엔주와 야치다모가 알고 싶은 것에 대해서는 거의 아무것도 모르는 듯했다. 사람을 만나면 저 앞에 펼쳐진 땅에 대해서 어떤 정보라도 들을 수 있지 않을까 했는데, 두 사람의 기대는 덧없는 물거품이 됐다.

가지마루는 약 일 년 전에 이 건물에 당도했는데, 마침 살기 괜찮은 환경이라 그대로 눌러앉았다. 바로 거기에 저 검은 설인이 제설차를 관리하면서 살고 있었다. 한동안은 친하게 지냈지만, 검은 설인이 병에 걸리는 바람에 그대로 제설차 관리를 이어서 하게 됐다. 대충 그런 사정인가 보다.

"여기 오기 전엔 어디에 있었는데?"

"전에는 전에 있던 곳에 있었지."

"어떤 곳인데?"

"눈이 왔어."

"제설차에 타기도 해?"

"알아서 움직이니까 가끔 타. 매일 다른 곳으로 갔다가 돌아오거든. 제설차가 가는 곳에 사냥감이 있을 때도 있어. 없을 때도 있고. 저 녀석은 운전해서 자기가 가고 싶은 곳에 갈 수 있었는데 난 못 해."

가지마루는 검은 설인을 '저 녀석'이라고 불렀다. 그 말에는 어떤 특별한 유대감이 담긴 것처럼 느껴졌다.

"먹을 건 어떻게 했는데?"

"이 주변은 야생동물이 제법 있어. 저 녀석도 아프지만 사냥은 할 수 있고, 나도 해안까지 가서 물고기를 잡거나 해. 잔챙이뿐이지만. 해변에 대왕참수리가 있어서 잡으려고 해 봤는데 한 번도 성공한 적이 없어."

"마을 사람들도 대왕참수리는 어렵다고 했어. 덩치가 크니까 가까이 있는 것처럼 보이지만, 움직임도 빠르고 쏴 봤자 머리에 못 맞히면 화만 돋울 뿐이거든. 큰 사냥감을 잡고 싶은 거면 배라도 타고 나가서 뿔돌고래나 잡는 게 나아."

엔주가 손짓을 섞어 가며 설명하자, 가지마루는 "배는 이제 질색이야."라며 떨리는 몸을 진정시키기라도 하듯이 두 손을 꼭 맞잡았다.

"저기, 아저씨. 이 건물에 다른 사람도 있어?"

야치다모가 물었다.

"한참 위층에 한 명 더 있어."

"그 사람이랑 이야기 좀 할 수 있을까?"

"웬만하면 관둬."

"왜?"

"그 녀석은 처음부터 이상했어. 움직이는 것만 보면 작은 총 같은 걸로 갈겨 대. 나도 한 번 맞았어."

가지마루가 옷을 들추고는 옆구리를 보여 줬다. 거기 남은 바퀴살 모양 흉터만 봐도, 엔주가 사용하는 덴퐁보다 훨씬 강력한 무기라는 것을 짐작할 수 있었다.

"얼굴이 어떻게 생겼는데?"

"얼굴은 본 적 없어. 맨날 금속 몸뚱이를 입고 가면도 쓰고 다녀. 녀석이 밖에서 먹을 걸 조달하는 걸 본 적이 없어서 위층에 먹을 걸 비축해 놓지 않았을까 싶어. 위험해서 조사해 볼 수는 없지만."

"그 사람, 혹시 건물 경비 로봇 아닐까."

야치다모가 말했지만, 가지마루는 주민의 정체 역시 관심 없어 보였다.

가지마루가 주거용으로 사용하는 층은 거기서 조금 위층이었다. 플라스틱판을 모아 창을 완전히 봉쇄해서 어둡지만 따뜻했다. 엔주와 야치다모는 그곳에서 며칠 쉬기로 했다.

줄곧 텐트 생활을 해 온 두 사람에게는 눈보라에 시달릴 일도, 야생동물에게 습격당할 일도 없는 매우 쾌적한 공간이었다.

다만 얼마간 머물며 가지마루의 이야기를 들어 봐도 그다지 얻을 게 없었다. 하지가 지나 당분간은 기온이 높은 시기가 계속될 테니 이틈에 갈 길을 재촉하자고 두 사람은 상의 끝에 결정했다.

엔주가 가지마루에게 서로 가진 물건을 교환하자고 제안해, 야치다모는 가지마루의 여벌 바지 한 벌을 받기로 했다. 키가 좀 더 컸을 때를 대비해서다. 바지는 엔주 일행이 본 적도 없는 소재로 만들어진 것이었다. 다른 지역에 서식하는 동물 가죽처럼 보인다.

가지마루는 대신 쌍안경을 달라고 했지만, 아무리 봐도 밑지는 거래라며 엔주가 거절했다. 대신 노동으로 대가를 치르기로 했다.

매일 무작위로 방향을 정해 달리는 제설차를 타고, 덴퐁으로 구슬토끼나 소백조 몇 마리를 잡아다 주었다. 차에서 내려 사냥감을 집어 들고 다시 뛰어서 차로 돌아온다. 며칠 사이에 사냥감이 산을 이뤘다.

"어떻게 하면 그렇게 사냥을 잘하지?"

가지마루가 제설차 짐칸을 들여다보고는 흥미롭다는 듯이 물었다.

"엔주는 마을에서 제일가는 덴퐁 사수거든."

야치다모가 자기 일인 양 으스댔다. 이 가지마루라는 남자는 아무래도 생존과 직결되는 수단에만 관심이 있는 것 같다고 엔주는 생각했다. 줄곧 그런 환경에서 살아왔을 것이다.

제설차가 서쪽으로 진로를 잡은 날, 두 사람은 짐을 전부 썰매에 실은 다음 운전석에 올라탔다. 가지마루는 일부러 밖에까지 나와 살짝 손을 흔들어 주면서, "이제 만날 일 없겠지만, 건강해라."라며 작별 인사를 했다. 야치다모는 제설차 창으로 얼굴을 내밀고 손을 흔들었다.

위쪽 창에서 검은 설인이 다정한 눈으로 이쪽을 보고 있었다. 야치다모는 그쪽을 향해서도 손을 흔들었지만, 엔주는 설인의 눈길이 약간 어긋나 있다는 걸 알아차렸다. 저 검은 것은 야치다모가 아니라, 엔진실 안에 있는 야치다모의 엄마를 닮은 여자를 보고 있는지도 모른다.

저 동면 중인 여자는 정말로 야치다모의 조상이고, 겨울이 오기 전에 살았던 과학자 중 한 명인 걸까. 저런 동면 설비를 마련할 수 있었으니, 나름대로 지위가 높은 사람이었을 게 틀림없다.

동면기를 조작해서 억지로 깨우면 뭔가 흥미로운 이야기를 들을 수 있을지도 모르지만, '겨울이 끝날 때까지 열지 마세요'라는 그녀의 뜻을 저버리는 것이 얼마나 사려 깊지 못한 행동인지는 엔주도 짐작할 수 있었다.

자신이나 야치다모에게는 태어나 자란 시대여도, 인간이 달에 가는 시대에 살았던 그녀에게 지금은 깊은 잠에 빠져 지나가기를 기다려야만 하는 겨울 시대일 테니까.

다시 목이 뻐근한 밤이 지나고 제설차가 멈춘 곳은 오래된 터널 앞이었다.

눈 위로 노출된 터널을 보는 건 매우 오랜만이다. 평소에는 이렇게까지 내륙으로 들어오지 않기 때문이다. 터널이 서쪽으로 뻗었다는 것은 태양 위치로 알 수 있었다. 터널이 도중에 꺾이는지 반대쪽 불빛은 보이지 않았다.

"여기로 지나가 볼까."

썰매를 제설차에서 내리면서 엔주가 말했다.

"얼음으로 막혀 있는 거 아냐?"

야치다모는 내키지 않는 얼굴이다.

"아니, 안에서 바람이 살짝 부는 걸 보면 괜찮은 거 같아."

엔주가 걸음을 떼자 야치다모는 "잠깐만." 하고 중얼거리면서 마지못해 따라왔다. 그러고 보니 이 녀석은 어두운 곳이라면 질색했지.

"야치, 무서워? 노래라도 부를까?"

"괜찮아."

말은 그렇게 했지만 평소에는 앞장서서 걷던 야치다모가 지금은 엔주가 멘 배낭의 끈을 잡고 따라오고 있었다.

끼찌찌찍, 박쥐 소리가 들렸다.

아마 자연종이 아니라 한랭화에 적응한 변종일 테지만, 모습이 보이지 않으니 확신할 수는 없다. 먹으면 맛있을까.

눈으로 절반이 묻힌 좁은 터널 안으로 울음소리가 울려서 어디에 있는지 파악할 수 없었다. 이런 곳에서 덴퐁을 쐈다가는 행여 맞춘대도 큰일이다.

엔주는 키가 크다 보니 천장에 머리가 쓸리지 않게 조심히 걸었는데, 안쪽으로 들어갈수록 조금씩 천장이 높아졌다. 박쥐 울음소리가 점점 멀어지는 걸 알 수 있었다. 터널이 그런 구조로 만들어진 게 아니라, 아무래도 발밑의 얼음이 서서히 얇아지는 것 같았다.

이대로 가다가 반대편으로 나갈 무렵에는 눈이 감쪽같이 사라지지 않을까. 그곳이 풀과 꽃이 자라고 사람들이 밭을 일구거나 가축을 키우면서 사는 봄 나라라면 얼마나 좋을까.

"아, 생각났다."

갑자기 야치다모가 소리쳤다. 터널 벽에 목소리가 반사돼 사방으로 울렸다.

"그 아저씨, 가지마루라고 했잖아. 가지마루라는 건 오키나와 쪽에 있는 나무 이름•이거든."

"그래?"

엔주는 조금 생각해 보고 덧붙였다.

"그럼 그 남자는 오키나와에서 여기까지 온 걸까?"

그랬다면 남쪽에 있는 봄 나라에 대해서 뭔가 아는 게 있지 않았을까.

"아닐지도 모르지."

야치다모는 작게 중얼거렸다.

"내 이름도 홋카이도에 있는 나무 이름인데,•• 그냥 증조할아버지 이름에서 따온 거니까."

"그랬어?"

"옛날에 겨울이 왔을 무렵에 사람들이 다들 아이한테 나무 이름을 붙였거든. 다시 봄이 와서 풀과 꽃이 싹트고 여러 나무가 자라기를 바라는 마음을 담아서."

• 일본어로 '가지마루'는 '대만 고무나무'를 가리킨다.
•• 일본어로 '야치다모'는 '들메나무'를 뜻한다. 참고로 엔주는 회화나무다.

"흐응."

"아저씨 이름이 가지마루란 건 이제 오키나와에 가지마루 나무가 자라지 않는다는 뜻일지도 몰라……."

야치다모의 말을 마지막으로, 두 사람은 묵묵히 자박자박 얼음 바닥을 밟으며 계속 걸었다.

끼찌찌찍, 박쥐 소리가 다시 울렸다. 앞에서 들리는 것 같기도, 뒤에서 들리는 것 같기도 했다. 주위가 캄캄해지자 자신들이 똑바로 앞을 향해 나아가고 있는지 불안해졌다.

"어디선가 봄이 태어나요."

갑자기 엔주가 노래를 시작했다. 긴 터널에 목소리가 반사되면서 웅웅 울려 멜로디가 애매하게 뭉개진다. 푸드덕거리는 박쥐 날갯소리가 들리더니 앞인지 뒤인지 모를 방향으로 멀어져 갔다.

"어디선가 물이 흘러가요."

가사라고는 이 두 소절밖에 몰라서 몇 번이고 반복해 불렀다. 야치다모도 한 옥타브 높은 목소리로 함께 불렀다.

몇 번이고 몇 번이고 다시 불렀다.

박쥐는 이제 다른 곳으로 가 버린 모양이다. 숨을 돌리려고 두 사람이 노래를 멈췄지만, 울음소리도 날갯짓 소리도 들리지 않았다.

"소리가 좀 달라졌어."

"메아리가 달라. 이제 곧 출구일 거야."

엔주의 말에 야치다모도 동의했다.

이윽고 반대편에서 빛이 보이기 시작했다. 눈이 조금씩 빛에 적응하기 시작하자, 그 빛의 색조가 두 사람에게는 매우 익숙한, 창백한 얼음에 반사된 빛이라는 것을 알 수 있었다.

터널을 빠져나오자, 아직 눈의 고장이었다.

조금 산 안쪽으로 들어온 모양인지 시야 양옆으로 벽 같은 하얀 산이 소실점까지 이어져 있고, 그 너머에는 하얀 평원이 펼쳐져 있다. 그 너머로는 두꺼운 대기 속에서 파란빛이 감도는 산들이 보인다.

"이 하얀 게 어디까지 계속되려나?"

엔주가 물었다.

"그거야 모르지."

야치다모가 이를 보이며 웃었다.

당분간은 계속 하얗겠지. 엔주도 웃었다.

# 즐거운 초감시 사회

# 1

1984년, 세계는 오세아니아 · 유라시아 · 이스트아시아로 불리는 세 개의 전체주의국가로 분열되었다. 각국은 철저한 감시 체제를 갖추고 전쟁을 이어 가며 일당독재를 확립했고, 그 통치는 영원히 이어질 것만 같았다.

그러나 1991년에 유라시아가 내부에서 붕괴해 러시아 공화국을 비롯한 여러 국가로 분열되자, 남은 두 강대국도 어쩔 수 없이 대폭적인 정치 개혁을 단행해야 하는 상황에 내몰렸다. 완벽한 관리사회에는 눈 깜빡할 사이에 구멍이 숭숭 뚫리게 되었고, 이

**윽고 세계는 2019년을 맞이하는데…….**

재생지를 재생한 종이를 또 재생한 좀비 같은 종이에 볼펜으로 끄적이면 마찰하는 기분 나쁜 감촉이 손으로 전해진다. 우스이 스미토는 방금 쓴 원고를 얼굴 높이까지 들어 올리고 으음이니 흐음이니 하는 작위적인 소리를 한참 내뱉다가, 마구 꾸깃꾸깃 뭉쳐 바닥으로 내던졌다.

소설가를 꿈꾸는 대학생이 흔히 그러하듯이, 좁은 방바닥에는 선택받지 못하고 돌돌 뭉쳐진 원고가 여기저기 나뒹굴고 있었다. 좀비 종이는 대학에서 무료로 나눠 주기 때문에, 원고를 쓰며 시행착오를 겪는 젊은이의 모습을 저렴하게 연출할 수 있다. 대학에서 빌린 워드프로세서를 집필에 사용할 수도 있지만, 그래서야 영 그림이 별로다.

국민청년문학상 응모 마감일은 한 달 후로 바싹 다가왔다. 대학 기말시험도 한 달 후였다. 우스이는 책상에 엎드려 머리를 싸맸다.

그를 고민에 빠뜨린 것은 원고 내용도 시험 내용도 아닌, 원고와 시험 준비의 시간 배분이었다. 고민을 하다 보니 시간은 더 줄어들었고, 그게 또 고민거리가 됐다.

평소 무계획이 계획이라며 생활해 온 자가당착이 불러온 상황이건만, 마치 고상한 문학적 고뇌에라도 빠진 양 심각한 얼굴을 하고 있을 때였다. 빠바바밤, 하고 웅장한 팡파르가 창밖에서 울렸다.

"정오 뉴스입니다!"

청각 신경을 직접 찌르는 높고 날카로운 목소리에 우스이는 반사적으로 소리를 질렀다.

"아아, 시끄러워 죽겠네!"

"국민 여러분! 정오 뉴스입니다!"

여자 아나운서의 목소리가 구청에 설치된 대형 전막(電幕)을 통해, 도쿄 제17구 하늘에 쩌렁쩌렁 울렸다.

"친애하는 총통 각하의 탁월한 전략 지도 아래, 용감한 우리 이스트아시아군은 과달카날섬에서 오세아니아군에 압도적인 승리를 거두었습니다! 이 영웅적인 성과를 기념하여, 총통 각하께서는 커피콩 배급량을 점진적으로 증량할 것을……."

누가 쫓아오기라도 하는 것처럼 빠르게 원고를 읽는 정부 공보 방송은, 끊임없이 울리는 자동차 엔진 소리와 도로 공사장에서 들리는 폭음에 뒤섞여서 혼란스러운 소리의 수프가 되어 가옥으로 스며든다.

"아아, 더럽게 시끄럽네! ……저놈의 도로 공사!"

우스이는 볼펜을 내려놓고 방에 설치된 집음기에 들리게끔 일부러 다시 고함을 지른 다음 거칠게 창문을 닫았다. 공공 방송에 불만을 표하면 반체제 행동으로 판단되지만, 공사 소음이라면 문제없다.

학생용 공영주택 '영광 기숙사'의 3평짜리 원룸은, 이스트아시아 전역 어디에서나 볼 수 있는 천편일률적인 구조로 되어 있다. 붙박이 침대와 책상, 벽에 설치된 개인용 전막, 그 위에 걸린 총통의 초상화. 책상을 들여다보는 듯한 형태로 배치된 초상화 액자에는 '친애하는 총통 각하께서는 항상 면학에 힘쓰는 제군을 지켜보고 계신다!'라고 적힌 금속판이 단단히 붙어 있다.

이것은 표어가 아닌 글자 그대로의 의미로, 초상화에는 방 전체를 볼 수 있는 소형 카메라와 집음기가 내장되어 있다. 이스트아시아의 공영주택은 모두 네트워크를 통한 감시 체제하에 놓여 있어, 30억 명에 이르는 국민은 항상 화면에 어떻게 비칠지를 의식한다. 우스이가 둘둘 뭉친 원고지를 방바닥에 내던지는 것도 연출의 일환이다.

카메라 반대편 벽에는, 시야에 정확히 들어가게끔 '졸업 전까지 소설가 데뷔!'라고 붓으로 써서 붙여 놓았다. 한눈에 알 수 있게 자기소개를 적어 놓는 것은 피감시자의 기본자세다.

"됐어, 오늘 원고는 이걸로 끝입니다!"

마치 누군가에게 설명이라도 하듯이 소리 높여 말하고는, 글을 적은 좀비 종이를 카메라에서 보이지 않게 책상 위에 뒤집어 놓았다. 그러고는 오른손을 여러 번 쥐었다 펴면서, 소설을 집필하느라 굳은 손 근육을 풀었다.

"역시 손으로 원고를 쓰는 건 힘드네요. 그렇지만 학교에서 워드프로세서를 빌려서 쓰면, 다른 학생이 소재를 훔쳐 갈 위험이 있거든요."

자연스럽지 못한 억양으로 말하고는, 책상에 놓인 컵을 들어 설탕을 넣은 커피를 한 모금 마셨다.

"전에도 제가 구상한 거랑 완전 똑같은 소설이 국민청년문학상을 받았거든요. 여러분, 제가 이 년 전에 말한 플롯 기억해요? 안 나시나요? 나 원 참, 그딴 소설에 상을 주다니, 문화성도 체크가 참 허술하네요. 이런 감시 사회에서는 나만 한 재능이 있어도 소설가가 되기란 참 힘들다니까요."

그때 등 뒤 벽 안에서 드드득드드득, 찰칵, 하고 녹슨 금속 소리가 울렸다. 낡은 공영주택의 기계식 배선은 통신에 접속할 때 소리가 나곤 한다.

"야, 우스이, 너 문화성을 비판하는 거냐?"

"우왁!"

우스이는 흠칫 어깨를 움츠리면서 왼쪽 어깨 너머로 초상화를 넘겨다봤다.

"아, 아니에요! 지금 건 절대 국가정책을 비판한 게 아니라, 문화성 관료분들이 평소 얼마나 노고가 많으신지……."

변명을 주워섬기면서 뒤에 있던 총통의 초상화를 향해 자연스럽게 무릎을 꿇었다.

"호들갑 떨지 마, 나야."

귀에 익은 낮은 목소리가 조용히 웃었다.

"뭐야, 오무라였냐."

"그쪽도 화면 켜."

시키는 대로 우스이는 리모컨을 들어 벽에 설치된 개인용 전막을 향했다. 나타난 메뉴에서 '국민감시' 아이콘을 고르고 거기 뜬 이름 목록에서 '오무라 유타로'를 선택하자, 가로세로 세 칸씩 분할된 화면 중 하나에 군복을 입은 오무라의 얼굴이 나타났다.

"지금 휴가 중 아니었어?"

"규정상 외출할 땐 군복을 입게 돼 있거든."

나이는 스무 살 동갑이지만 고등학교를 졸업하고 곧바로 국방

군에 입대한 오무라는, 대학생인 우스이보다 훨씬 얼굴이 예리하고 늠름해 보였다.

우스이와 오무라는 '상호 감시 메이트'라고 불리는 이스트아시아만의 독자적인 관계에 속해 있다. 카메라와 집음기로 상호 사생활을 감시하다 반체제적인 언동을 보고하면, 보고한 쪽은 '국민신용점수'가 오르고 보고당한 쪽은 점수가 내려간다.

국민신용점수가 높으면 진학이나 취직에 유리해지고 환경이 좋은 공영주택에 살 수 있고, 복권에 당첨되고 이성에게 인기가 생기고 무좀이 낫는 등 실제로 우대 혜택을 받게 된다고 사람들은 믿었다.

20세기까지는 특별고등경찰, 일명 특고경찰이 일방적으로 전 국민을 감시하는 체제였다. 그러나 30억 명이 넘는 이스트아시아 국민을 감시하며 감시 기구는 계속 비대해져 갔고, 마침내 국가의 질서를 뒤흔들어 놓을 수도 있는 세력이 되었다.

그것을 근본적으로 개혁한 인물이 현재의 총통이다. 이미 온 나라에 촘촘히 깔린 감시 카메라를 전 국민에게 개방하고 국민신용점수를 이용해서 30억 상호 감시 제도를 만들어 낸 것이다.

이 진보적인 판단으로 비리투성이였던 경찰 관료는 적절한 처분을 받았고 국가 재정은 일거에 개선되었다고 공공방송은 보도했다. 실태가 어떤지는 모른다. 이스트아시아의 세출세입을 정확히 알기란 달의 뒷면을 보는 것보다 어렵다.

"그런데 무슨 일이야, 오무라."

"널 거리 만남에 데려가려고 왔지. 오늘 저녁에 '진격 광장'에서 열리잖아."

오무라는 진지한 얼굴로 말했다. 거리 만남이란 이스트아시아의 지방자치단체가 주최하는 건전한 남녀 교제 형성 이벤트다.

"거리 만남?"

우스이는 노골적으로 표정을 바꿨다.

"핫, 나한테 여자 같은 건 필요 없어. 행복은 창작의 적이라고."

"20세 이상의 국민에게 건전하고 진지한 남녀 교제는 의무야. 교제 상대를 만들려는 노력을 보이지 않으면 신용점수에 영향이 간다고. 상호 감시 메이트인 나한테까지 말이야. 어떻게든 해 봐."

오무라가 강압적인 목소리로 말했다.

국민신용점수는 이렇게 연대책임성이 강한 구조로, 상호 감시 메이트는 단순한 감시자가 아니라 국가를 위해 서로를 교화하는 지도자이기도 하다. 대부분의 이스트아시아 국민은 국가권력이라는 추상적인 개념보다 세간의 이목을 신경 쓴다.

"말처럼 쉬운 게 아니라고. 난 이제 강의 들으러 가야 돼."

"목요일 5교시 선형대수학은 이미 학점을 포기했을 텐데."

"네가 그걸 어떻게 알아?"

"넌 전에도 또 그전에도 강의 시간에 집에서 소설을 쓰고 있었으니까. 시험 성적만 가지고 학점을 딸 수 있을 정도로 영재는 아니지 않냐."

"닥쳐, 신용점수에 눈먼 놈 같으니."

"그거야 피차일반이지. 오히려 네가 고마워해야 하는 거 아니냐."

오무라는 눈을 내리뜨고 말했다. 감시 카메라가 있는 초상화가 전막 위에 있다 보니, 상호 감시 시스템으로 대화하면 서로 아래를 보고 잘못을 고백하는 것 같은 얼굴이 비친다.

"어쨌든 밖으로 나와. 구청 앞에서 기다릴게."

## 2

벽에 걸어 놓은 제복을 집어 들고 우스이는 방을 나섰다.

녹슨 나선계단을 내려가, 하늘이 어두울 정도로 위쪽에 전선이 깔린 골목으로 나왔다. 이렇게 가설된 전선은 전력, 통신, 감시를 국민 생활 구석구석까지 공급한다.

이스트아시아 도시부의 공도는 어디든 깨끗하게 청소되어 있고, 빈 깡통이나 담배꽁초 하나 찾아보기 어렵다. 꽁초 무단 투기 같은 공공시설 훼손 행위는 국민신용점수를 크게 깎아 먹기 때문이다.

좁은 주택가 골목을 벗어나면 '해방 거리'로 나온다. 퇴근 시간이라 큰길은 사람과 차로 넘쳐 나서, 이름과는 반대로 전혀 해방감을 느낄 수 없다.

구청 정면 벽에는 역대 총통의 초상화가 나란히 걸려 있다. 백발이 섞인 머리를 뒤로 깔끔히 넘긴 초대 총통, 그 아들이 곱슬머리인 2대 총통, 그 아들이 지금 재임 중인 3대 총통이다. 당칙에는 총통이 서거하면 가장 능력 있는 당원을 후계로 선출하게 되어 있는데, 현재 공정한 심사 끝에 전 총통의 아들이 선출되었다.

유교 문화가 뿌리 깊게 자리한 이스트아시아에서는 조상을 공경하는 것이 통례라, 초상화도 아버지보다 크게 거는 것은 허용되지 않는다. 그래서 2대 총통 초상화는 초대의 절반, 3대 총통은 거기서 다시 절반 크기다. 등비급수의 총합은 유한하므로, 설사 천대까지 이어져도 초상화를 걸 공간은 충분하다. 이 방식은 국가 체제의 영속성을 체현하고 있다고도 할 수 있다.

초상화 아래에는 다음과 같이 이스트아시아의 국가(國歌)가 화강암에 새겨져 있다.

'이스트아시아의 번영은

친애하는 총통 각하와 함께

국민이 쌓아 올린 돌이 만리장성이 되어

이끼가 낄 때까지 계속되리라'

이끼가 낀 후에 어떻게 되는지는 아무도 모른다.

국가 아래로 위장모를 쓴 오무라의 얼굴이 보였다. 아시아인답지 않게 키가 큰 오무라는, 이 혼잡한 거리 안에서도 머리 하나가 더 컸다. 우스이가 몸을 쭉 펴고 손을 흔들자 오무라는 군대식 경례로 응했다.

이스트아시아 국민은 18세가 되면 국가에서 상호 감시 메이트 몇 명이 강제로 배당된다. 사는 곳이 가까울 것, 같은 언어를 쓸 것, 동성일 것, 사전에 알고 지낸 사이가 아닐 것 등 여러 조건에 맞춰 무작위로 선정한다.

우스이와 오무라는 배포된 서류에 따라 서로를 감시하다가, 한쪽은 대학생이고 한쪽은 국방군 군인이라는 대조적인 관계 덕에 서로 개인적인 흥미를 갖게 됐다. 이윽고 전막을 통해 잡

담을 나누거나 휴가 중에 만나 이야기를 하는 사이가 됐다.

"이 상호 감시 할당 시스템."

우스이는 작게 속삭이더니 힐끔 좌우를 살피고 몇 걸음 걸어 간 다음 말을 이었다.

"우리처, 럼 감시 메이, 트가 친해져 버리, 니까 밀, 고에 적합하진 않단 말이지."

우스이는 환자처럼 드문드문 숨을 내쉬며 토하듯 말했다.

"당국도 그, 건 파악하, 고 있는 것 같은데 시스, 템 업데이트에 300억, 엔이 든다나 봐."

오무라도 똑같이 끊어 가며 말했다. 전봇대나 가로수에도 도청기와 감시 카메라가 설치되어 있지만, 치안성은 컴퓨터로 반체제 표현을 기계적으로 검출하기 때문에 적당히 말을 끊거나 잡음을 섞으면 문제없이 이야기할 수 있다.

"뭐가 그렇게 많이 들어?"

"몰라. 몇 년 전, 까지 국민번, 호에 반각 숫, 자랑 전각 숫, 자가 섞여 있, 었는데 그걸 통, 일하는 데에 4, 억 엔이 들어갔대. 난 정보 기, 술 쪽은 잘 모, 르지만 그 비슷한 거겠지."

"그렇구나."

"그건 그렇고, 너 진급이 위험하잖아, 어떻게 되고 있어? 3학년 올라가는 데에 필요한 학점, 다 못 채웠지?"

"……어떻게든 할 거야. 교양만 받으면 아슬아슬하게 통과거든."

"졸업 전까지 소설가로 데뷔하겠다며? 유급하면 일 년 연장되겠는데."

오무라는 코웃음을 쳤다.

"어떻게 하면 국민청년문학상을 받을 수 있는지 모르겠어. 그 문, 화성 안을 일반 국, 민이 감, 시할 수도 없고. 게다가 이번에는 응모 마감이 기말시험이랑 정확히 겹쳤다니까."

"이번 회차는 주제가 뭔데?"

"이스트아시아 항공군의 우주 작전을 다룬 SF."

"네 특기 분야잖아."

"맞아. 그래서 이번엔 진짜로 노려 볼 만하거든. 시험 대책이나 세우고 있을 때가 아니라고. 하지만 유급하면 그것도 문제야. 그랬다간 당에 못 들어가잖아."

"그건 그래. 그럼 입대는 언제 할 거야?"

"아직 결정 안 했어. 스물다섯 전까지만 가면 되니까."

"말해 두는데, 빨리 가는 게 좋아. 대학 졸업하고 입, 대하면 우, 리처럼 나, 이 어, 린 선임한테 갈, 굼 당, 해."

"그런 건 진짜 질색인데. 이왕 갈, 굼 당, 할 거라면 서른 넘,

은 누, 님이 좋다고."

이런 식으로 두 사람은 대화 중간중간 무의식중에 뚝뚝 끊어 말하는 화법을 끼워 넣었다. 그들보다 훨씬 나이 어린 아이들 사이에서는 감시의 의미조차 모를 나이인데도 어느새 "창피한 이야기는 끊어서 말하자."라는 인식이 생긴 모양이다.

그때 '해방 거리' 옆 골목에서 갑자기, "사, 살려 주세요!" 하고 남자가 외치는 소리가 울렸다.

경찰관 몇 명이 베레모를 쓰고 마흔 전후로 보이는 마른 남자를 장막이 처진 트럭 짐칸에 밀어 넣는 참이었다.

"나, 난 총통님 머리카락이 자라는 만화를 그린 것뿐이에요! 신간이 너무 안 팔리니까 화제를 만들어서 홍보를 좀 하려고……."

"시끄러워, 얼른 타!"

경찰관이 베레모 남자를 밀어 넣고, 쇠창살 창문이 달린 진녹색 문을 닫았다. 문에는 '국민안심생활국 진드기 · 바퀴벌레 · 수도 배관 문제 · 반체제 활동을 발견하면 연락 주세요'라고 pop 광고용 서체로 적혀 있다.

"올해는 대경기회 때문인가."

오무라가 나직하게 중얼거렸다.

반체제 활동으로 구속된 국민은 반성과 사회 복귀를 위한 보상적 국가 공헌으로, **자주적인** 무상 노동에 종사하게 된다. 내년 도쿄에서 개최되는 대경기회를 대비하기 위해, 예년보다 적발이 강화되었다고 한다.

"너도 조심해. 학생이라, 도 반체, 제적 표, 현을 하면 당, 국에 끌, 려갈 위험이 있어."

"내가 그런 바보 같은 짓을 하겠냐. 이 몸은 감시 네이티브 세대라고."

우스이가 웃자 오무라도 따라 웃었다. 두 사람은 오른손을 들어 짝 하고 맞부딪쳤다.

갑자기 금관악기로 연주하는 팡파르 소리가 거리에 울려 퍼졌다.

제각각 걸어가던 군중이 최면술에 걸리기라도 한 듯이 일제히 발을 멈추더니, 건물 벽에 설치된 스크린을 쳐다본다. 우스이와 오무라도 따라 했다.

공중 전막이나 가전 매장의 상품 샘플, 점포의 디지털 전광판에 이르기까지 모든 화면이란 화면에 거대한 글자가 떠올랐다.

'삼 분 동안 증오가 시작됩니다. 국민 여러분은 준비해 주세요.'

도로를 가득 메운 자동차도 모두 멈춰 서서 창을 열고 시동을 껐다. 도로 공사 작업자들도 일손을 쉬고 스크린 쪽을 보고 있다. 순식간에 쥐 죽은 듯 조용해진 도로의 하늘 위로, 전선에 앉은 까마귀의 울음소리만 울려 퍼졌다.

시계 아이콘이 표시됐다.

한자로 적힌 숫자가 뜨며 카운트다운이 시작됐다.

三, 二, 一.

두둥, 하는 불안한 효과음과 함께 피둥피둥 살찐 금발의 중년 남자가 화면에 나타났다. 적국 오세아니아의 최고 지도자다.

오세아니아 국기가 프린트된 티셔츠를 입었는데, 지방이 쌓여 불룩 튀어나온 하얀 배 위로 배꼽이 보였다. 거대한 가죽 소파에 흉한 모습으로 드러누워, 오른손으로 포테이토칩을 먹으면서 왼손을 들어 올리고는, '이스트아시아를 섬멸하라!' 하고 알록달록한 서체로 외친다.

그가 든 포테이토칩 봉지에서 벌레 유충 비슷한 생물이 우르르 쏟아져 나왔다. 오세아니아군 군복을 입은 벌레들은 테이블에 놓인 동아시아 지도 위에 오세아니아 깃발을 세우더니, 똥오줌을 뿌리는가 하면 돌아다니며 가늘고 긴 알을 낳기도 했다.

너무나 혐오스러운 모습에 길을 가득 메운 군중들은 얼굴을 찌푸리고 괴로워하며 신음했다.

그때 화면 양쪽에서 이스트아시아 군복을 입은 애니메이션풍

미소녀들이 나타났다. '동아불멸'●, '칠생보국'●●, '풍림화산'●●● 같은 사자성어가 적힌 깃대를 짊어지고 있다.

"피그 브라더를 해치워라!"

화면 속 소녀가 소리 높여 외쳤다. 웅장한 음악이 흐르기 시작했다.

"피그 브라더를 해치워라!"

"피그 브라더를 해치워라!"

자막과 음악에 맞춰 도로를 메운 군중들이 외쳤다. 조금 전까지 멍한 눈으로 쳐다보던 보행자들이 반짝이는 얼굴로 손을 번쩍 올렸다.

'피그 브라더'는 오세아니아 최고 지도자를 낮잡아 부르는 말이다. 이스트아시아 총통처럼 전국을 돌아다니며 현지 지도하는 일 없이, 전막(오세아니아에서는 텔레스크린이라고 부르는 모양이다.) 안에서만 존재하는 신화적인 인물이라고 한다. 실물 사진은

● 일제 시절 태평양 전쟁 당시 일본 우익 세력이 내세운 선동 구호였던 '신주불멸(神州不滅)'에서 따온 사자성어. '신주불멸'은 '신의 나라는 멸망하지 않는다.'라는 뜻이다.

●● 七生報国. 일본 남북조 시대 남조의 무장이었던 구스노키 마사시게가 일곱 번 다시 태어나도 천황에게 보답하겠다는 뜻으로 남긴 말로, 현재는 일본 우익 세력의 선동 구호로 사용되고 있다.

●●● 風林火山. 중국의 병법서인 《손자(孫子)》에서 유래된 말. '바람처럼 빠르게, 숲처럼 고요하게, 불처럼 맹렬하게, 산처럼 묵직하게.'라는 뜻으로, 상황에 따라 군사를 적절하게 운용하여야 승리를 거둘 수 있다는 말이다. 일본 무사 다케다 신겐이 군기(軍旗)에 사용했던 표어로 알려져 있다.

유출된 적이 없기 때문에, 화면에 나오는 금발 남자는 이스트아시아 문화성이 상상으로 그린 것이다.

"귀축영미•를 쳐 죽여라!"

"귀축영미를 쳐 죽여라!"

우스이와 오무라도 외쳤다. 그 목소리에 반응해 움직이듯 애니메이션 미소녀들은 걸어가며 손에 든 총검으로 금발 남자의 불룩 튀어나온 배를 찔렀다. 금발 남자는 굵은 비명을 지르면서 짧은 팔다리를 버둥버둥 휘둘렀지만, 소녀들의 재빠른 움직임을 당해 낼 수는 없었다.

얼마 가지 않아 하얀 배가 터졌고, '뽀요요용' 하는 우스꽝스러운 효과음과 함께 온몸이 화면 밖으로까지 흩어졌다. 군중의 흥분은 최고조에 달했다.

"친애하는 총통 각하, 만세!"

"이스트아시아, 만세!"

목소리가 울려 퍼지고 군복을 입은 유충들이 버터처럼 녹아 사라지자, 소녀들은 화면 중앙으로 모였다. 상부에 후광을 업은 총통의 얼굴이 나타나고, 그녀들은 그쪽을 향해 경례 자세를 잡았다.

• 鬼畜英米. 귀신과 가축 또는 악귀와 짐승같은 영국과 미국이란 뜻으로, 제2차 세계대전 당시 사용된 서구 세력에 대한 적대감과 일본인의 우월감을 고취시키기 위한 선전 용어

'득점: 30,284(도쿄 지구 9위, 전국 1,013위)'

점수가 표시되자 군중이 웅성거리기 시작했다.

"아아, 아깝다."

"조금만 더 했으면 전국에서 세 자리 안에 들어가는 건데!"라는 여자들 목소리가 들렸다.

'삼 분 증오'는 군중의 목소리를 사용한 비디오게임으로, 성량과 타이밍을 평가하는 방식으로 지역별로 점수를 매긴다.

순위가 높아도 상품은 없지만 국민은 이 집단 유희에 열정적으로 참여했는데, 개중에는 개인용 전막으로 열심히 연습하는 사람도 있다. 득점 기준은 지역 인구수에 비례해 규격화되기 때문에, 집 안에 처박혀서 증오에 참가하지 않는 주민이 있으면 그만큼 지역 점수가 낮아진다. 감시 메이트가 그런 사람들을 찾아내 길거리로 끌고 나오곤 한다.

'제작: 문화성'이라고 자막이 뜨는 것이 삼 분 증오가 종료됐다는 신호다. 음성이 잦아들고 특수 조명이 꺼지고, 엔진 시동 소리가 여기저기서 나기 시작한다. 군중은 금세 차가운 얼굴로 돌아가, 저마다의 목적지를 향해 터벅터벅 걸어갔다. 도로 공사도 재개됐다.

"그럼 거리 만남을 하러 가 볼까."

우스이도 진지한 얼굴로 돌아와 말했다.

## 3

이스트아시아 문화성은 30억 국민의 단결을 위해 다종다양한 프로파간다 콘텐츠를 공급하고 있다.

이 삼 분 증오도 그중 하나로, 문화성에서는 '집단 심리와 경쟁심을 통해 자연스럽게 국가에 대한 충성심과 오세아니아군에 대한 증오를 함양'하기 위함이라고 강조한다. 해마다 소규모로 업데이트(이스트아시아 병사가 미소녀가 되는 등)가 이루어지고 있지만, 기본적인 줄거리는 십수 년 동안 바뀌지 않았다.

그런데 어릴 때부터 이런 오락거리에 젖어 지낸 젊은이들이 오세아니아군에 대한 증오심을 키웠는가 하면 꼭 그렇지는 않다. 그것은 우스이가 평소에 집에서 플레이하는 비디오게임을 보더라도 알 수 있다.

개인용 전막에는 국민감시 외에 비디오게임 기능도 있어서, 그 게임들은 국민의 주요한 오락으로 자리매김했다. 이를테면 〈태공침략자〉라는 게임은 지구를 습격한 대규모 다각형 모양의 외계인을 포격으로 파괴하는 간단한 3D 슈팅 게임이다. 우스이는 이 게임을 아주 잘했고, 시험 기간만 빼고는 거의 매일 플레이했다. 거의 항상 '초우수' 랭킹에 들었는데 대학에서 그보다 위에 이름을 올리는 사람은 없었다.

그런데 어느 날 문화성이 이 게임의 인기를 주목한 후로, 무대는 우주에서 이스트아시아 국내로 바뀌고 적은 외계인이 아니라 몸을 숨긴 정치범이 됐다. 반체제 운동 활동가, 오세아니아와 내통한 자, 사회의 풍기를 어지럽힌 자의 얼굴이 그곳에 나란히 나타나게 됐다.

갑작스러운 업데이트에 플레이어는 당황스러워했지만, 기본적인 룰은 똑같아서 다들 게임을 계속했다.

그렇다면 매일 게임 안에서 정치범을 상대로 총을 쏜다고 해서 우스이를 비롯한 플레이어들이 정치범을 향한 증오심을 함양했느냐고 하면, 딱히 그렇지는 않다. 오히려 업데이트한 경위를 아는 사람들 사이에는 "정치범은 외계인 급으로 비현실적인 존재다."라는 인상이 자리 잡았다.

플레이하는 우스이는 정치범들을 '제거해야 하는 적'으로 인식하지만, 그것은 인간으로서 증오하기 때문이 아니라 어디까지나 점수를 벌기 위한 오브젝트라고 생각하기 때문이다.

삼 분 증오에서도 사람들이 오세아니아 군에게 욕설을 내뱉는 것은 그것이 집단 유희의 규칙이기 때문이고, 영상이 끝나면 금세 이스트아시아 국내에서 완결된 일상으로 돌아간다. 감시 사회에 사는 모든 젊은이들은 그렇게 분리해서 생각할 수 있는 정신을 갖췄다.

다만 어쨌든 지금 중요한 건 거리 만남이다.

"어우, 눈부셔."

'진격 광장'을 보고 오무라는 위장모를 조금 깊이 눌러썼다. 밤의 장막을 억지로 걷어 올리기라도 하듯이, 알록달록하게 깜빡거리는 전기 장식이 광장을 빙 에워싸고 있었다. 거리 만남은 이제 막 시작한 참이어서, 사람이 그렇게 많지는 않다.

"그런데 요즘 밤이 훤해지지 않았어? 내가 어릴 때만 해도 좀 더 전기 같은 게 불안정했던 것 같은데."

"공습도 이제 안 오잖아."

최근까지 십 년 이상, 일본 제도까지 미사일이나 전투기가 오는 일이 없었다. '총통 각하께서 이끄시는 우리 군의 전격적인 공세로 오세아니아는 방어에 급급한 상황이며, 종전이 머지않았다'라는 정부 발표가 정말일지도 모른다.

거리 만남은 지자체가 주최하는 남녀 교제 형성 이벤트다. 여기서 많은 커플을 탄생시키지 못하면 '저출산 대책 비협조 지자체'로 찍혀 지방 지원금이 줄어들고 지사가 해임되기도 한다. 이스트아시아의 근간을 이루는 것은 국민의 근면함과 생식력이며, 그것은 유라시아가 붕괴한 현대에도 변함이 없다. 출생률 유지는 국시다.

"교제가 성립하신 분들은 이 서류를 작성해 주세요."

"선착순으로 100쌍께 기념품을 드립니다."

광장 중앙에 설치된 텐트에서 국민복을 입고 가면을 쓴 스태프들이 확성기에 대고 목청을 높였다. 규정상 스태프는 철저하게 자신을 드러내지 않게 가면을 써야 한다.

노상에 바로 설치해 둔 긴 테이블에는 '대약진 맥주' 병과 종이컵이 쭉 놓여 있다. 참가비로 3,000엔만 내면 마음껏 마셔도 된다.

광장 주변에는 노점이 줄지어 서 있다. 가벼운 식사나 커플이 즐길 수 있는 놀이거리가 제공되는 것 같았다.

"이제 어떻게 하면 돼?"

"대충 여자를 찾아서 서류를 내. 지, 자체도 서, 류가 필, 요한 것뿐이니까."

"모르는 사람한테 말을 걸라고? 아, 그건 좀 그런데."

그런 이야기를 하고 있는데 뒤에서 누가 "우스이 씨." 하고 불렀다.

돌아보니 국민복을 입고 체구가 작은 남자가 서 있다. 아무 표정 없는 얼굴로 '대약진 맥주' 병을 들고는 아직 절반 정도 남은 우스이의 컵에 따라 주었다.

"늘 잘 보고 있습니다. 소설 집필, 힘내세요."

"아, 예. 고맙습니다."

우스이가 꾸벅 머리를 숙이자 무표정한 남자도 목만 살짝 움직여 인사했다. 그 상태로 몇 초 정도 말없이 서서 양쪽 모두 이야기할 거리가 없다는 걸 깨달았을 즈음, 남자는 병을 든 채로 다른 테이블 쪽으로 사라졌다.

"임의 감시구나."

머리 위에서 오무라가 말했다.

"……그렇겠지. 처음 보는 사람이고. 국민복을 입었으니 학생은 아닐 거야."

"널 임의로 보는 한가한 사람이 다 있을 줄이야."

"무시하지 마시지. 열일곱 명이나 있거든."

"그렇군. 난 서른한 명일 거야."

"넌 끽해야 생활실에서 보병 소총이나 정비하는 게 단데, 그게 뭐가 재미있다고 보는 거지?"

"네가 쫑알대는 얄팍한 문학론이랑 달리, 일하는 데에 방해되지 않거든."

"젠장, 남자는 말 안 하고 가만히 있어야 인기인이 되는 건가."

"넌 남자들한테 인기 끌어 봤자 어디 쓸 데도 없잖아."

오무라가 말했다. 국가가 할당하지 않는 임의 감시라 하더라도, 동성을 대상으로 한다는 규정이 존재한다.

"그래도 임의 감시가 많으면 가만히 있어도 신용점수가 오르니까 결과적으로는 여자한테도 인기가 생기기 마련이야. 10만 점을 넘기면 첫인상이 갑자기 좋아진대."

우스이는 주간지 〈우등국민〉에 실렸던 설문 조사를 보고 얻은 지식을 자랑했다.

"자릿수가 바뀌는 건 중요하지. 넌 지금 몇 점이야?"

"39,200점."

"6만 점 남았네. '피그 브라더'가 어디 있는지라도 밝혀내면 그 정도는 금방 오를 건데."

"네네, 노력합지요."

우스이는 종이컵에 담긴 맥주를 단숨에 마셨다.

목에서 곧바로 스며드는 알코올을 음미하면서, 우스이는 어렸을 적 기억을 떠올렸다.

부모님은 한 달에 딱 한 병 배급되는 '대약진 맥주'를 등화관제로 어두운 방에서 며칠에 걸쳐 아껴 가며 마셨다. 뚜껑을 딴 채로 보관하면 탄산이 다 날아가 버리지만, 아까워서 하루에 다 마셔 버리지 못했던 것 같다. 당시만 해도 알코올 음료는 그 정도로 귀중했다. 불과 십수 년 전 이야기다.

하지만 우스이가 술을 마실 수 있는 나이가 됐을 즈음, 이 국민 술을 매우 안정적으로 생산할 수 있는 체제가 갖추어진 모양이다. 술에 취한 젊은이가 병을 깨뜨려도, 곧바로 광장 청소부가 와서 치워 버려서 큰 소동조차 벌어지지 않았다.

커피나 설탕 과자도 그렇다. 지난 십 년 정도에 걸쳐 이스트아시아의 동남아시아 통치가 안정 궤도에 올랐는지, 이런 남국의 농작물이 일본 제도에도 유통되었다. 통계 자료를 전혀 신뢰할 수 없는 나라이지만, 큰 틀에서 봤을 때 경제 상황이 해가 갈수록 좋아지는 건 아무래도 진실인 것 같다.

취기가 올라 초점이 뚜렷하지 않은 눈으로 '진격 광장'을 두리번거리며 둘러보는데, 갑자기 낯익은 얼굴이 시야에 들어왔다. '아시아 영웅상' 받침대에 등을 기대고, 온통 쏘아보는 듯한 눈으로 주위를 보고 있다.

"에마노잖아. 걔도 왔네."

"아는 사람이야?"

"어. 대학 같은 반."

"아는 사이면 더 따져 볼 것도 없네. 머리 숙이고, 제발 서류 좀 같이 내 달라고 해."

그러면서 오무라는 뒤에서 우스이 어깨를 밀었다.

"그게, 좀 무서워서. 걔는 자, 존심도 세, 고 섣불리 부, 탁했다간 내가 학교에서 웃, 음거리가 될 거라고. 다른 애를 찾아볼게."

"행복은 창작의 적이라며. 얼른 불행해지고 와."

# 4

에마노는 학교에서도 유독 고립된 여학생이다. 학교에서는 항상 홀로 교과서를 읽고, 친구랑 이야기를 나누는 모습은 본 적이 없다.

이스트아시아에서 고립은 신용이 낮고 사회로부터 단절돼 있음을 의미하며, 반체제 행동의 징후로 생각하는 사람마저 있다. 그렇기 때문에 촘촘하게 깔린 상호 감시망을 이용해 신용점수를 올리는 시스템이 만들어진 것이다.

그렇다면 에마노가 이렇게 거리 만남 자리에 나타났다는 건, 그녀도 자기 나름대로 신용점수를 올려야 하는 상황이라는 뜻이 아닐까. 그렇다면 확실히 더 따져 볼 것도 없다.

"에마노."

우스이가 불렀다. 광장 전체를 둘러보던 에마노가 눈앞에 나타난 남자에게 시선을 고정하기까지는 시간이 좀 걸렸다. 몇 초 정도 우스이의 얼굴을 뜯어보더니 "……우스이, 였던가?" 하고 날카로운 목소리로 말했다.

에마노의 목소리를 제대로 듣는 건 처음인지도 모르겠다.

"맞아. 존재감이 너무 없어서 약간 투명 인간이 돼 버린 우스이 스미토야. 이런 데에서 만나다니, 신기한 우연이 다 있네."

우스이는 슬쩍 웃었다. 상대방이 어떻게 나올지 예측할 수 없는 이상, 평소 전막 앞에서 말하는 것처럼 능청스럽게 나가는 게 좋을 것 같다.

"만약 상대를 찾는 거면 같이 춤추지 않을래?"

"나랑?"

"그래."

그러자 에마노는 다시 우스이의 얼굴을 뚫어져라 관찰하다가 대꾸했다.

“좋아. 신용점수를 벌어야 하니 서류 내줄 사람을 찾는 거지? 도와줄게.”

“아니, 그런 말은…….”

우스이는 당황해서 눈을 좌우로 굴리며 주위를 둘러봤다. 이렇게나 사람이 많은 곳에서 문제성이 다분한 발언을 아무렇지 않게 입에 올리는 에마노가 믿기지 않았다.

하지만 그런 우스이의 걱정은 나 몰라라 하고, 에마노는 터벅터벅 중앙에 설치된 텐트를 향해 걸어갔다. 우스이도 그 뒤를 따라갔다.

텐트 앞에 놓인 테이블에서 거침없이 서류를 작성하더니, 우스이에게 펜을 건네고 개인 정보를 적으라고 재촉했다.

“이제 됐지?”

에마노는 무표정한 얼굴로 말했다.

가면 쓴 스태프에게 서류를 제출하자, 기념품으로 ‘대약진 맥주’ 세 병과 과자 한 상자를 받았다. 어쩌다 보니 자연스럽게 에마노가 과자 상자를, 우스이가 맥주를 받아 가는 걸로 정해졌다.

여우에 홀린 것 같은 얼굴로 우스이는 ‘영광 기숙사’ 자기 방으로 돌아왔다.

조금 취했지만 아직 머리는 돌아갔다. 우선 총통 초상화를 향해 귀가 인사를 마쳤다.

“네, 안녕하세요, 우스이 스미토입니다. 거리 만남을 마치고 돌아왔습니다. 결과는 뭐 그럭저럭 괜찮은 편입니다. 흥미 있는 분은 ‘진격 광장’ 쪽 감시 로그를 봐 주세요. 자, 어디 보자, 오늘은 이미 소설도 쓰기로 한 양은 다 썼고 거리 만남에도 참가해서 국민의 의무도 다했으니, 이쯤에서 학생의 본분인 면학에 힘을 써야만 해요. 쓰다 만 리포트를 마저 쓸 생각입니다. 맥주까지 마셔 놓고 뭔 소리냐 싶으시겠지만요. 와하하하.”

열 명 좀 넘는 우스이의 임의 감시자 중 몇 명이나 지금 전막 앞에서 우스이의 혼잣말을 듣고 있는지는 알 수 없다. 우스이는 무엇보다도 ‘누가 보고 있을지 모른다’는 가능성이 중요한 거라고 생각했고, 이 상호 감시 체제를 구축한 당국도 그렇게 여긴다.

헛기침을 한 번 하고, 대학에서 빌린 두꺼운 워드프로세서를 열었다. 하얀 모니터 화면에는 ‘근현대사 리포트 / 187016 우스이 스미토’라고만 적혀 있다. 지금으로선 제목과 이름밖에 없지만, 파일이 존재하고 두 줄을 적어 놓은 이상 ‘쓰다 만’이라는 표현이 틀린 말은 아니다.

3학년에 진급하려면 현실적으로 근현대사 학점을 따야 한다.

이스트아시아의 교육 기관은 역사학을 무엇보다 중요하게 여겨서, 한 과목에 4학점이 배정된다.

당이 가르치는 역사는 아주 간결한 줄거리로 정리되어 있어서, 암기 과목이 약한 학생들도 대략적인 내용을 외우는 건 그렇게까지 힘들지 않다.

"19세기에 제국주의가 대두하면서 세계는 구미 열강의 백인들에 의해 분할되었으나, 20세기 중반에 등장한 한 위대한 혁명가의 지도하에 아시아 제국은 백인의 지배에서 벗어났다. 그는 사상 최초로 아시아 통일국가, 이스트아시아를 건설하고 초대 총통에 취임했다. 그 후 현재에 이르기까지 지배권을 되찾으려는 백인들과 싸움이 이어지고 있다."

기본적인 틀은 이게 전부고, 나머지는 교과서에 실린 부수적인 일화를 외우기만 하면 된다. 이를테면 다음과 같은 내용이 있다.

"오세아니아와 전쟁이 한창일 때, 알류샨열도에서 이스트아시아군 수십 명이 포로가 됐다. 백인들이 소고기를 먹고 위스키를 마시는 동안 이스트아시아 포로는 몇 조각 빵과 물만 가지고도 묵묵히 노동하고, 휴식 시간에도 열악한 수용소를 청소했다. 수용소에 있는 막사란 막사가 모두 청결해지자, 놀란 백인들이 수용소에서 생활하게 해 달라고 부탁하게 됐다. 비슷한 시기에 하와이에서 오세아니아군 함대가 침몰해 백인 수만 명이 포로가 됐는데, 그들은 초등교육도 받지 못해 자기 이름조차 쓰지 못하는 형국이었다."

이런 일화가 잔뜩 실린 국정교과서를 토대로, "근현대사에서 볼 수 있는 황색인종과 백색인종의 생물학적 차이에 대해서 1만 자 정도로 서술하시오."라는 리포트 과제를 마쳐야만 한다.

소설로 1만 자 정도면 단편 중에서도 짧은 글에 들어간다. 우스이라면 하루면 끝낼 분량이다. 하지만 역사학 리포트가 소설과 다른 점은, 국가가 교육하는 역사를 토대로 스토리를 구성해야만 한다는 점이다. 이를테면 황색인종의 우월함을 찬양하는 내용이라도, **공식 역사**와 다른 점이 있다면 감점 대상이 된다.

자신의 상상력에 맡기고 써 내려가는 방식이 특기인 우스이는, 족쇄가 많은 이런 작업에서 오히려 다른 학생보다 느렸다.

근현대사에 배정된 4학점은 크다. 이걸 놓치면 유급은 거의 확실하다. 하지만 조바심을 내면 낼수록 하얀 화면은 머릿속에서 더 하얘질 뿐이었다. 머리 한구석에서 "어떻게 하면 이 상황을 재미있게 보여 줄 수 있을까." 하는 생각이 자꾸 샘솟아서 집중하는 데에 방해가 됐다.

한 시간 정도 화면 속 백지를 앞에 두고 신음을 흘리다, 서랍에서 쓰다 만 소설 원고용지를 꺼내 책상에 올렸다.

가슴 주머니에서 펜을 꺼내 종이에 잉크로 글씨를 쓰려는데, 손끝에 닿는 느낌이 평소와 다르다는 것을 알아차렸다.

우스이가 사용하던 펜이 아니었다.

대학 매점에서 판매하는 극히 평범한 볼펜이지만, 온종일 펜을 쥐는 우스이에게는 볼펜 바디의 미세한 단단함의 차이가 부자연스러운 저항이 되어 손가락에 들러붙었다.

현실적으로 생각하자면 이건 에마노의 볼펜이다. 거리 만남 현장에서 서류를 작성할 때 실수로 가지고 와 버린 것이다.

플라스틱으로 만든 볼펜 바디의 안쪽, 볼펜 심 주위에 약간의 단차가 있는 게 보였다. 검은 종이가 끼어 있는 것 같았다.

불길한 예감에 우스이는 얼른 펜을 몸 오른쪽으로 숨겼다. 감시 카메라에서 보이지 않는 위치다. 한쪽 손만으로 교묘하게 돌려서 볼펜을 분해한 다음, 목이 움직이지 않게 눈만 돌려 신중하게 메모 용지를 봤다.

'우애 거리' 82번지라는 주소와 밤 11시 반이라는 시각이 하얀 잉크로 흐릿하게 적혀 있다.

이 메시지가 누구에게 보내는 것이든 간에, 이런 은밀한 방법으로 정보를 주고받는 일이 반체제 활동의 징후라는 것은 초등학교 때부터 배워서 잘 아는 사실이다. 하물며 에마노는 그렇지 않아도 고립된 학생인 데다가, 아마 신용점수도 낮을 것이다.

우스이는 펜을 살며시 책상에 놓고, 천천히 몸을 왼쪽으로 돌렸다. 전막이 그쪽에 설치돼 있다.

"오무라. 난데. 지금 바로 구청으로 와."

오무라가 이미 귀가했다는 건 전막 카메라로 확인했다.

"왜. 리포트는 이제 포기했냐?"

화면 속 오무라도 이쪽을 봤다.

"거리 만남에서 맥주 세 병 받았잖아. 네 덕이니까 한 병 쏠게."

전막을 통한 대화는 다른 감시자들에게도 전달된다. 그들에게 속마음이 새어 나가지 않게, 우스이는 될 수 있는 한 태연한 목소리로 말했다. 감시 사회의 젊은이는 감정과 표현을 분리하는 재주도 뛰어나다.

오무라는 눈을 내리뜨고 전막에 비치는 우스이의 얼굴을 물끄러미 쳐다봤다. 부자연스러운 시간이었다. 이 년 동안 상호 감시를 해 온 경험이 있다 보니, 오무라도 우스이가 뭔가 거짓말을 한다는 걸 눈치챈 모양이다. 그것은 우스이에게도 전해졌다.

"알겠어. 바로 갈게."

오무라가 전막 화면에서 사라지자, 우스이도 재빨리 맥주병을 하나 챙겨서 기숙사를 나섰다.

"반체, 제 활, 동이 의, 심돼?"

구청에서 만난 다음 두 사람은 밤이 깊어 가는 '해방 거리'를 정처 없이 걸었다. 딱히 가야 할 곳은 없었지만, 계속 걷지 않으면 끊어 말하기 화법이 통하지 않는다. 항상 감시 카메라가 가동하는 이스트아시아는 야간에도 치안이 좋아서, 낮만큼은 아니지만 오가는 사람이 많다.

될 수 있는 한 많이 걸으며 볼펜 건을 설명하자, 오무라는 심각한 얼굴로 말했다.

"그건 곤란한데. 만약 에마, 노가 반체, 제 분자로 적, 발되면 너, 한테도 영, 향이 간다고."

"나는 왜?"

"넌 그 여자랑 **교제하는 사이**니까. 사적 감독 책임이 발생하는 거지."

"이게 무슨 날벼락이야, 내가 맥주 세 병에 내 인생을 판 거야?"

"진정해."

오무라는 손을 우스이의 어깨에 올리고, 냉철한 목소리로 말했다.

"이 상황에서 제일 안전한 방법은 네가 직, 접 그 여, 자를 고, 발하는 거야그, 러면 감시 책임, 을 다했다고 할 수 있지."

우스이가 볼펜을 쥐는 장면은 거리 만남 카메라에 남아 있다. 치안성에 증거품으로 제출하면 에마노는 대경기회를 준비하는 **자주 노동** 현장으로 보내질 것이다.

그에 비해 우스이가 얻는 것은 기껏해야 신용점수 10점이나 20점.

우스이는 몇 초 정도 고민하다가 대답했다.

"관둘래. 밑지는 장사야. 6만 점이면 몰라도."

"너한테 급우의 가치는 그 정도군. 기억해 둘게."

오무라는 조용히 웃었다.

"그럼 다른 사람이 밀, 고하기 전에 네, 가 말리, 는 수밖에 없겠어. 연인으로서 말이야."

"어떻게 하라고. 걔한테 말해? 반체, 제 활동은 집, 어치우라고?"

"말도 안 되는 소리겠지. 그 여자에 대해 얼마나 알아?"

"걔랑은 반만 같지, 거의 아무것도 몰라."

"흐음. 상대가 여자면 어쩔 수 없군."

동성 중에 자세히 알고 싶은 사람이 있다면, 임의 감시자가 되면 대략적인 건 알 수 있다. 하지만 이성에 대해 파악하는 것은 쉬운 일이 아니다. 거기에는 공중목욕탕처럼 명료한 벽이 존재한다. 게다가 우스이에게는 신뢰할 수 있는 여자 친구도 없다. 앞서 말했듯이 행복은 창작의 적이다.

"할 수 없네. 내 여자한테 부탁하자."

오무라는 한숨 섞인 목소리로 말했다.

"왜 너한테 여자가 있는데?"

"세상엔 나 같은 남자도 있으니까, 그런 여자도 있기 마련이야. 그런 사, 람들끼리 서류뿐, 인 교제 상, 대가 돼 주는 거야. 심, 지어 상대가 병, 역을 이행 중이라면 안, 성맞춤이지. 안 만나도 문, 제가 안 되니까."

"그러셨군."

우스이는 오무라의 행위를 비아냥대려 했지만, 조금 전에 그것과 똑같은 짓을 에마노와 함께 한 터라 뭐라 말할 수 있는 처지가 아니었다.

## 5

'해방 거리'에서 꺾어 들어가 작은 골목을 걸어간 우스이와 오무라는 하얗게 칠한 신축 공영주택에 도착했다.

‘벚꽃 기숙사’라고 적힌 건물이다.

여자 기숙사이지만 그렇다고 남자 출입을 금지하지는 않는다. 실제로는 금지하는지도 모르지만, 이스트아시아에서는 성문화된 법은 그다지 의미가 없다. 상호 감시와 신용점수로 국민들이 적절한 행동을 **자주적으로 선택**할 수 있게 하는 데에 더 중점을 두기 때문이다. 즉 감시자들만 납득하면 뭘 하든 문제없다는 뜻이다.

오무라가 정문 인터폰에 방 번호를 입력했다. 잠시 신호음이 울린 후 잠이 덜 깬 듯한 여자 목소리가 들렸다.

“여보세요.”

“나야. 오무라 유타로.”

잠시 침묵이 흘렀다. 머리를 벅벅 긁는 소리.

“……미안. 누구지?”

“너랑 교제 등록을 한 남자.”

“아아, 오랜만이네. 어쩐 일이야?”

“반체제 분자로 의심되는 여자를 추적하고 있어. 네 전망을 좀 빌리고 싶어서.”

“흐응. 뭐 상관없지만, 그쪽은 누구?”

“추적하는 여자랑 아는 사이. 감시하는 데에 필요해.”

"그렇군. 그럼 괜찮겠네. 들어와도 돼."

정문이 드르륵 열렸다. 우스이가 사는 '영광 기숙사'와 다르게 자동 잠금장치가 있는 문이 도입된 모양이다.

"더럽……."

방에 발을 디딘 우스이의 입에서 그런 말이 흘러나왔다.

이스트아시아에는 손님맞이를 위해 집을 정리하는 문화는 존재하지 않는다. 감시에 노출되어 있기 때문에 꾸미는 의미가 없어서, 늘 깔끔히 정리해 두거나 늘 어질러 놓거나 둘 중 하나다.

그래도 양식 있는 국민이라면 물리적으로 사람이 들어올 수 있을 정도로는 청소를 할 법하지만, 아무래도 이 집 주인은 손님이 남자 둘이라는 것을 알자 굳이 그럴 맘을 먹지 않은 것 같았다.

자기소개도 하는 둥 마는 둥 하더니 더러운 방의 주인인 여자(이름이 다나베라고 했다)는 발로 우스이가 든 맥주병을 가리켰다.

"그 맥주는 뭐야? 선물?"

뭐라고 말하려는 우스이를 오무라가 제지했다.

"응. 방이랑 전망을 빌리는 값이야."

"오, 센스 있네."

다나베는 약간 누런빛이 도는 이를 보이고 히죽 웃었다. 그런 다음 전막 리모컨을 손에 들고 물었다.

"그래서. 그 반체제 분자라는 여자는 이름이 뭐야?"

"에마노."

우스이가 대답했다. 이 방에서 그녀의 이름을 꺼내는 게 돌고 돌아 자신에게 어떤 영향을 미치지는 않을까 마음에 걸렸지만, 아직 맥주가 남아 있는 머리로는 그 이상은 생각할 수 없었다.

"그 뒤는?"

"까먹었어."

"주소는?"

"몰라. 17구 어디겠지."

다나베는 일부러 들으라는 듯이 혀를 찼지만, 그러면서도 전막을 리모컨으로 거침없이 조작했다.

"뭐, 흔한 성씨는 아니니까 금방 찾겠지. 저거 봐."

성씨와 거주구를 지정하자 해당하는 사람이 수십 명으로 좁혀졌다. 이제 사진을 하나하나 살펴보면 금방 찾을 수 있다. 가로세로 세 칸씩 분할된 화면 중 하나에 '에마노 유코'라는 이름과 함께 그녀의 얼굴이 나타났다. 우스이가 신호하자 다나베는 말없이 '감시 등록' 버튼을 눌렀다. 이걸로 형식상 에마노의 임의 감시자가 한 명 늘었다. 에마노가 임의 감시자를 자주 확인하는 편이라면, 새로운 누군가에게 감시당하고 있다는 걸 알아차릴지도 모른다.

아무도 없는 에마노의 방에는 형광등만 켜져 있다. 물건은 적고 깔끔히 정리된 방이다.

음성을 켜자 어렴풋이 샤워 소리가 들린다. 지금 있는 다나베의 더러운 방과 같은 구조라면, 카메라 바로 아래에 샤워실 문이 있는 셈이다. 개인 방에 샤워실이 있다는 점에서, 우스이가 살고 있는 '영광 기숙사'보다는 환경이 좋은 듯하다.

"……씻고 있나 본데."

"기다릴까."

우스이는 바닥에 굴러다니는 쓰레기를 옆으로 치운 다음 양반다리를 하고 앉았다.

"그건 그렇고 방에 샤워실이라니, 꽤 좋은 데에 살잖아. 에마노가 나보다 신용점수가 높다는 건가?"

우스이는 투덜거렸다. 우스이가 사는 기숙사의 공동 목욕탕은 예전에 무좀이 창궐한 적도 있어서 환경이 좋다고는 할 수 없다. 신용점수가 좋으면 무좀이 낫는다는 말이 있는 것은 이 때문이다.

"내가 이런 말 하는 것도 좀 그렇지만, 오무라는 몰라도 당신한테 이런 걸 보여 주면 좀 곤란한 거 아닌가. 내 신용점수에 영향이 생기는 건 싫은데."

"아아, 그 녀석은 이성애자이긴 하지만, 서른이 넘은 여자들 비디오만 보니까 아마 괜찮을 거야."

오무라는 일부러 감시자에게 들리게 큰 소리로 말했다.

"아아, 그래? 잘은 모르겠지만 그럼 괜찮겠네. 괜찮으려나. 괜찮겠지, 뭐."

"야, 사람들 앞에서 너무 떠벌리지 마."

"내 생활관 사람들도 다 아는 사실인데, 뭐. 이런 상황에서는 말 안 하는 것보다 나아."

"생활관은 몰라도 여자가 알게 되는 건 싫다고."

우스이가 소리를 높였다. 다나베는 다시 머리를 긁더니 성가시다는 듯이 투덜댔다.

"댁도 여자 방에서 여자 방을 훔쳐보고 있으니까 참아."

이스트아시아에서는 이성애·동성애를 불문하고 모든 불건전 콘텐츠가 금지되어 있다. 그렇긴 하지만 대놓고 유통되고 있고, 아무도 신고하지 않기 때문에 신용점수에도 영향을 주지 않는다. 신고했다는 게 알려지면 신고자의 감시자도 그 신고자가 가지고 있는 비디오 콘텐츠를 신고할 것이고, 그렇게 모든 성인 국민을 끌어들이는 불행한 연쇄가 시작되리라는 것을 너나 할 것 없이 알고 있으니까. 초감시 사회의 평온은 핵 억제론을 닮은 형식으로 유지되는 셈이다.

그렇다고는 해도 비디오와 실물은 다른 이야기이고, 우스이라고 해서 동년배 여자에게 관심이 없는 건 아니지만 현시점에서 그 사실을 표명하는 일이 매우 부적절하다는 건 본인도 잘 안다. 참담한 심정으로 다른 화제를 찾다가, 문득 분할된 화면의 다른 칸이 궁금해지기 시작했다.

"그런데 오른쪽 위 화면에서 꿈틀꿈틀 대는 애는 뭐야? 정신 산만하게."

목표인 에마노의 방 위쪽 칸에서, 하얀 드레스를 입은 젊은 여자가 손발을 우아하게 흔들고 있다. 왠지 오징어를 떠올리게 하는 모습이다. 아마 음악이 흐르고 있을 테지만, 아홉 개 화면마다 각각 음성을 끄고 켤 수 있어서 지금은 에마노의 샤워 소리만 들린다.

"헐, 뮤뮤 몰라?"

"모르는데. 누구길래."

"……아아, 하긴, 남자들 전막에서는 못 보는구나. 매일 이 시간에 카메라 앞에서 옷을 차려입고 춤추는 애야. 인기가 얼마나 많은데. 임의 감시자가 2만 명은 될걸.”

“2만 명?”

“그 정도면 신용점수도 눈 깜박할 사이에 오르겠네. 나중에 중앙당 입성도 따 놓은 당상인걸.”

“그전에 문화성에서 스카우트 제안이 오겠지. 왼쪽은?”

“하라 씨는 ‘배급품만 가지고 간단하게 화장하기’란 걸 하고 있어. 이쪽은 6만 8천 명이래.”

“6만……?”

“6만 8천이면 너보다 4,000배쯤 많은데, 우스이.”

“아니까 말 안 해도 돼.”

“여자가 더 상호 감, 시 네트워, 크를 잘 사, 용하, 는 것 같네.”

오무라는 낮게 중얼거렸다. 실내에서는 끊어 말하기 화법을 사용해 봤자 의미가 없지만 그저 습관이 돼서 튀어나온 모양이었다.

그때.

“나왔다!”

우스이의 목소리. 샤워실 문이 열리고 김이 방으로 넘어 들어오기 시작했다. 에마노의 젖은 뒷머리가 비쳤다.

몸에 걸친 목욕 수건을 수건걸이에 걸길래 실오라기 하나 걸치지 않은 모습을 카메라 앞에 드러내는 건가 했는데, 갑자기 대량의 수증기가 방을 가득 채우면서 몸이 거의 보이지 않게 됐다.

"이 이상한 수증기는 뭐야? 불이라도 났나?"

"전막이 자동으로 덮어씌운 거겠지."

오무라가 냉정하게 말했다. 이스트아시아에서는 설사 감시 카메라 영상이라 해도 불건전 콘텐츠는 자동으로 수정된다.

"아아, 남자들은 이런 거 안 나와?"

다나베가 묻자 오무라가 대답했다.

"나오기는 하는데 양이 달라. 감출 면적이 좁으니까."

그런 이야기를 하는 와중에도 부자연스러운 수증기의 양은 점점 늘어났다. 아무래도 에마노가 옷을 입지 않고 방 안을 걸어다니는 모양이다. 그녀가 걸어가는 곳마다 수증기 효과가 생겨나는 것이, 마치 인간 가습기를 보는 것 같았다.

"젠장, 이래선 몸이 문제가 아니라 방이 아예 안 보이잖아."

"집에서는 홀딱 벗고 다니거나 하는 타입인가?"

"아니야. 이건……."

이 말은 입 밖으로 내어선 안 된다고 판단했는지, 오무라는 눈동자만 움직여 우스이 쪽을 힐끔 봤다. 우스이도 알아차렸다.

방 안에 다른 사람이 있다.

화면 가장자리에 얼핏 하얀 옷을 입은 사람이 비쳤다.

아마도 집음기를 의식해 세운 대책인지, 손을 움직여 커뮤니케이션을 하고 있다.

그리고 그걸 감추려고 에마노는 방을 부자연스러운 수증기로 하얗게 채우고 있는 것이다.

"이건 뭐, 완전 뭔가 있다는 거잖아……."

새하얘진 방을 보면서 우스이는 중얼거렸다. 에마노가 뭔가를 감추고 있다는 건 분명했다.

우스이는 가만히 일어서서 볼펜을 가슴 주머니에 꽂고 현관으로 향했다. 전망 구석에 있는 시계는 11시 15분을 가리키고 있었다.

"어디 가?"

오무라가 물었다.

"시간이 없으니까 이 펜에 적혀 있던 곳에 직접 가 보려고."

우스이는 '벚꽃 기숙사' 계단을 뛰어 내려갔다.

우스이가 자신의 사적 감시 책임을 다하려고 그런 것인지, 단순히 에마노가 걱정돼서 그런 것인지는 오무라도 그 시점에서는 알 수 없었다.

# 6

낡은 국민차는 요란하게 엔진을 회전시키며 '우애 거리'를 나아가고 있었다.

운전수가 한 명. 뒷좌석에는 우스이와 가면을 쓰고 흰옷을 입은 남자 한 명. 아마 좀 전에 에마노의 방에서 밀담을 나누던 자일 것이다. 얼굴을 가린 가면은 거리 만남에서 사용하는 것과 똑같은 모양이라서, 이런 차림으로 다녀도 오늘 밤에는 그리 눈에 띄지 않는다.

메모에 적힌 시각에 맞춰 '우애 거리' 82번지로 향한 우스이는, 이 흰옷 남자에게 붙들려 보기 좋게 차 안으로 끌려 들어왔다. 그 일련의 동작은 물 흐르듯 너무나 자연스러웠기 때문에 감시 카메라로는 우스이가 택시를 잡은 것처럼 보였을 게 틀림없다.

묶이지는 않았지만, 문은 운전석에서만 여닫을 수 있는 구조 같았다.

차가 '우애 거리'를 돌아 '해방 거리'로 들어섰을 즈음, 가면 남자가 입을 열었다.

"자, 젊은이. 본격적인 이야기에 들어가기 전에 말해 두지. 이

차 안에서 나누는 대화는 **도청당하지 않는다네.** 여기서 한 이야기는 일절 치안성 기록에 남지 않는다는 말이야."

우스이는 애매하게 고개를 저었다. 상대방이 무슨 말을 하는지 의미가 제대로 이해되지 않았기 때문이다.

"물론 도청 장치는 있어. 다만 차를 조금 손봐서 대화가 엔진 소리에 묻히게 해 놨지."

가면 남자가 설명했다.

"요즘 젊은이들이라 해도 그 볼펜을 보면 그게 당이 말하는 '반체제 분자'와 관련 있다는 것 정도는 눈치채겠지. 그리고 우리는 거기 메모에 적힌 장소에 나타난 사람을 동지로 받아들인다네. 이젠 동지를 찾기 위해 이런 번거로운 방법을 써야만 해. 위험을 무릅쓰고 여기까지 와 줘서 먼저 고맙다는 말을 하고 싶군."

포섭 활동이었구나, 우스이는 가면 남자의 이야기를 듣고서야 알아차렸다. 목덜미 주위로 땀이 송글송글 맺히는 게 느껴졌다.

"확인 차원에서 묻겠네만, 자네는 그 아이와 무슨 사이인가?"

두개골을 조여 오는 듯한 압박감이 느껴지는 목소리였다. '그 아이'라는 게 에마노를 가리킨다는 걸 깨달을 때까지 몇 초가 필요했다.

"……저, 저는, 에마노의 교제 상대예요."

"그런가."

가면 남자는 깊은 한숨을 내쉬고, 천천히 가면을 벗었다.

노인이었다. 일흔도 넘어 보인다.

"본래라면 시간을 두고 신뢰 관계를 쌓아 가야 하는 법이지만, 보다시피 난 이제 살날이 얼마 남지 않았거든. 그 아이의 연인이라면 자네를 믿어 보지. 나와 동년배인 동지들은 모두 투쟁이 길어지면서 배신하거나 숙청당해 살해당했다네. 아직 희망이 남은 곳은 자네 같은 젊은이뿐이야."

불과 몇 시간 전 서류만 제출한 가짜 연인이라고 얘기해야 하나 망설였지만, 조금 특이한 억양으로 막힘없이 이야기를 이어가는 노인 앞에서 어떤 말도 꺼낼 수 없었다. 이런 경험이 없다 보니, 도청당하지 않는 곳에서 뭘 어떻게 말해야 하는지도 알 수 없었다.

"우리는 당 전복을 목적으로 활동하는 지하 조직이라네."

심장 고동이 조금씩 빨라지는 걸 스스로도 알 수 있었다.

차로 끌려 들어온 시점에서 이미 알고는 있었지만, 체제에 반하는 표현을 감시에 대비한 화법도 사용하지 않고 이렇게나 직접적으로 얘기하는 사람이라니 그저 두렵기만 했다. 날카로운 나이프가 그대로 얼굴 앞에 들이밀어진 것 같은 느낌이 들었다.

"물론 내가 살아 있는 동안 이루어질 일은 아니겠지. 유라시아가 붕괴되는 걸 봤을 때, 우린 머지않아 이스트아시아도 같은 운명을 걷게 될 줄 알았다네. 그런데 실상은 무서운 변모를 거쳐 다른 형태로 안정되고 있어."

말은 나이프가 되어 우스이의 귓전을 찰싹찰싹 때리며 기어갔다. 금속의 싸늘함이 전해지는 것 같았다. 눈동자도 움직이지 못하고 운전수의 뒤통수만 쳐다봤다. 운전수는 마치 사고하는 법을 잃어버린 자동인형처럼 차분하게 '해방 거리' 위로 차를 몰 뿐이었다.

"이 나라의 상호 감시 시스템은 유라시아 붕괴를 목도한 3대 총통이 직접 구축한 거라네. 그전까지는 특고경찰이라 불리는 자들이 일방적으로 국민을 감시하는 제도였고. 그건 자네도 알지?"

우스이는 잠자코 끄덕였다. 목 근육에 경련이 일어날 것 같은 병적인 움직임이었다.

유라시아 붕괴는 우스이 세대가 태어나기 전에 일어난 사건이다. 그러나 역사 수업에서는 매우 중점적으로 다루며, 그 원인을 두고 '백색인종 특유의 개인주의와 공공심 결여로 인해 국가 질서를 유지할 수 없었다'라고 설명한다.

그렇지만 유라시아 붕괴와 이스트아시아의 상호 감시 제도를 관련지어서 가르치는 일은 결코 없었다. 이스트아시아의 변혁은 오로지 근면하고 우수한 황색인종의 이성에서 기인한 것이기에, 타국의 실패를 통해 배운 제도라는 것은 있어서는 안 될 이야기였다. 노인은 이야기를 계속했다.

"상호 감시 제도는 원래 비대해진 특고경찰의 구조 조정을 목적으로 도입되었다네. 그런데 그것이 예상하지 못한 결과를 초래하고 말았지. 시스템이 도입되고 감시**하는** 쪽으로 돌아서면서 국민들이 깨달은 거야. **감시 사회는 즐겁다**는 사실을 말일세."

노인은 침통한 얼굴로 말했다. "즐겁다."라는 말을 이렇게 고통스럽게 하는 사람을, 우스이는 지금껏 본 적이 없었다.

"이제 국민을 지배하는 건 감시당하고 있다는 공포가 아니야. 감시하고 있다는 즐거움이지. 우리 시절에 비해 사태가 훨씬 골치 아파진 셈이네. 사람은 공포나 고통과는 싸울 수 있어도 즐거움이랑은 싸우지 못하거든. 즐거움은 아편이야. 우리 조국은 다시 아편 탓에 병들어 가게 됐고."

"……다, 당신들은, 사회에서 고, 고립되기를 바라는 건가요?"

떨리는 목소리로 우스이는 말했다. 이가 딱딱 부딪치는 소리가 났다. 감시와 싸움이라는 말을 듣고 극히 자연스럽게 연상된 것이 고립이라는 두 글자였다.

"고립이 아니야. 자네들은 이런 말이 낯설게 들리겠지만, 자유와 프라이버시가 있는 사회를 원하는 거라네."

자유라는 말에서 우스이가 언뜻 떠올린 것은 '3,000엔만 내면 맥주를 자유롭게 마실 수 있다'는 거리 만남 시스템이었다. 프라이버시라는 말은 애초에 들어 본 적이 없었다.

"오, 오세아니아의 말인가요?"

"감춰야 할 걸 감출 권리가 있다는 의미라네. 때가 오면 그게 정신이 멀쩡한 인간들이 사는 사회라는 걸 누구나 알게 되겠지."

감춰야 할 것이라는 개념은 우스이에게도 있었다. 오무라와 이야기할 때 거의 무의식적으로 사용하는 끊어 말하기 화법이 그렇다.

확실히 친구끼리 대화할 때 끊어 말하지 않아도 된다면 일상생활이 조금 편해질 것 같다. 하지만 고작 그런 게 목숨을 걸고 체제와 싸워야만 하는 이유라니, 우스이는 상상이 되지 않았다.

"우리의 투쟁은 해가 갈수록 힘들어지고 있네. 하지만 우리에게 아주 미래가 없는 건 아니야. 만약 협조할 생각이 있다면, 다음 주 토요일 밤 9시에 지금부터 말하는 곳으로 와 주게."

우스이는 그 장소를 머리에 단단히 새기면서도, 강한 위화감에 사로잡혔다.

왜 그는 이렇게까지 즐거움과 싸우기 위해 고통받고 있는 걸까.

17구를 대충 한 바퀴 돈 차가 우스이를 내려준 곳은 '진격 광장'이었다. 이미 날짜는 바뀌었고, 거리 만남 뒷정리를 하는 스태프가 몇 명 남아 있을 뿐이었다. 그렇게나 떠들썩한 행사를 치렀는데도 광장은 쓰레기 하나 없이 청소되었다.

"우스이, 괜찮냐?"

멀리서 군복 차림 남자가 달려오는 게 보였다. 얼굴을 볼 것도 없이 오무라였다. 거리 곳곳에 감시 카메라가 설치된 이스트 아시아에서는, 지인이 어디 있는지 알아내는 건 식은 죽 먹기보다 쉽다. 온몸에서 생기가 빠져나가 흐느적거리는 우스이의 몸을 오무라의 팔이 떠받쳤다.

두 사람은 구청 쪽으로 '해방 거리'를 걷기 시작했다. 지나가는 차도 거의 없는 시간, 늦가을 밤바람이 잔치의 여운을 식히고 있었다.

"무슨 이야기 했어?"

"그게, 의미를 이, 해 못 하겠더라. 무슨 뜻인, 지 모, 를 말도 많았고, 억양도 이, 상했고……."

체력이 바닥나기 일보 직전인 상태로 말을 하자니, 자연스럽게 끊어 말하기 화법이 됐다. 그 말을 들은 오무라는 안도했다는 듯이 얼굴이 부드러워졌다. 무슨 이상한 정치사상을 주입당해 반체제파에 포섭되지는 않을까 내심 걱정했기 때문이다. 우스이는 한숨을 섞어 가며 말을 이었다.

"자유랑, 프라…… 어쩌고 하는 걸 위해, 즐거움과, 싸운다, 던가."

겨우 기억나는 단어를 이어 붙이니 그런 말이 됐다.

"무슨 뜻이야?"

"글쎄……. 노인이니까, 일단 시작한 일을, 그만두지 못하는 거 아닐까."

우스이에게는 3,000엔만 내면 맥주를 얼마든지 마실 수 있는 게 자유였다. 그리고 그 자유는 우스이의 손에 이미 들어왔다. 이스트아시아의 경제는 조금씩 풍족해지고 있다. 우스이는 부모님보다 자유롭고, 아마 자식은 보다 자유로워질 것이다.

한동안 둘 다 말없이 계속 걸었다. 구청 벽에 설치된 대형 전막도 이 시간에는 조용했다.

"이만 갈까. 리포트도 써야 하고."

우스이가 겨우 숨을 고르고는 말했다.

"나도 휴가가 내일까지라서. 아무래도 오늘은 좀 피곤하네."

"그럼 이따 전막에서 보자."

두 사람이 각자의 집 쪽으로 걸음을 떼려던 차였다.

"아, 그래, 생각났어."

우스이가 갑자기 발을 멈췄다.

"그 영감, 대륙의 정치범 김창석이야. 어쩐지 말, 하는데 대륙 악, 센트가 있어서 알, 아듣기 힘들더라니. 설마 도쿄에 숨어들었을 줄이야."

"넌 그런 인물 얼굴을 왜 아는 건데?"

"평소 전막으로 하는 게임에 나오는 적 캐릭터니까. 뭐, 화면보다 늙어 보였지만."

"그 외계인에서 정치범으로 바뀐 게임?"

"응. 잠깐만, 김창석은 2급범이니까 신고하면 신용점수가 1천점 오르겠네. 다음 주 토요일 회합 장소를 가르쳐 줬으니까, 치안성에 신고해서 현장을 덮치라고 하면 되겠다. 좋았어, 이걸로 4만점을 넘기면 우대 조치로 진급 요건인 4학점 취득은 면제야. 근현대사 학점은 안 받아도 돼. 이제 소설을 쓸 수 있겠어."

"잘됐네."

오무라가 히죽 웃고, 두 사람은 오른손을 들어 올려 짝 맞부딪쳤다. 앞서 말했듯이 국민신용점수가 높으면 진학이나 취직에 유리하게 작용한다.

"그런데 에마, 노는 어쩔 거야? 그냥 놔, 두면 같이 엮여 들어가는 거 아냐? 너한테도 사적 감, 독 책임이 발생할걸."

듣고 보니 에마노가 거리 만남에 나온 것도 이 사적 감독 책임을 발생시켜 상대의 행동을 제한하기 위해서였구나, 우스이는 생각했다. 그런 수법으로 지인을 반체제파로 끌어들였는지도 모른다.

"어쩔 수 없지. 같이 고, 발하는 수밖에 없겠다. 그래도 볼, 펜 종이 정, 도라면 대경, 기회에서 약간 노, 동하는 정도로 그치겠지."

"밑지는 장사라고 하지 않았어?"

"10점, 20점이라면 몰라도 1천 점이 걸렸으니까."

"그렇군. 네게 대학 동기의 가치는 그 정도구나. 기억해 둬야겠어."

오무라는 조용히 웃었다.

21세기의 젊은이는 이렇게 초감시 사회를 즐겁게 살아가고 있다.

# 인간들 이야기

"옛날 옛적, 어느 곳에."

저런 말을 가지고 노는 포유류의 일종이 진화의 가지 끝에 불쑥 나타나기 이전부터 그들은 그곳에 존재했다.

그들의 거처는 태고의 화산활동으로 형성된 다공질 암석이었다.

암석 틈새를 가득 채운 물에는 수천 종의 유기 분자가 용해되어 있었다.

몇몇 분자는 촉매 능력이 있어서 어떤 분자를 다른 분자로 변화시킬 수 있었다.

그렇게 해서 생겨난 분자가 새로운 촉매 능력을 얻어 또 다른 분자를 만들어 내는 경우도 있었다.

그런 복잡한 연쇄 화학반응이 다공질 암석에 있는 무수한 작은 방(셀)에서 저마다 독자적으로 진행되었다. 작은 방은 서로 미세한 구멍으로 연결되어, 어느 방에서 물질이 너무 늘어났다 싶으면 다른 작은 방으로 서서히 스며들었다.

제멋대로 내리쬐는 방사선이 작은 방 안에 있는 분자를 절단하고 거기서 발생한 유리기•가 마구 날뛰는 일도 있었다. 그러면서 독자적으로는 만들어 내지 못할 획기적인 새로운 분자가 만들어지기도 했다.

먼 바다의 외딴섬이 독자적인 생태계를 형성하는 것처럼 물리적으로 격리된 작은 방에서 우발적인 촉매 사이클이 탄생했다가, 그것이 주변으로 전파되어 암석 내부 환경을 크게 뒤바꿔 놓는 경우도 있었다.

그들은 춥고 어두운 땅 깊은 곳에 있었다.

외부 공기에서 공급되는 물질이나 에너지는 거의 없었고 미미한 화학 결합을 절단하는 데에도 영구에 가까운 시간이 필요했지만, 지상 세계의 간섭을 일절 받지 않고 지내는 그들에게 시

• 한 쌍의 전자가 아니라 비공유 홑전자를 가지고 독립적으로 존재하는 화학종. 일반적으로 불안정하고 반응성이 매우 크다. 자유 라디칼이라고도 한다.

간이라는 개념은 큰 문제가 아니었다.

산소는 없었지만 그것도 호기 생물•이 아닌 그들에게는 오히려 좋은 일이었다.

만약 어떤 화학자가 고도의 분광 기술을 이용해 내부의 작은 방에 포함된 분자 조성을 분석한다면, 그것이 마치 뇌의 신경계처럼 복잡한 네트워크를 구성한다는 사실을 알게 되었으리라.

약간 공상을 할 줄 아는 사람이라면 이 작은 방들이 이런 대화를 나누는 것처럼 보였을지도 모른다.

"우리가 만드는 아미노산 촉매의 능력을 사용하면 그쪽 구멍은 좀 더 풍요로워질 겁니다."

"그럴 순 없죠. 우리 방에는 우리의 질서가 있으니까요."

"무슨 말씀을, 앞으로는 아미노산 촉매의 시대라고요. 우리는 하늘에서 내려온 빛을 통해 이 획기적인 분자를 만들어 냈습니다. 당신들처럼 표면에 포함된 무기염만 사용했다가는, 금세 다른 방에서 온 침략자한테 멸망당할 거예요."

물론 그들에게 언어를 사용할 지성 같은 것은 없다. 그저 암석에 갇힌 유기 분자 수용액에 지나지 않는다.

• 생명 유지와 성장에 산소가 꼭 필요한 생물

유전법칙이라고 부르기에는 너무나 초라한, 어렴풋이 새어 나온 기억이나 다름없는 그것은 변변찮고도 연약한 질서를 계승하고 있었다. 땅속 깊은 곳에서 그저 조용히, 아마도 수억 년에 걸쳐 자신들의 존재 이유에 대해 고민하지도 않으면서.

하지만, 이건 그런 이야기와는 아무 상관없는, 어느 가족에 대한 이야기이다.

■

신노 교헤이가 이 세상에 태어나 세상일을 추상적으로 생각할 수 있을 만한 사고력이 형성되었을 무렵. 그의 뇌에 처음으로 떠오른 의문은 이러했다.

"나는 왜 이렇게 고독할까."

그의 유복한 환경을 생각하면 조금 부적절한 의문이었는지도 모른다. 그가 자란 집은 날이 갈수록 경제가 위축되어 가는 일본에서 이보다 더 바랄 수는 없을 정도로 유복했다.

톨스토이는 "행복한 가정은 모두 엇비슷하지만, 불행한 가정은 각자 다른 이유로 불행하다."라고 했는데, 신노 교헤이가 태어난 가정은 그야말로 그림으로 그린 듯한 행복 위에 서 있었다.

아버지는 할아버지가 도내에서 개업한 병원을 물려받은 의사고, 어머니는 전업주부였다. 집에는 차 두 대와 대형견 두 마리가 있었다. 가지고 싶은 건 거의 다 살 수 있었고, 가고 싶은 곳은 어디든 갈 수 있었다. 눈에 들어오는 세상은 애정으로 가득했으며, 자신과 세상을 아주 자연스럽게 동일시할 수 있었다.

"무슨 일을 하면서 살든 상관없으니까, 반듯한 어른이 되려무나."

아버지는 늘 그렇게 말했고, 교헤이나 누나에게 자기 뒤를 이으라고 강요하지 않았다. 고생 끝에 병원 문을 연 할아버지는 그 성과를 조금이라도 오래 이어 가기 위해 아들이 뒤를 잇기를 바랐지만, 고생하지 않고 재산을 손에 넣은 아버지는 그것을 잃는 상황에도 그리 신경 쓰지 않았다. 자수성가를 이룬 사람들의 자식에게는 그런 경향이 있다.

날 때부터 충분한 부와 뛰어난 두뇌를 겸비하고 자유도 마음껏 누릴 수 있던 교헤이는 무엇이든 자기가 바라는 대로 될 수 있었다.

그리고 바로 그 행복이 그를 고독하게 만들었다.

그는 매일매일 '타자(他者)'의 부재를 느꼈다.

그는 자신이 이해할 수 없고 자신을 이해하려고 하지 않으며 일체화할 수 없는 이질(異質)을 원했다. 풍족한 환경에서 자란 소년이 그런 요소에 굶주리는 경우는 간혹 있곤 했다.

그런 교헤이에게 하루하루 양식이 되었던 것은, 고대 지구에 존재했던 이질적인 존재를 향한 관심이었다.

초등학생 때 교헤이는 화석으로 남은 고대 생물에 깊이 빠져 살았다. 그는 부모님에게 공룡 도감과 골격 모형을 사 달라고 부탁했다. 건전한 과학적 호기심이 싹트면서 소년이 공룡에 관심을 갖게 된 거라고 생각하고, 부모님은 기꺼이 비싼 자료를 사 줬다.

반면에 또래 아이들이 푹 빠질 법한 괴수나 거대 로봇에게는 거의 관심을 보이지 않았다. 교헤이가 원한 것은 한때 지상에 존재했던 '이해할 수 없는 이질성'이지, 남아용 콘텐츠 시장에 넘쳐 나는 인간을 위해 설계된 오브젝트가 아니었다. 완구에 무관심한 그런 모습 또한 부모님이 교헤이를 높게 평가하는 데에 영향을 주었다.

어머니는 교헤이를 화석 발굴 체험 투어에 여러 번 데리고 갔다. 일본 국내에는 공룡 화석이 나오는 곳이 드물다 보니 발굴된 것도 조개나 식물 화석 정도였지만, 교헤이는 그런 고대 생물의 기억을 접할 때마다 이 지구에 확고한 이질성이 존재했음을 실감했다. 그리고 그 사실을 인생의 작은 양식으로 삼으며 자랐다.

하지만 2차 성징과 함께 일어난 교헤이의 지적 성장이 또다시 그를 깊은 고독에 빠지게 했다.

명문 사립 중학교 도서실에서 나이에 다소 어울리지 않는 서적을 쭉 읽어 가다가, 지금까지 몰랐던 불편한 진실을 알게 된 것이다. 지구에 존재하는 모든 생물은 약 38억 년 전에 생겨난 단일 세포의 자손이라는 사실 말이다. 인간에서 박테리아에 이르는 모든 세포에서 DNA–RNA–단백질로 구성된 공통 시스템이 작동하고 있으며 그 유전암호표까지도 완전히 일치한다는 것이 그들의 이력을 증명했다.

도감과 박물관에서 '기상천외한 동물들'이라고 소개되는 열대 동물이나 심해 생물, 화석으로만 모습을 남긴 멸종된 종들은, 모두 생김새만 특이할 뿐이지 결국에는 친척 관계였구나. 생명 세계는 모두 동질(同質)이며, 고독했던 먼 조상을 단조롭게 복사한 자들이 온통 이 파란 구면을 채우고 있는 거야. 교헤이는 그렇게 이해했다.

'이 세상에 사는 생물은 모두 형제'라는 박애주의적인 말은 교헤이에게는 다른 의미로 울려 퍼졌다. 자신은 지구에 오직 하나만 존재하는, 생명이라는 거인의 세포에 불과하다고.

그래서 그의 관심은 우주로 향했다.

지구는 동질성으로 가득하다. 이질적인 타자를 찾고자 한다면 진공의 어둠에 가로막힌 다른 별에서 찾는 수밖에 없다. 열다섯 살 교헤이는 그렇게 생각했다.

그 무렵 전 세계 텔레비전에서 중국 국가항천국의 우주 비행사가 달 표면에 오성홍기를 꽂는 모습이 방영되었다. 미국에 이은 두 번째 달 표면 착륙을, 눈부신 경제성장 가도를 달리던 중국이 이루어 낸 것이다.

온갖 과학 업적에서 '일본인이 공헌한 부분'을 찾느라 혈안이 된 매스미디어는 특집 방송을 편성해, 간사이 지역 공장에서 생산되는 우주선의 작은 부품이 미션을 좌우하는 중대한 기기인 양 보도했다. 지방 도시의 공장이 화면에 흐르고, 작업복을 입은 공장장이 "이 작은 부품이 인류의 큰 위업을 달성했습니다." 하고 선전했다.

하지만 어느 정도 판단 능력을 갖춘 시청자에게는 척 봐도 그저 작은 부품에 지나지 않았다.

"일본은 어쩌다 이렇게 돼 버렸을까."

교헤이의 아버지는 텔레비전을 향해 나직하게 중얼거렸다.

그것은 20세기 말에 태어난 일본인이라면 공통적으로 품은 감각이었다. 아버지 세대는 미국에 이어 경제 · 과학 강국이었던 조국이 신흥국에 점차 추월당하는 모습을 그저 지켜볼 수밖에 없었던 것이다.

하지만 중학생인 교헤이는 그 한탄을 이해할 수 없었다.

"아버지, 일본이든 중국이든 대단한 건 대단한 거 아니에요?"

그러자 아버지는 조금 못마땅한 표정을 지었다가 곧 다시 생각에 잠기더니 대답했다.

"네 말이 맞다. 옳은 말이야. 그 정도로 넓은 시야를 가졌으니 분명 넓은 세상에서 활약할 수 있는 사람이 되겠구나."

아버지의 이런 예상은 빗나갔다. 교헤이는 딱히 인간 사회에 대해 넓은 시야를 지닌 게 아니다. 오히려 그 반대로, 교헤이에게는 일본인과 중국인의 차이는커녕 황인과 백인의 차이도 이해되지 않았다. 그런 국적이나 인종의 다양성 같은 것은 모두 그에게는 '고독한 거인'을 구성하는 요소에 지나지 않았다. 세포와 장기 하나하나에 존중해야 할 인격을 느끼지 않듯이, 교헤이는 내셔널리즘에는 아무런 신경을 쓰지 않았다.

"교헤이는 나중에 우주 비행사가 될 거니?"

어머니가 홍차를 타면서 물었다. 이 무렵 아들의 관심이 고생물에서 우주로 옮겨 간 것을 알고 있던 어머니는, 아들이 바라기만 한다면 당연히 그대로 이루어지리라고 믿는 듯했다. 교헤이가 대답했다.

"아뇨. 그렇게까지 튼튼하지는 않으니까 과학자가 되려고요."

아무래도 아들은 자기 말대로 '반듯한 어른'이 될 것 같았는지 아버지는 안심한 표정을 지었고, 뒤이어 누나 쪽을 힐끔 쳐다봤지만 뭐라고 말하지는 않았다. 세 살 위인 누나는 이때 열여덟 살이었는데, 자기 진로를 결정하지 못해 입시 공부에도 전념하지 못하는 것 같았다. 자기 진로를 이렇게나 확실히 정한 동생을 어떻게 생각했는지는 알 수 없다.

교헤이가 유달리 몸이 허약한 것은 아니다. 그가 우주 비행사를 소년 시절의 꿈으로도 생각하지 않았던 이유는, 반드시 직접 우주에 갈 필요성을 느끼지 않았기 때문이다.

지구상의 인류는 DNA로 보자면 99퍼센트 이상 동질이고, 불과 몇만 년 전에 분화한 가까운 친척에 지나지 않는다. 그중 누군가가 우주에 간다면 그건 자신이 가는 것과 본질적으로 똑같은 일이다. 인간의 업적은 인간 전체에 돌아오는 것이며 개인은 저마다의 적성에 맞는 역할을 다하면 된다고 교헤이는 생각했다.

이런 성향은 과학자로서는 적합했지만, 원만한 인간관계를 형성하는 데에는 적지 않게 지장을 주었다. 이를테면 교헤이는 한 명의 여성을 다른 이들과 구별해서 사랑할 수 없었다. 십 대와 이십 대를 거치며 연인을 몇 명 사귀었지만, 그것은 어디까지나 신체적인 필요에서 생긴 관계이지 그의 독특한 고독감을 치유하는 것과는 무관한 행위였다.

물론 교헤이 자신은 그것을 인간적 결합이라고 생각하지 않았다. 만약 자신이 결혼해서 부부 생활을 시작했다 하더라도 그것은 집에 있는 사람 수가 1에서 2가 되는 것에 불과한, 생태학상 변수의 변화에 지나지 않는다고 여겼다.

이런 그의 인간관에 변화가 생긴 건 서른다섯 살 때였다.

■

밤이 내린 인적 없는 주택가에 자동차 전조등이 비쳤다. 타이어 마찰음과 함께 합성된 주행음이 길 위에 울렸다. 소리에 이끌리듯이 찌르레기들이 우는 소리가 이어졌다. 밤 10시를 넘어선 시각이었다.

전기 자동차가 주행할 때 의무적으로 내야 하는 주행음은 현재 두 가지 이유에서 교헤이에게 아무 소용이 없었다. 첫째, 현대의 제어 기술이라면 이제는 보행자가 자동차를 발견하지 못하더라도 위험하지 않다. 둘째, 근무하는 대학에서 자택까지 오는 길에 배려해야 할 보행자가 거의 존재하지 않는다. 자동화 기술의 발달과 인구 감소, 시대를 따라가지 못하는 법 정비 등, 일본이라는 나라가 처한 현실을 상징적으로 보여 주는 상황이었다.

소년 시절 정했던 대로 과학자가 된 이래, 교헤이는 대체로 똑같은 리듬으로 하루하루를 소화했다. 해가 떠 있는 동안은 대학 사무 작업이나 학생 지도에 시간을 쓰고, 해가 저물고 나면 연구에 시간을 썼다. 자택에 있는 시간은 거의 수면 시간이다. 그런 생활을 지난 팔 년 동안, 불과 한 달 전까지 계속했다.

계단을 올라가 조용히 현관문을 열자, 거실 테이블에 엎드려 있던 소년이 졸린 얼굴로 교헤이를 쳐다보며 인사했다.

"어서 오세요, 삼촌."

"루이. 아직 안 잤어?"

테이블에는 반찬이 작은 접시에 담겨 있다. 어젯밤 교헤이가 슈퍼에서 사 온 것이다. 거의 요리를 할 짬이 없다 보니 교헤이는 며칠에 한 번씩 두 명분의 식사거리를 사 온다.

"늦을 거라 저녁 먹고 자라고 했잖아."

"저녁은 가족이 모두 모여 먹는 거라고 할머니가 그랬어요."

"억지로 '가족' 행세를 할 필요는 없어."

교헤이는 타이르듯이 말했다.

"물론 넌 아직 열두 살이야. 혼자 살아갈 수 있는 나이는 아니긴 해. 하지만 그건 경제적인 사정 때문이지, 가족이라는 틀이 필요한 시기는 이미 지났을 거 아냐. 성장기에 필요한 건 제때 저녁을 먹고 제때 자는 거야."

"죄송해요. 내일부터는 안 그럴게요."

루이가 풀이 죽은 모습으로 고개를 숙였고, 교헤이는 조금 망설이다 지갑에서 지폐를 꺼내 건넸다.

"자."

생활비로도 쓰고 필요한 물건도 사라고 주는 돈이다.

비정기적인 타이밍에 용돈을 주는 건, 자신이 화를 내는 게 아니라는 것을 표명하기 위해서였다. 육아 경험이 없는 교헤이는 금전을 주는 형태 말고는 아이에 대한 감정을 표현하는 다른 방법을 몰랐다.

"너무 많아요."

지폐를 조심스레 센 다음 루이가 말했다.

"이 주일 치야. 다음 주에 스위스에서 국제회의가 있거든. 닷새면 돌아올 건데. 뭐, 학교에 제출할 서류는 없니?"

"아, 숙제가 있어요."

"숙제?"

"가족이 하는 일을 조사해 가는 거예요. 연구라든가, 대학 관련이라든가."

"……아아."

고개를 끄덕이다가 한 박자 늦게 '가족'이 자신을 가리킨다는 걸 알아차렸다. 이 소년의 보호자는 지금 자신이다.

"오늘은 이만 늦었으니까 내일 해도 될까?"

"네. 괜찮아요."

그렇게 대답하고 루이는 테이블에 차려진 저녁을 묵묵히 먹기 시작했다.

느닷없이 맡게 된 아이가 이미 초등학교 6학년이라 며칠 혼자 둬도 문제없을 나이였다는 건 교헤이에게 행운이라고 할 수 있었다. 만약 이 소년이 미취학 아동이었다면, 교헤이의 기계처럼 규칙적인 생활은 크게 흐트러졌을 게 틀림없다.

네 조카를 잠시 맡아 줄 수 없겠니?

어머니가 그렇게 물은 것은, 오봉 연휴 기간에 도내에 있는 본가에 갔을 때였다.

교헤이가 어릴 때부터 아버지는 "일흔이 되면 의사를 은퇴하고 노후를 호주에서 보내겠어."라고 마음을 정해 두었다. 뒤를 이을 사람이 없는 병원을 어디에 넘길지, 도내 금싸라기 땅인 자택을 어디에 팔지 이미 다 고려했고, 기후가 온화해서 노부부 둘이서 지내기에 안성맞춤인 곳에다 지낼 만한 집도 꽤 오래전부터 찾아 두었다.

꽤 오래전부터란 즉 교헤이의 누나가 아들 루이를 부모님에게 맡겨 놓은 채로 연락을 끊기 전이다.

아버지에게 그것은 인생에서 몇 안 되는 '예측하지 못한 사태'였던 모양이다. 의학부를 나와 아버지의 뒤를 잇고 두 아이를 두고 개 두 마리를 키우고 도내의 단독주택에 살고 노후에는 해외에서 유유자적하게 보낸다. 이처럼 진부하다고까지 할 수 있는 행복한 가정을 구축하기 위해, 아버지는 칠십 년 동안 모든 걸 계획에 맞춰 수행했다.

물론 아버지만 한 재력이 있다면 초등학생인 루이를 데리고 호주로 이주하는 일쯤이야 식은 죽 먹기일 것이다. 다만 아이를 두고 소식을 끊은 누나의 행동은, '반듯한 어른이 되어라'라는 말을 듣고 자란 자식이 처음으로 일으킨 '반듯하지 않은 행위'였다. 그 결과인 루이의 존재를 아버지는 용납할 수 없었는지도 모른다.

"그리고 말이지, 일본에 남는 게 루이를 위한 길이라고 생각해."

어머니는 아버지를 변호했고, 아버지 역시 "엄마 말이 맞다. 그리고 루이는 어릴 때 네 모습을 많이 닮았어. 이제부터라도 네가 반듯한 어른의 견본을 보여 줘라."라고 말했다.

평균적인 가족관을 가진 사람이라면, 초등학생 손자를 남겨두고 해외로 이주하는 게 얼마나 사회 통념에 반하는 행동인지는 잘 알 것이다. 하지만 교헤이는 조부모가 키우는 것이나 삼촌인 자신이 맡는 것이나 큰 차이가 있다고 생각하지 않았고, 부모님에게 노후 계획이 나중에 온 루이보다 우선순위가 높은 것도 자연스러운 일이라고 여겼다.

얼추 이야기를 듣고 교헤이는 부모님에게 말했다.

"전부터 결정된 거라면 할 수 없죠."

집으로 돌아오자마자 곧바로 창고로 사용하던 방을 정리해 아이 한 명이 지낼 수 있을 만한 공간을 마련했다. 쌓아 놨던 서적을 박스에 담아서 벽 쪽에 붙인 다음 그 위에 널빤지를 얹고 의자를 놓았더니 그럭저럭 괜찮은 책상이 됐다. 인터넷에서 산 파이프 침대를 펼쳐 놓으니 급조한 것치고는 쓸 만한 아이 방으로 보였다. 적어도 아동상담소가 학대를 의심할 방은 아니다.

그보다 걱정이었던 점은 동거인이 자신의 생활권을 어지럽히는 것이었다. 서른다섯까지 독신으로 살아온 남자에게는, 자기 의사를 지닌 사람과 동거하는 일에 대해 상상해 볼 힘이 거의 남아 있지 않았다. 상상력이 부족하면 때때로 모든 일을 안 좋은 쪽으로 생각해 버리고 마는 법이다.

그러나 실제로 함께 살아 보니, 루이는 놀라울 정도로 손이 가지 않는 아이였다.

다 먹은 식기는 어김없이 제 손으로 설거지를 했고, 쓰레기를 내놓는 날에는 어김없이 제 손으로 쓰레기를 가지고 나갔다. 빨래와 몇 가지 집안일을 맡겨도 루이는 실수 없이 처리했다.

'엄마에게 버림받고 친척 집을 전전한 아이'라는 말을 듣고 상상하기 마련인 모습과는 전혀 달랐다.

조부모가 루이를 '반듯한 성인'으로 키우기 위해 성심성의껏 대했다는 걸 짐작할 수 있었다. 어머니가 교헤이에게 "루이를 위한 길이라고 생각해."라고 했던 말도 허울뿐인 변명이 아니라 본심에서 나온 말이었으리라.

교헤이가 준 방도 아이가 쓰는 방치고는 부자연스럽게 느껴질 정도로 정돈되어 있었다.

책상 옆에는 학교 가방이 놓여 있지만, 그 놓아둔 모습 하나만 보더라도 가정교육을 잘 받은 아이가 친구 집에 놀러 왔을 때를 떠올리게 했다. 벽에 있는 고리는 사용하지 않고, 발 디디는 데에 걸리지 않으면서도 눈에 거슬리지 않을 장소를 재빠르게 찾아냈다. 깔끔하고 꼼꼼하다는 인상을 느끼게 하는 행동이지만, 한편으로는 뭔가 석연치 않은 느낌도 들었다. 마치 이 방에 사는 사람이 없는 것처럼 보이려고 노력하는 듯했다.

그래도 책장에 꽂아 둔 책이 조금 움직인 걸 보니, 아무래도 루이가 가끔 꺼내 읽는 모양이다. 약간 예민한 교헤이가 아니라면 알아차리지 못했을 테지만, 그것이 이 방에서 몇 안 되는 살아 있는 인간의 냄새였다.

"애들이 재미있게 읽을 책은 없을 텐데."

교헤이가 대학 시절에 썼던 오래된 전문 서적을 상자에 담아 이 방에다가 보관하고 있었다.

그러자 루이가 잠자코 책장 아랫단에 있는 커다란 책으로 눈을 돌렸다. 어린이용 공룡 도감이었다. 그런 걸 이 집에 가지고 왔다는 사실을 교헤이는 까맣게 잊고 있었다.

"아아. 그건 삼촌이 초등학생 때 할머니께서 사 주신 거야. 읽어 봤어?"

"공룡 그림이 어플 도감이랑 많이 다른 것 같아요. 좀, 괴수 같았어요."

"삼촌이 어릴 땐 그랬어. 그 무렵엔 공룡이라고 하면 도마뱀이나 악어를 닮은 동물이었는데, 남자아이들한테 무척 인기가 있었지. 지금 같은 새 모습은 아니었어."

"공룡 모습이 변한 건가요?"

"공룡은 변하지 않아. 한참 옛날에 멸종했으니까. 변한 건 인간의 지식이야. 새로운 화석이 발굴되거나 분자 해석 기술이 고도화되면서 조류에 가까운 계통이란 게 밝혀지기 시작했지. 그래서 연구 성과에 맞춰서 도감도 고쳐 쓰는 거야."

"분자 해석."

루이는 그 말을 소중한 보물을 다루듯이 천천히 되풀이했다.

"공룡의 몸에 포함된 아미노산 같은 분자를 조사하는 걸 말해. 뼈보다 분자에 유전학적 정보가 더 잘 남거든."

그렇게 설명하자 루이는 몹시 흥미롭다는 눈으로 이쪽을 봤다. 그렇구나, 이 아이는 날 닮아 과학적 호기심이 강한 성향인가 보네. 이런 성질도 유전적인 경향이 강한 걸까. 교헤이는 생각했다.

생김새는 전혀 닮지 않았다. 교헤이는 다른 가족들처럼 전형적인 일본인 얼굴이지만, 루이는 윤곽이 뚜렷하고 다소 서양 쪽에 가까운 얼굴이었다. 키도 또래 남자아이들보다 좀 크다.

교헤이는 도감을 팔락팔락 넘겼다. 반가운 도판에 예스러운 서체로 설명이 적혀 있다. 그 중에서 '오비랍토르'라고 적힌 페이지를 펼쳤다.

광택지에는 머리에 닭을 연상시키는 붉은 볏이 있고 몸은 깃털로 뒤덮인 공룡이 새 둥지 같은 곳에 앉은 컬러 일러스트가 그려져 있었다.

"예를 들어 이 녀석은 연구를 통해 모습이 크게 달라진 공룡이야."

루이를 보면서 설명을 시작했다.

"이 녀석은 처음에 알 화석과 같이 발견됐어. 다른 공룡의 알을 훔쳐 먹던 거라고 추측한 과학자가 '알 도둑'이라는 의미를 가진 이름을 붙였지. 그런데 그 후 연구를 통해 아무래도 오비랍토르는 자기 알을 품고 있었던 것 같다는 사실이 밝혀진 거야. 그래서 지금 도감에는 알을 품는 모습이 그려져 있지."

"옛날 과학자는 왜 알을 훔쳤다고 생각했는데요?"

"알을 품는 건 새가 하는 행동이기 때문이야. 옛날 과학자는 공룡을 도마뱀 같은 동물이라고 생각했으니까, 알을 품는다는 발상을 못 했던 거겠지."

"그런데 이름은 안 바뀌는 거예요?"

"한번 정한 학명을 바꾸기는 좀 힘들거든."

"불쌍해요."

"그렇지만 인간이 공룡에게 어떤 이름을 붙이든 공룡에게는 아무래도 좋은 문제야. 이런 건 어디까지나 인간들 이야기니까."

"불쌍하다고요."

루이는 한 번 더 말했다. 진지한 눈이었다. 마치 그 공룡을 알 도둑이라는 이름으로 부르는 게 자기 존재를 부정하는 일처럼 느껴지기라도 하는 것 같았다.

"흐음, 일리 있는 말이야. 그럼 네가 나중에 어른이 된 다음에 이름을 바꿀 수 있게 국제회의에 제안해 봐."

"변경할 수도 있어요?"

"삼촌은 분류학 전문가가 아니라서 구체적인 절차는 몰라. 그래도 인간이 정한 거니까 분명 인간이 바꿀 수도 있을 거야. 하지만 그러려면 공부를 많이 해야겠지. 우선 숙제부터 할까."

"네."

루이는 순순히 대답하고 가방에서 공책과 연필을 꺼냈다. 공책 표지에는 '6학년 2반 신노 루이'라고 사인펜으로 반듯하게 적혀 있다.

누나의 아들이지만 자신과 똑같은 성을 쓴다는 사실이, 루이의 짧은 인생에 얽힌 여러 사정을 상상하게 만들었다.

루이는 호적상 아버지가 있었던 적이 없다.

물론 생물학적인 아버지는 존재한다. 루이도 열두 살이니, 아마 자신에게 '아버지'라는 사람이 존재한다는 사실쯤은 이미 알고 있을 것이다.

교헤이는 그 남자의 이름은 물론이고 지금 사는 곳도 안다. 검색하기만 하면 사진도 금세 입수할 수 있다.

하지만 루이에게는 그 사실을 알리지 않았다.

행복한 가정에서 자라긴 했어도 교헤이는 서른다섯이다. 이 나이쯤 되면 혈연과 호적을 일치시킬 수 없거나 자식이 아버지를 만날 수 없는 사정이 이 세상에 존재한다는 것쯤은 알게 된다.

■

교헤이와 루이가 사는 곳은 도심에서 전철로 한 시간 정도 떨어진 도시다. 예전에 학원도시로 개발된 지역인데, 몇몇 기업이 유치되었다가 철수했고 결국에는 대학만 남았다. 가족용 임대주택이 도내의 원룸과 같은 가격이 될 때까지 인구 유출이 진행됐다.

이런 곳에서는 성인의 절반은 대학 직원이고, "너희 아버지는 무슨 일 하셔?"라는 질문은 직업이 아니라 연구 분야를 묻는 말이다. 적어도 직업을 묻는 질문에 난처해할 어른은 거의 존재하지 않는다. 그렇기에 '가족이 하는 일을 조사해 오시오'라는, 어떤 면에서는 무신경한 숙제가 나오는 것이리라.

루이는 그런 환경에서는 예외적으로 '가정 사정이 복잡한 아이'였다.

짧은 인생 중 첫 구 년을 엄마와 둘이 살았고, 엄마의 사정 때문에 조부모 곁으로 갔다. 그곳에서 삼 년을 살다가 조부모의 사정 때문에 삼촌인 교헤이의 집으로 왔다. 9와 3이라는 숫자를 늘어놓고 교헤이는 생각했다. 나도 가까운 장래에 **사정** 때문에 이 아이를 다른 곳으로 보내게 되는 게 아닐까. 자신의 뜻과는 상관없이 필연적인 현상으로 그런 일이 일어나는 건 아닐까 하는 예감이 어렴풋이 들었다.

하지만 우선 지금 자신이 할 일은 '가족'으로서 숙제를 해결하는 것이었다.

"삼촌이 하는 일은 말이지."

한 호흡 쉬었다가, 공책과 연필을 안고 있는 루이를 보면서 조금 젠체하듯 말했다.

"우주의 생명을, 찾는 일, 을 하고 있어."

그러자 루이가 이상하다는 눈으로 쳐다보며 물었다.

"그런데 삼촌은 우주에 안 가잖아요."

맞아, 하고 교헤이는 고개를 끄덕였다.

어머니가 예전에 "교헤이는 커서 우주 비행사가 될 거니?" 하고 물었던 것처럼, 우주와 관련된 일이라고 하면 누구든 우주 비행사를 먼저 생각한다. 제어 기술이 진보한 덕에 대부분의 미션이 무인화됐어도, 우주개발의 간판은 인간 비행사다.

"그렇지. 하지만 우주의 생명을 발견하기 위해서는 지구에서 할 일이 훨씬 많아."

"그래요?"

"그럼. 우주 비행사들이 화성에 간다고 해서 화성인이 몰려들어서 '화성에 오신 걸 환영합니다. 우린 화성인입니다. 친구가 됩시다.' 하고 말을 걸 리는 없으니까."

그러자 루이는 마뜩잖다는 표정을 지었다. 교헤이는 살짝 볼을 긁으면서 창밖으로 보이는 논을 가리켰다.

"예를 들어 볼까……. 저기 저 논에 있는 물을 한 컵 떠서 보면 그 안에는 무수히 많은 미생물이 있어. 그런데 눈으로 보기만 해서는 모르잖아. 이 지구에도 동물이나 식물보다 훨씬 많은 미생물이 있다는 사실은 현미경이 발명되고 나서야 겨우 밝혀졌지. 어머어마하게 많은 생물을 관찰한 아리스토텔레스나 《박물지》를 쓴 플리니우스도 그런 사실은 몰랐어."

"그럼 우주에 현미경을 가지고 가겠네요."

"물론 탐사선에는 많은 측정 장치가 탑재돼 있어. 하지만 무거운 장치를 들어 올리는 일은 쉽지 않은 데다 지구에서 만든 장치가 다른 별에서 제대로 작동할지는 아무도 몰라. 그래서 지금은 샘플 리턴이라고 해서, 다른 행성에서 생물이 있을 만한 장소를 발견하면 지면을 한 삽 떠서 지구로 가지고 돌아와. 그런 걸 분석해서 생명이 있는지 없는지를 삼촌 같은 사람들이 조사하는 거야."

"조사할 행성은 어떻게 결정하는데요?"

루이가 물었다. 적어도 숙제 안내문에는 그런 질문이 실려 있지는 않으리라. 루이 본인이 흥미를 느끼고 물은 것이다. 교헤이는 조금 기뻤다.

"삼촌이 지금 연구하는 건 화성이야. 고를 때에는 몇 가지 조건이 있어. 물론 가깝고 쉽게 갈 수 있는 것도 중요하지만, 가장 중요한 조건은 물이 있을 것이야."

"물이요."

"이를테면 목성의 유로파는 얼음으로 뒤덮인 위성인데, 그 아래에 물이 대량으로 있다는 사실이 밝혀졌어. 지금 인도 탐사선이 샘플을 가지러 가는 중이야. 유로파의 얼음에 파이프를 찔러 넣고 그 안에 있는 물을 조금 받아서 돌아오는 거지."

"얼음은 안 돼요?"

"안 돼. 생명을 찾으려면 일단은 액체인 물을 먼저 조사해야 해."

"왜요?"

"그건, 자세히 설명해 줄게. 고체인 얼음은 이런 식으로 분자가 빈틈없이 정렬되어 있는 상태야."

벽에 걸린 화이트보드에 동그라미를 바둑판 모양으로 나란히 그려 넣었다. 연구직에 종사하는 사람은 집에도 화이트보드를 두곤 한다. 없으면 아무래도 불안하기 때문이다.

"우선 생명이 태어난다는 건 터무니없이 복잡한 화학 반응을 동반하는 일이야. 몇천 종류나 되는 물질이 만나서 연쇄적으로 반응을 일으켜야만 하거든. 그런데 이 분자가 빈틈없이 정렬돼 있으면, 옆에 있는 원자 사이에서만 반응이 일어나기 때문에 생명이 태어날 만한 복잡한 반응이 일어날 수가 없어. 비유를 하자면 학교 수업 같은 거야. 그땐 선생님이 하는 설명밖에 못 듣잖아. 여기서 온도를 올리면."

비커 안에 동그라미를 잔뜩 그리고, 화살표를 쭉쭉 그어 가며 그 동그라미들이 움직이며 돌아다니는 모습을 그렸다.

"액체인 물이 생기지. 이건 쉬는 시간이야. 모두 맘대로 돌아다닐 수 있게 되는 거야. 그러면 친한 친구끼리 모여서 게임을 하기도 하고 놀러 갈 계획을 세우기도 하면서 더 복잡한 일을 할 수 있잖아. 여기서 온도가 더 올라가면."

이번에는 아무것도 없는 공간에 화살표로 여러 개의 분자가 날아다니는 모습을 그렸다.

"기체인 수증기. 이건 방과 후에 다들 뿔뿔이 흩어져 다른 장소에 있는 상태야. 이러면 서로 너무 멀리 있으니까 역시 복잡한 현상이 일어나지 않아. 다시 말해 액체인 물이 복잡한 일을 하기에 가장 적합하다는 거지."

교헤이는 펜 뚜껑을 닫았다. 즉흥적으로 떠올린 것 치고는 꽤 나쁘지 않은 설명이라고 생각했다.

"그런데 꼭 물이어야 하나요? 그러니까, 어, 우유라든가……."

루이가 물었다. 물이 아닌 액체를 들려다가 '우유'가 나온 것이 초등학생답다.

"우유도 기본적으로는 물이야. 그 전에 먼저 우유가 있는 별이라면 소가 있어야겠지."

그러자 루이는 움찔하고 어깨를 움츠리더니 무언가로부터 몸을 보호하려는 듯이 공책을 얼굴 앞으로 들었다. 아차 싶었다. '연구실 소속 학생 지도에 관한 설명회'에서도 상대방 생각을 무턱대고 부정해서는 안 된다고 했는데 그 이야기를 들어 놓고도 교헤이는 종종 잊어버린다.

헛기침을 살짝 하고, 될 수 있는 한 부드러운 목소리로 교헤이는 말을 이었다.

"하지만 방금 그건 매우 좋은 의문이야. 이를테면 토성의 타이탄에는 탄화수소 바다가 있으니까, 어쩌면 탄화수소에서 사는 생명이 있을지도 몰라."

"탄화수소."

루이는 그 말을 한 글자씩 또렷하게 반복했다.

"휘발유나 아스팔트 같은, 쉽게 말해 석유를 말해. 그런 곳에도 생명이 있다고 생각하는 사람도 있어. 여기서는 아조토좀이라는 분자가……."

"어? 석유는 공룡 사체에서 만들어지는 거 아니에요? 공룡이 없으면 석유도 안 만들어지지 않아요?"

루이가 끼어들었다. 아마 공룡 도감에 그런 내용이 있었으니 석유가 있다면 공룡도 있을 거라고 생각한 모양이다. 방금 전 교헤이가 말한 논법에 석유가 어디서 유래했는지에 대한 지식까지 섞어서 반론하다니. 똑똑한 아이다.

"잘 아는구나. 지구의 석유는 그렇게 만들어졌다고 알려져 있지. 그런데 타이탄의 바다는 메탄이나 에탄 같은 분자야. 으으음, 메탄이 뭔지 알려나. 타이탄은 무척 춥기 때문에, 지구에서는 가스가 될 분자가 액체로 존재해."

"메탄은 생물이 없어도 생겨요?"

"생물이 만드는 메탄도 있고 그렇지 않은 메탄도 있어. 그래서 메탄만 가지고는 생명이 있다는 증거가 될 수는 없긴 한데. ……이런, 메탄이 증거냐 아니냐 하는 이야기가 아니었지."

그러자 루이가 공책을 힐끔 보았다.

"물이 아닌 액체로는 안 되느냐는 이야기였어요."

"그랬지. 어쨌든 물이 아닌 것에서 생명을 찾는 사람도 있기는 있어."

질문이 툭툭 튀어나와서 이야기가 어느 방향으로 튈지 가늠할 수 없었다. 교헤이는 이런 대화가 더 마음 편했다. 평소 수업에서 학생들에게 일방적으로 설명할 때마다, 이럴 바에야 교과서를 읽는 게 훨씬 효율적이지 않나 생각하곤 했다.

"그런데 만약 물이 아닌 곳에 사는 생명이 있다면 그게 어떤 모습인지, 어떤 분자구조를 띠는지 삼촌이나 동료들은 실례를 본 적이 없으니까 알 수가 없어. 잘 모르는 곳에서 상상도 안 가는 걸 찾아오라는 말을 들으면 너무 어렵지 않겠어? 하지만 물에서 만들어진 생명이라면 실례를 하나 알고 있으니까 쉽게 찾을 수 있는 거지."

"그런 거였군요."

루이는 열심히 공책에 뭔가를 메모했다. 대체 이 이야기를 '숙제'로 어떻게 정리할 생각일까 궁금해졌다.

자기 이야기를 좀 더 구체적으로 하는 편이 나았을까 싶지만, 루이에게 그리 알려 주고 싶은 이야기는 아니었다. 개념적인 설명에 비해 연구 실무는, 과학적으로 어렵다는 점과는 다른 의미로 아이에게는 가르쳐 주고 싶지 않은 이야기가 많다.

루이는 매우 똑똑한 데다가 착한 아이다. 하지만 복잡한 사정을 안고 있다.

현실에서 인간이 얼마나 골칫덩이인지는 이 아이가 직접 겪어 봐서 가장 잘 알고 있다. 그런 건 자신이 잘난 척하며 가르칠 것이 아니다. 반듯한 일을 하는 반듯한 어른으로서 어떻게 자라면 좋을지 모범을 제시해 줄 필요가 있을 것이다. 아마 루이는 지금까지 살아오면서 그런 모습을 제대로 보지 못했을 테니까.

그다음 날부터 교헤이가 퇴근해 집에 올 시각에는 루이 방의 불은 이미 꺼져 있었다. 전에 교헤이가 한 말을 확실히 지키는 듯했다.

■

예전에 교헤이도 루이가 가져온 것과 비슷한 숙제를 받아 온 적이 있다.

"가족에게 자기 이름의 의미를 물어보세요."

그런 과제가 입자가 거친 잉크로 인쇄돼 있었다. 초등학교 3학년 때다.

하지만 교헤이는 굳이 물어보지 않고도 알고 있었다. 항상 아버지가 들려줬기 때문이다.

교헤이가 태어난 건 2015년 7월이다.

바로 나사가 발사한 탐사선 뉴허라이즌스호가 명왕성에 도달해 특징적인 하트 모양이 있는 표면 사진을 보낸 그 여름이었다. 당시 일본인에게 우주로 눈을 돌릴 여유가 얼마나 남아 있었는지는 모르지만, 적어도 교헤이의 집은 그런 집이었다.

뉴허라이즌스.

새로운 **경**지(境地).

새로운 지**평**(地平).

"교헤이(境平) 네가 태어날 때까지는 어떤 책이든 명왕성은 구상도만 실려 있었거든."

어느 날 아버지가 그렇게 말했다. 그 말은 분명 "이 세상에는 책에 실리지 않은 것도 있다, 밖에서 친구랑 노는 것도 중요하다."라는 이야기로 이어졌을 것이다. 다만 설교로는 실패했는데, 교헤이에게는 미지의 비밀을 밝혀 낸 흥분밖에 전해지지 않았던 탓이다.

그날 밤, 교헤이는 집에 있는 낡은 천문 도감을 펼쳤다가 '태양계 행성들'이라는 페이지를 발견했다. 컬러 도판 아홉 장이 정사각형 모양으로 늘어서 있고 '제2번 행성 금성(갈릴레오호 촬영)', '제8번 행성 해왕성(보이저 2호 촬영)'이라는 설명이 달렸다. 가장 우측 아래에 '제9번 행성 명왕성(상상도)'라고 적힌 매우 정밀한 삽화도 실려 있었다. 사실적인 터치의 일러스트라서, 적혀 있지 않았다면 상상도인 줄 몰랐을 것이다. 색깔은 분광학 측정 덕에 알게 된 실제 색을 흉내 내긴 했지만, 명왕성의 상징인 하트 마크는 존재하지 않았다.

책이 발행된 해는 2005년이다. 아마도 당시 뉴허라이즌스 계획은 이미 공표되었고, 머잖아 이 아홉 형제의 막내가 모습을 드러내리라는 것을 도감 편집자들은 알았던 게 틀림없다.

2006년에 케이프커내버럴 기지에서 발사됐을 때, 뉴허라이즌스호는 '행성 탐사선'이었다. 인류사상 가장 빠른 인공물로서, 지금껏 아무도 본 적 없는 가장 멀고 가장 작은 행성을 위해 지구에서 발사됐다.

그리고 반년 후에 명왕성은 국제회의를 통해 9번 행성 지위를 빼앗기고 '왜행성'이라는 낯선 지위를 얻었다.

행성 탐사선은 왜행성 탐사선이 됐다.

물론 그 임무의 과학적인 의의는 전혀 축소되지 않았으며, 관측되는 명왕성에도 아무런 영향은 없었다. 어디까지나 지구 주민들이 명왕성을 어떻게 분류하느냐 하는 이야기이기 때문이다.

하지만 교헤이는 자기 이름을 생각할 때마다, 뉴허라이즌스호에 관여한 연구자들의 심정을 상상하지 않을 수 없었다.

명왕성의 강등이 결정된 순간, 아마 그들은 자기 마음속에서 아직 보지 못한 명왕성의 **모습이 바뀌는 것**을 느꼈으리라. 탈세속적 경향이 강한 과학자들이라 해도, 자신이 어디까지나 인간

사회 안에 살고 있으며 인간의 척도를 통해서만 세상만사를 볼 수 있다는 사실을 깨달았을 게 틀림없다.

■

국제회의는 스위스에서 나흘 동안 열리고, 교헤이의 발표는 마지막 날에 배정되어 있었다.

'화성 지하의 메탄 생성 암석 내 D-프롤린의 불균등한 분포에 대해서.'

이것이 학회 요강에 실린 그의 발표 주제다.

유럽우주국(ESA)의 무인 탐사선이 화성 지하에서 채굴해 지구로 보낸 메탄 생성 암석(으로 잠정적으로 불리는 샘플)을 분광학적으로 분석한 내용에 대한 보고였다.

제네바에 위치한 회의장에는 수백 명의 청중 외에도 많은 보도진이 입장해 있었다. 거대한 카메라가 벽 한쪽을 가득 채우고 늘어서 있었고, 방송 기자재를 체크하는 듯한 작업을 하고 있었다. 낯선 광경에 교헤이는 당황했다.

보통 학회에 보도진이 들어오는 경우는 없다.

애초에 학회는 비공개일 때가 많고, 참석자가 다른 연구자의 연구 내용을 누설하지 않도록 서약서를 써야 하는 경우마저 있다. 미디어의 이목이 집중되는 경우는 상당히 유명한 사람이 참석하거나 상당히 중대한 발표가 있을 때뿐이다.

이번에는 후자다. 그해 국제우주생물학회에서는 '지구 밖 생명체 발견'이라는 인류 과학사에, 아니, 인류사에 남을 중대한 발표가 이루어질 예정이었다.

하지만 그런 것과는 상관없이 교헤이는 자기 일을 할 뿐이었다. 평소대로 발표 원고를 마지막으로 체크하기 시작했다.

화성의 지표에서 메탄이 불균일하게 분출된다는 사실은 2010년대에 나사와 유럽우주국의 탐사로 밝혀졌다.

당초에는 지질 활동으로 여겨졌지만, 2020년대부터 30년대에 걸쳐 분출원인 지하를 탐사했다. 화성 지하에 수맥이 있다는 사실이 발견되자 갑자기 지구 밖 생명체에 대한 기대가 높아졌다. 그리고 2040년대 초에 진행된 임무에서는 드디어 이 수맥에서 복수의 암석 샘플을 채굴하는 데에 성공했다.

샘플은 고대 화산활동으로 형성된 다공질 암석으로 채굴 직전까지 내부에 액체 상태의 물을 머금고 있었는데, 분광학 측정을 통해 대량의 유기물을 함유하고 있다는 사실이 드러났다.

이 성과가 발표되자 학회뿐만 아니라 일반 사회까지 들끓었다.

화성이 기원인 메탄 생성 세균이 발견된 것인가, 하고.

그런데 아무리 표면을 깎고 분석해 봐도, 세포막을 형성할 만한 지질이나 유전물질이라 여겨지는 핵산, 효소 활성을 담당하는 단백질 비슷한 물질은 검출되지 않았다. 적어도 지구의 과학자가 '생물'이라는 말을 듣고 상상할 만한 것은 그곳에 존재하지 않았다.

생명의 흔적이 보이지 않는 수수께끼의 화성석에는 잠정적으로 '메탄 생성 암석'이라는 이름이 붙었고, 더욱 상세한 내부 구조 조사를 기다리는 상황이 되었다.

귀중한 샘플인 이상 안을 갈라서 조사할 수는 없다. 사람들은 암석을 파괴하지 않는 분석 방법을 검토했고, 전용 핵자기 공명 장치까지 개발해 방사광 분석 데이터와 합쳐 조금씩 조사를 진행했다. 그 연구로 화성 대기 중의 이산화탄소와 물이 암석 내부에 함유된 유기저분자의 촉매작용으로 메탄이 된다는 것과, 다공질 암석에 있는 무수한 작은 방이 마치 세포처럼 반독립적인 화학계를 구성한다는 사실이 서서히 밝혀졌다.

이렇게 되면 문제는, 그것을 **생명이라고 부를 수 있는가**였다.

인류가 아는 생명의 형태는 한 가지 패턴밖에 없다. 지구에 사는 생물은 모두 DNA와 RNA와 단백질로 구성된 센트럴 도그마를 가지며, 모두 공통된 유전암호를 기반으로 삼고 있다. 이것은 수십억 년 전에 존재했던 단 하나의 세포가 그 기원이기 때문이다.

그렇기에 지구 생물과 완전하게 독립적으로 생겨난 화학 시스템을 눈앞에 들이민다 해도, 그것이 생명인지 아닌지를 결정하기란 쉬운 일이 아니다.

예전에도 바이러스를 대상으로 이와 비슷한 논쟁이 벌어졌다.

애초에 병원체로서 발견된 바이러스는, 세균 같은 기존 미생물보다 훨씬 작은 **살아 있는 액체**로 학계에 보고됐다.

하지만 구조가 단순하고 결정화가 가능하며, 대사를 일으키지 않고 숙주의 증식 기관을 빌리지 않으면 증식하지 못한다는 점에서 '생명이 아닌 물질'로 간주하는 경향이 강했다.

그런데 21세기 이후 이루어진 연구에서 세균에 맞먹는 크기인 거대 바이러스와 자체적인 효소를 지닌 바이러스가 발견되자 서서히 바이러스를 생명으로 보는 세력이 우세해졌다. 2030년 무렵부터는 바이러스를 '캡시드 생명체'로서 세포로 이루어진 '리보솜 생명체'와 구별해 이해하는 것이 학회의 주류가 됐다.

쉽게 말해 명왕성과는 반대로, 한번 '생명체' 자리에서 끌려 내려왔다가 연구가 진전됨에 따라 다시 빛을 보게 된 것이다.

그렇지만 바이러스는 어디까지나 세포에서 분기된 존재로 세포와 공통적인 유전암호를 가지며, 기원을 따지자면 사람과 같은 지구 생명에 속한다. 그런 의미에서 본다면 교헤이가 생각하는 지구 생명이라는 고독한 거인의 분기 중 하나에 지나지 않는다.

반면에 지금 과학자들 앞에 제시된 화성 암석은 바이러스와는 훨씬 인연이 먼 존재였다. 그것에는 DNA나 RNA, 단백질 같은 복잡한 생체고분자는 존재하지 않았다. 기껏해야 열 개 이하의 아미노산이 결합한 올리고펩타이드가 있을 뿐이다.

생체막으로 나누어진 구획으로 항상성을 유지할 능력조차 없으며, 있는 것이라고는 화산활동으로 생겨난 작은 방에서 더부살이를 하는 질서가 전부다.

물론 암석 자체에 증식하는 능력은 존재하지 않는다. 어디까지나 어떤 작은 방에서 생겨난 유기 분자의 촉매 기구가 대기 중의 이산화탄소를 동화해서 유기물을 만들어 내고, 그 분자 조성을 이웃한 작은 방으로 전파할 뿐이었다.

이날 교헤이를 포함한 '화성팀'은 이 암석을 '화성의 생명'으로 학회가 인정하게 만들어야 했다.

"보시는 바와 같이 메탄 생성 암석 내부에서 여러 종류의 아미노산이 검출되었습니다만, 특히 주목해야 할 것은 D-프롤린 분포입니다."

교헤이는 유창한 영어로 조용하게 말했다.

화성팀에서 교헤이는 암석에 포함된 아미노산 조성을 분석하는 일을 담당했다. 지구 생물은 유전암호표에 기록된 스무 종류의 아미노산을 토대로 단백질을 구성하고, 그것들이 생명 활동을 담당한다. 프롤린은 그중 하나로, 그 자체로도 촉매로 활동하는 능력과 유기물을 다른 유기물로 변화시키는 반응을 중개하는 능력을 가졌다.

하지만 프롤린 자체는 소행성이나 운석에도 미량 존재하기 때문에, 화성 지하의 암석에 포함되어 있다 해도 그것만으로는 생명이라는 증거는 되지 않는다.

이번 발표에서 교헤이가 제시한 것은, 이 프롤린이 암석 내부에 편중돼 분포되어 있다는 점이었다.

"핵자기 공명 장치로 촬영한 사진을 보시면, 프롤린 분포가 이처럼 암석의 이 위치에 있는 한 점을 중심으로 멀어질수록 옅어지는 것을 알 수 있습니다. 여기에 더해 원편광 X선을 통해 이 암석 내부에는 L-프롤린이 거의 존재하지 않는다는 사실이

드러났습니다.”

그리고 레이저 포인터로 D-프롤린 농도 분포가 최대치임을 나타내는 히트 맵의 붉은 점을 가리켰다.

“따라서 이는 샘플 내부의 이 위치에서 D-프롤린이 **생성되어** 서서히 주변으로 확산됐음을 시사합니다.”

물론 프롤린이 무(無)에서 발생하는 것은 아니다. 암석 내에 함유된 어떤 유기 분자가 물에 녹은 암모니아나 탄산가스와 반응해 몇 가지 중간체를 거쳐 프롤린으로 변화했다고 볼 수 있다.

그리고 그 반응이 암석 내부의 어느 한 지점에서만 진행되고 있으며 거기서 생성된 프롤린이 주변으로 새어 나오는 것이다. 광물로서 조성이 거의 균일하다고 가정하면, 그곳에서는 물리적인 구조를 따르지 않는 질서가 물질의 불균일한 분포를 구성한다고 짐작할 수 있다.

교헤이는 모든 슬라이드에서 그 프롤린이 ‘D’임을 강조했다.

분자생물학을 아는 사람이라면, 교헤이가 굳이 해설하지 않아도 이 ‘D’라는 글자의 무게를 이해할 수 있었다.

지구 생명을 구성하는 단백질은 모두 L형 아미노산으로 구성되어 있다. L형 아미노산이 결합해 만들어진 단백질이 L형 아미노산을 합성하고 그것이 모여 다시 L형 단백질이 된다. 그런 자가 증식적인 사이클을 몇십억 년 동안이나 반복하고 있다.

L형과 D형의 차이는 단순히 좌우 구성의 차이에 지나지 않으며 생체 물질로서 우열은 존재하지 않는다. 원시 생명 활동 중에 어떤 우연이 발생해 L형이 우세해져 D형을 몰아낸 것으로 추측된다. 생명 진화 과정은 대부분 이런 우연으로 결정된다.

그리고 화성 암석에서 D형 아미노산이 증식하고 있다는 것은, 그 아미노산은 지구의 생명 활동과는 전혀 관계없이 독립적이며 지질적 반응보다 훨씬 복잡한 화학계에서 생겨난 것이라는 사실을 가리킨다.

아마 발표를 보는 사람 대부분은 그 'D'라는 한 글자에서 화성팀의 확고한 의지를 느꼈을 것이다.

"우리가 이긴다."라는 의지.

마지막 슬라이드에는 연구비에 대한 코멘트가 달려 있었다. 나사와 유럽우주국, 그 밖의 몇몇 서구 계열 기금 옆에, 늠름하게 일본 과학연구비 조성사업의 보랏빛 로고가 그려져 있다.

교헤이의 "이로써 발표를 마치겠습니다."라는 말이 회의장에 울리자, 사회자의 질의응답 신호를 기다릴 것도 없다는 듯이 청중석에서 한 젊은 아시아인이 손을 들었다.

"메탄 생성 암석의 내부 구조는 암석에 갇혀 있는 이상, 그 계(界) 자체는 증식 능력을 가질 수 없습니다. 그곳에서 일어나는 것은 어디까지나 암석 내 유기물의 농도 변화에 지나지 않아요. 따라서 그것은 생명이라고 할 수 없습니다."

중국 연구자였다. 교헤이에게도 낯익은 얼굴이었다. '금성팀'의 젊은 연구자다.

"그 점과 관련해서는 화성팀 전체의 문제이기 때문에, 답변은 질의응답 후 연단에 서실 루블랑 교수님께 양보하겠습니다."

교헤이는 그 지적을 피해 사회자에게 다음 질문을 재촉했다.

자신은 어디까지나 암석 내 아미노산 분포에 대한 조사 결과를 발표했을 뿐이다. 그는 발표 내내 이것이 **생명인지** 아닌지는 다른 이야기라는 태도를 유지했다. 교헤이의 입장 때문이 아니라, 단순히 그런 느낌이 들었기 때문이다.

그런데 중국을 중심으로 조직된 '금성팀'에는 그냥 넘어갈 수 없는 사정이 있었다.

화성 생명 탐사에서 유럽과 미국에 뒤진 중국은, 금성의 상층 대기에서 생명 탐사를 진행했다. 원래 비밀주의적 경향이 강한 그들이 이번 '화성팀'에게 자신들의 성과를 가지고 덤벼드는 양상이 벌어진 셈이다.

금성팀이 주장하는 '금성의 생명 활동'은 화성의 메탄 생성 암석처럼 명료한 경계선이 존재하지 않았다. 대기 중에 분포한 가스에 대량으로 녹아 있는 유기물이 국소적으로 자가 증식적인 움직임을 보이는 것을, 그들은 '생명 활동'이라고 표현했다.

하지만 그것을 본 위원들의 반응은 싸늘했다.

세포막 또는 캡시드를 통해 외부와 격리된 생명만 봐 온 과학자들이라 외부와의 경계가 애초에 존재하지 않는 생명은 다소 받아들이기 힘든 것 같았다. 그에 비해서는 화성처럼 암석 껍데기가 존재하는 생명 쪽이 훨씬 용인되기 쉽다. 껍데기는 달걀 같은 이미지라서, 태어나는 생명을 보호하는 존재로서 긍정적인 인상을 주는 면도 있었다.

화성의 생명이 약간 **고체라는 느낌이 강한** 반면, 금성의 생명은 그 이상으로 지나치게 **기체 같다**는 인상을 그 자리에 모인 과학자들에게 준 것 같다.

그날 저녁, 국제회의 프로그램의 마지막 순서로 회의장에 모인 200명의 위원들이 투표를 진행했다.

화성안과 금성안 중 어느 쪽을 인류사상 최초의 생명체로 인정할지 결정하는 투표였다.

투표는 위원들에게 배포된 터치식 단말기로 이루어졌고, 집계 결과가 곧바로 전방 디스플레이에 발표됐다.

화성안 112표.
금성안 35표.
기권 53표.

과반수 위원의 표를 얻은 화성에서 온 메탄 생성 암석은 생물로 인정받았다.
역사적인 순간이었다.
뒤에 진을 친 보도진 쪽에서 수많은 플래시가 터졌다.
화성팀 멤버들은 환성을 올리고 기뻐하며 서로 얼싸안았다.
드디어 지구 인류 앞에, 우주 생명이 모습을 나타낸 것이다.
적어도 후세 교과서에는 이날이 '생명과학 역사에서 중대한 하루'로 적혀 있다.

참고로 '기권' 53표 중 한 표는 교헤이가 던진 것이었다.

■

"투표 내역은 봤어요?"

샤를 루블랑은 프랑스어 억양이 섞인 영어로 교헤이에게 물었다. 교헤이는 고개를 저었다. 메탄 생성 암석 분석팀의 리더 격인 루블랑 씨의 자택에서, 교헤이는 그의 가족과 저녁을 함께 하고 있었다.

"아뇨."

"중국인 일부가 우리 손을 들어 준 것 같아요. 인도에 지는 게 어지간히도 싫었나 봅니다. 중국과 인도의 대립이 의도치 않게 우리에게 유리하게 작용한 셈이죠."

"그렇습니까?"

교헤이는 창밖을 보면서 와인을 입으로 가져갔다. 알프스 산맥의 능선이 달빛을 받아 드러났다. 그림책에 등장하는 것처럼 환상적이고 아름다운 풍경이다.

과반수 득표를 얻지 못하면 지구 밖 생명체 '발견' 인정은 보류하기로 되어 있었다. 금성팀이 이길 수 없다는 걸 안 중국 위원이 화성에 표를 몰아주기로 한 모양이다. 물론 순수하게 과학적인 견지에서 선택했을 수도 있지만.

이번에 인정을 서두른 데에는 몇 가지 정치적인 사정이 있었다.

목성 유로파에서 샘플을 채취한 인도 탐사선은 여정이 순조롭게 계속된다면 사 년 후에 지구로 귀환할 예정이다.

유로파는 태양계에서 생명이 존재할 거라 여겨지는 후보지 중 가장 유력한 곳이다. 액체 상태인 물이 풍부하게 존재하고, 목성의 조석력 덕에 지질 활동도 활발하다. 샘플 리턴에 성공해 상세한 분석이 이루어지면 누가 보더라도 명백한 우주 생물이 발견될지도 모른다. 그렇게 되면 '지구 밖 생명체 발견'이라는 성배는 인도인 손에 넘어가게 된다.

그렇게 되기 전에 성배를 누군가에게 안겨 줄 필요가 있었다.

특히 인도와 정치적으로 심하게 대립하는 중국에게는 더 그렇다.

그리고 그걸 저지할 수 있는 정치력을 지금으로서는 인도의 연구자 커뮤니티는 가지고 있지 않았다.

교헤이가 잔을 비우자 곧바로 루블랑 씨의 부인이 뭐라고 말하면서 와인을 따랐다. 교헤이는 프랑스어를 몰랐지만, 위로와 감사가 담긴 말이라는 건 알 수 있었다.

"우리나라도 완전히 무슬림에게 점거당해서, 요즘은 좋은 와인을 구하는 게 하늘의 별 따기가 됐어요."

루블랑 씨는 웃음을 지었다. 이번 성과에 큰 공헌을 한 교헤이에게 고마움을 표하기 위해 준비한 특별한 와인이라는데, 교헤이는 일본의 슈퍼에서 살 수 있는 것과 뭐가 다른지 알 수 없었다. 자기가 고맙다는 말을 들어야 할 정도로 공헌을 했는지도 알 수 없었다.

교헤이와 루블랑의 연구실은 샘플을 분광학적으로 분석하는 분야에서 높은 기술력을 보유하고 있었고, 화성팀에 참가함으로써 나사와 유럽우주국에게 연구비를 받을 수 있었다. 일본 정부가 편성하는 예산을 거의 기대할 수 없는 현재로서는 연구를 계속하기 위한 가장 합리적인 선택이었다.

하지만 교헤이는 자신이 지난 몇 년에 걸쳐 메탄 생성 암석을 분석해 온 일이 지구 밖 생명체 발견에 '공헌'했다고는 거의 실감하지 못했다. 서구 사회에서는 지구 밖 생명체를 발견하는 것은 **이 팀**이라고 이미 결정 사항으로 진행되었다는 모양이다. 자신이 한 일은, 미지에 대한 탐구가 아니라 결정 사항을 추인한 것이었다.

루블랑 씨 옆자리에 앉은 소년이 아버지에게 뭐라고 말했다. 저 아저씨, 시노아(중국인)야? 아니, 자포네(일본인)란다, 하는 단어가 들렸다.

"앙리가 '아빠가 일본에 살 때 만난 친구?'라고 묻네요."

루블랑 씨가 교헤이에게 설명했다.

"말한 적 있던가요. 사실 젊었을 때 일본에서 살았죠. 첫 박사 연구원 때니까…… 십삼 년 전이네요."

루블랑 씨에게 듣기 전부터 교헤이는 그 사실을 알고 있었다. 이 남자의 경력은 연구 업무와는 전혀 상관없는 경위로 알게 됐다. 하지만 교헤이는 그런 내색은 하지 않고 메마른 목소리로 대꾸했다.

"휴미드한(습도가 높은) 나라죠."

"뭐라고요? 아아, 유미드한 나라. 그러게요. 그래도 정말 좋은 나라였어요. 사람들도 모두 매력적이고."

프랑스어 화자는 영어에서도 맨 앞의 h를 생략하고는 한다.

두 사람이 그런 이야기를 하는 동안 앙리는 잠시 휴대전화를 만지작거리더니 "곤니치와!"• 하고 힘차게 일본어로 말했다. 교헤이도 "곤니치와." 하고 대답해 줬다.

미리 예상하긴 했지만 앙리의 얼굴은 놀라울 정도로 루이를 닮았다. 루이의 얼굴에서 어떤 수학적 조작을 통해 아시아인의 요소를 제거한다면 정확히 이런 얼굴이 될 것이다.

• 일본에서 낮, 오후에 사용하는 인사말

하지만 내성적인 루이와 달리 앙리는 잘 웃었다. 어린 두 동생도 어머니가 프랑스어로 뭐라고 말할 때마다 천사 같은 미소를 지었다.

이 가족은 어린 시절의 자기 집처럼 행복으로 가득하다.

톨스토이는 행복한 가정은 어디나 똑같다고 했지만, 교헤이는 멀리 떨어진 이국에서 보는 이 광경에 어딘지 모르게 그리움마저 느꼈다. 그런 기분을 느끼는 게 두렵고 부적절한 행위라는 걸 알면서도.

루블랑 씨는 화성팀의 실질적인 리더로, 이제는 인류 최초로 우주 생명을 발견한 사람이 됐다. 그리고 한때 머물렀던 휴미드한 나라에서 얻은 자식과 그 어머니를 버린 남자이기도 하다.

이제 열두 살이 된 그 아이는 교헤이의 집에 있다.

"저 녀석은 심판받아야 할 죄를 저질렀어."

"넌 그런 남자를 세기의 대발견을 이루어 낸 주인공으로 만들었어."

"지금이 기회야. 이 행복한 가족에게 그가 저지른 죄를 남김없이 이야기하는 거야."

그런 목소리가 머리 깊은 곳에서 들리기 시작했다.

하지만 그것은 교헤이 내면에 존재하는 양심의 목소리는 아니었다. 인간의 양심은 **이러해야 한다**고, 사회생활을 영위하는 과정에서 후천적으로 학습한 지식이 만들어 내는 목소리였다.

서른다섯 살인 교헤이에게 그 목소리는 어릴 때보다 똑똑히 들렸다. 그러나 어디까지나 정보로서만 인식될 뿐, 그의 감정을 뒤흔들거나 행동을 제어할 정도는 아니었다.

누가 누구의 아버지인지, 그런 게 왜 중요한지 역시 알 수 없었다.

우주의 어둠을 사이에 두고 다른 행성에 사는 이질성에 비하면 일본인이니 프랑스인이니, 낳아 준 부모니 키워 준 부모니 하는 것에 무슨 의미가 있을까.

그저 다공질 암석 안에서 방이 가까이 있느냐 조금 떨어져 있느냐 하는 차이이다. DNA 배열이 얼마나 유사한가 정도에 불과한 문제다. 그런 것에 왜 너나 할 것 없이 심각해지는 걸까?

그것이 교헤이가 정말로 느끼는, 그의 마음속에서 솔직하게 솟아나는 감정이었다.

"근사한 와인을 대접해 주셔서 고맙습니다."

교헤이는 웃으며 인사했다.

■

"왜 우주 생명을 찾으시나요?"

닷새 만에 일본어가 교헤이의 귀를 찔렀다. 공항에서 집으로 갈 짬도 없이 열린 기자회견에서, 교헤이는 다 셀 수도 없을 만큼 많은 마이크와 카메라 앞에 서야 했다. 스위스에서 교헤이는 어디까지나 화성팀 중 한 명에 지나지 않았지만, 여기에서는 국가의 영웅 같은 대접을 받았다.

"그건 우리가 이 우주에서 너무나 고독하기 때문입니다. 이 지구에는 백억이나 되는 인간과 그보다 훨씬 많은 생물이 살지만, 그것은 모두 하나의 세포에서 파생된 것으로……."

교헤이는 미리 준비한 답변을 소리 내어 읽었다. 기자단이 던진 질문에는 교헤이가 예상하지 못한 질문도 산더미처럼 많았지만, 그다지 과학적인 의미가 있는 질문은 아니었다.

화성 생물은 뭘 먹나요?

의사소통은 가능한가요?

지구를 침략할 위험은 없나요?

교헤이는 이런 질문을 적당히 받아넘기면서, 아무래도 기자라는 존재는 자신보다 훨씬 상상력이 풍부한 것 같다고 생각했다. 한 기자가 이런 말을 꺼냈을 때는 무심결에 웃음을 터뜨릴 뻔했다.

“이번 노벨상급 발견에 대해서…….”

지구 외 생명체 발견은 ‘노벨상급’인가. 그렇다면 지구인은 해마다 지구 밖 생명체를 몇 가지씩 찾아내야 하지 않을까. 중국이나 인도가 분발하면 그런 시대가 올지도 모른다. 그리고 태양계에는 생명이 가득 넘쳐 나겠지.

“일본은 어쩌다 이렇게 돼 버렸을까.”

아버지가 했던 말이 생각났다. 피로와 시차와 익숙하지 않은 플래시 세례 탓에 의식이 점점 몽롱해졌다.

“아뇨. 그렇게까지 튼튼하지는 않으니까 과학자가 되려고요.”

자기가 했던 말도 떠올랐다. 중국 우주 비행사들이 달 표면에 섰을 때였던가.

자신은 그때 선언했던 대로 과학자가 됐다. 중국팀에도 이겼다. 남반구에 있을 아버지는 아들을 자랑스럽게 여길지도 모른다.

“그렇다면 이번 기쁨을 누구에게 전하고 싶으신가요?”

한 기자의 목소리가 몽롱해진 의식 속으로 밀고 들어왔다.

“이번 기쁨, 말인가요…….”

교헤이는 일단 대답하면서도 기자의 의도를 파악하지 못했다.

**이번 기쁨**?

어떤 기쁨 말이지?

최근 들어 기뻤던 일이라면, 루이의 숙제를 도와줄 때 그 아이가 생각 이상으로 똑똑하고 과학적 호기심이 넘치는 소년이라는 걸 알게 되었다는 것 정도다. 물론 기자가 질문하는 건 그게 아니지만.

이 상황에서 그들이 원하는 것은 "일본이 이번 발견에 중요한 공헌을 했다."라는 공상, 즉 주역인 자신이 일본국이라는 공동체에 속해 있다는 인식이다. 그렇다면 무슨 말을 해야 할지는 이미 정해져 있다.

"우선은 대학 연구실 동료 여러분과, 늘 고민을 들어 준 친구들, 키워 주신 부모님, 그리고……."

거기까지 말했을 때 갑자기 루이 얼굴이 떠올랐다.

"여러분."

마이크를 향해 조용하게 입을 열었다. 성능이 좋은 마이크인지 작은 목소리도 회견장에 깨끗하게 울렸다.

"여러분은, 그게 생물로 보이셨습니까?"

질문한 기자는 어리둥절한 얼굴로 교헤이를 쳐다봤다. 다른 기자들도 얼굴에 물음표를 잔뜩 띄우고 있었다.

몇 초 동안 침묵이 흘렀다.

어쩌면 자신이 찾는 '타자'는 이런 얼굴을 하고 있을지도 모르겠다고 교헤이는 생각했다.

도심에서 집으로 향하는 전철을 탔을 때는 이미 회견장 모습이 저녁 뉴스로 나가고 있었다. 한 시간 이상 마이크를 마주했던 것 같은데 방송된 것은 불과 몇 분짜리 클립이 전부였고, '인류 역사에서 매우 위대한 발견에 공헌한 일본인 과학자'라는 형태로 보기 좋게 포장돼 있었다. 정해 놓은 스토리를 따라가는 영상을 이 정도로 재빨리 간추릴 수 있는 능력이 있다면 연구직에 있는 사람도 편리할 것 같다.

메탄 생성 암석에 대한 간단한 설명도 곁들여져 있었다. 이쪽은 '당초에는 암석 안에 세균 같은 것이 있을 거라고 예상했으나 그렇지 않았다'라고 정확하게 적혀 있어서 의외로 괜찮았다. 미리 연구실 조교라도 붙잡고 취재했는지도 모른다.

전철이 도심에서 멀어질수록 불빛이 서서히 줄어들고 창문으로는 비스듬히 흘러 떨어지는 빗방울만 보였다. 습도가 높은 교헤이의 조국은 비가 많은 나라이기도 하다. 그런 경치를 보면서 교헤이는 멍하게 원초 생명의 탄생에 대해 곰곰이 생각했다.

물이 이렇게나 풍부하건만 왜 이 행성에는 생명이 하나의 계통밖에 탄생하지 않았을까.

원초의 생명 중에는 D형 아미노산을 기반으로 하는 것이 존재했을지도 모른다. 그들과 우리 사이에 물질적인 우열은 존재하지 않는다. 우연히 이기지 못했을 것이다.

왜 공룡은 멸종하고, 포유류는 살아남았을까?

왜 네안데르탈인은 멸종하고, 호모사피엔스는 살아남았을까?

우리가 어떤 점이 뛰어난지는 얼마든지 들 수 있다. 하지만 만약 그들이 살아남아 문명을 구축했다면, 아마 그들 역시 지금 우리가 그러는 것처럼 자신들의 우월한 점을 열거했을 것이다. 그리고 자신들이 살아남을 만해서 살아남았다는 승자의 공상에 잠겼겠지.

역에서 차를 타고 집으로 돌아와 지친 머리로 문을 열었다.

닷새 만에 들어온 현관에서 느낀 희미한 부자연스러운 느낌이 형상을 맺기까지 몇 초 정도 걸렸다.

루이 신발이 없다.

밤 10시였다.

명백한 이상 사태였다. 원래 루이는 학교 말고는 다른 용건으로 외출하는 일이 거의 없다. 적어도 교헤이에게 연락도 없이 외박할 만한 일은 절대 없을 것이다.

허둥지둥 신발을 벗었다.

현관 바로 옆에 있는 루이 방 문을 노크했다.

반응이 없는 걸 확인하고 천천히 문을 열어 안을 확인했다.

다음 순간 교헤이는 재해 정보에 접속해, 출장 중에 일본에서 일어난 지진을 확인했다. 하지만 눈앞의 참상이 자연재해의 결과가 아니라는 건 결과가 표시되기를 기다리지 않아도 명백했다. 자연재해는 도감 안의 페이지를 찢어 바닥에 흩뿌리거나 하지는 않을 테니까.

그것은 인간이 행동한 결과, 즉 인간이 지닌 어떠한 감정의 흔적이었다.

루이가 화를 낸 것이다.

그건 분명하다.

왜?

지난 한 달, 마치 자기 존재를 감추듯이 조심스럽게 지내던 루이가 분노에 가까운 감정을 표출한 것은 교헤이가 기억하는 한 딱 한 번뿐이다.

둥지 위에 앉은 오비랍토르의 일러스트가 조각난 모습으로 바닥에 흩어져 있다. 인간의 사정으로 멋대로 알 도둑으로 불리고 인간의 사정으로 정정되지 못한 공룡이다.

그 책장 조각을 봤을 뿐인데 교헤이는 그곳에 어떤 감정이 발생했는지를 마치 추체험하듯이 이해할 수 있었다.

루이는 인간의 사정에 휘둘리는 일에 화를 내고 있었다.

아마 루이도 그 뉴스를 봤을 것이다.

그 똑똑한 소년은, 자신이 숙제를 하면서 들었던 이야기와 대조해 보고 그곳에서 일어난 일을 알아차렸으리라.

"어떤 사정으로 왜곡된 현실이 이곳에 존재한다."라는 사실을.

루이는 화를 내고 있다. 교헤이한테 내는 게 아니다.

루이는 인간에게 화를 내고 있는 것이다.

"여보세요."

반사적으로 통화 버튼을 누른 다음에야 자신이 지금 전화를 걸었다는 사실을 인식했다. 전화라는 고전적인 통신수단을 사용하는 사람은 교헤이의 동료 중에는 존재하지 않았다. 친구 중에도 없다. 가족뿐이다.

"뉴스 봤어, 교헤이."

루이가 아니었다. 여자 목소리였다.

십 년 만에 나누는 대화였지만, 누군지 교헤이는 곧바로 알 수 있었다.

"누나."

■

"굉장한 일을 해냈더라. 축하해. 분명 아빠랑 엄마도 기뻐하실 거야."

고인을 그리듯이 누나는 말했다.

"그런 건 아무래도 상관없어."

교헤이는 퉁명스럽게 대꾸했다. 실제로 지금 직면한 문제에 비하면 아무래도 상관없었다.

"누나, 지금 어디 있어?"

"미안해."

어디 있는지 말해 줄 수 없다는 의미겠지.

"루이, 그쪽에 있어?"

"루이는 너희 집에 있는 거 아니야? 엄마한테 그렇게 들었는데……."

"없어졌어."

"뭐?"

"누나한테 갔을지도 몰라. 쫓아갈 테니까 주소를 말해 줘."

"뭐? 그런데, 루이도……."

도중에 입을 다물었다. 루이도 내가 어디 있는지 몰라, 그렇게 말하려다가 너무나 잔혹한 사실이라 입 밖으로 내기 망설여진 거겠지.

"누나, 루이를 왜 버린 거야?"

한동안 작은 숨소리만 이어졌다. 이윽고 체념했다는 듯이, 입을 여는 소리가 들렸다.

"미안해. 난 너랑 달라서 멍청하잖아. 아이만 생기면 그 사람이 나랑 결혼해 줄 거라고 생각했어."

이 세상에는 그런 도리가 있다는 건 교헤이도 알고 있었다. 아이가 생기면 남녀 사이에 사회적 책임이 발생한다고. 하지만 이 세상에는 그런 도리를 따르지 않는 사람도 있다. 누나는 계속 말했다.

"그렇지만 이젠 더는 루이 얼굴을 볼 자신이 없어. 그 아이 얼굴만 봐도 내가 얼마나 어리석었는지 마주 보는 것 같은 기분이 들어서."

그 말을 듣고서야 교헤이는 비로소 자신과 루이 사이에 심각한 차이가 있음을 깨달았다.

교헤이의 부모님은 행복한 가정을 만들기로 계획했고, 교헤이는 그 결과로 태어나 사랑받은 아이였다. 누나도 그렇게 태어나 자랐을 것이다.

하지만 루이는 누나가 저지른 어리석은 행동의 결과로 태어났다.

유전적으로야 매우 가까운 혈연관계이건만, 주어진 환경조건이 너무나도 달랐던 것이다.

"루이는 지금 누나가 어디 사는지 모른다는 거지?"

감정을 목구멍 아래에 붙잡아 두고, 교헤이는 필요한 것만 물었다.

대답은 돌아오지 않았다. 아마 그렇다는 의미일 것이다.

전화를 끊었다.

비로 젖은 신발을 신고 현관을 나왔다.

교헤이 남매가 자란 집은 도심에 있고, 부모님이 해외로 이주하면서 이미 다른 가족이 살고 있다. 만약 누나가 어디 사는지 루이가 알고 있다면 갈 곳은 거기밖에 없다고 생각했다. 하지만 그걸 모른다면 어디를 찾아봐야 할까.

우주 생명을 찾는 것보다 더 어려운 문제잖아, 교헤이는 생각했다. 있을 곳을 잃어버린 아이가 어디로 갈 것인가, 이런 문제는 지금까지 살면서 한 번도 생각해 볼 기회가 없었다. 그럴 필요가 없었다.

전제에 이렇게나 큰 차이가 나는 자신이, 어떻게 루이를 양육하고 '반듯한 어른의 견본'을 보여 줄 수 있을까?

하지만 교헤이의 걱정과 달리 루이는 금세 찾을 수 있었다.

가까운 버스 정류장 벤치에 홀로 앉아 순환 버스를 기다리고 있었던 것이다. 함석지붕 아래에서, 튀어오르는 빗방울을 피하듯이 비닐우산을 앞으로 뻗어 들고 있었다.

이 빗속에서는 어디를 갈 셈이든 한 시간에 한 번 오는 순환 버스를 기다렸다가 역으로 가는 수밖에 없다. 화성 탐사선이 이 년에 한 번밖에 발사되지 못하는 것처럼, 아이는 그리 멀리는 가지 못했다.

차를 세우고 버스 정류장 앞으로 향하는데 아까보다 비가 거세졌다.

우산을 든 채로 물끄러미 아래를 내려다보던 루이는, 힐끔 눈을 들어 교헤이를 보고는 다시 눈을 땅바닥으로 내렸다. 신발과 바지 끝자락이 흙탕물로 더러웠다.

"루이, 어디 가려고?"

말을 걸어 봤다. 그게 어리석은 질문이라는 건 대답을 기다릴

필요도 없이 잘 알고 있었다.

"왜 나간 거야?"

"죄송해요."

빗소리가 계속 이어졌다. 어딘가 멀리서 개구리가 우는 소리가 들린다.

"이 집을 나가는 게 좋겠다는 생각이 들었어요."

교헤이는 그 말만으로도 루이 안에서 무슨 일이 일어났는지 느낄 수 있었다.

이 소년은 인간의 사정에 직면하게 되면 그때마다 자신이 집을 나가야 한다고 조건반사적으로 받아들이는 것이다. 어머니 곁에서, 조부모 곁에서 매번 그렇게 떠나왔으니까.

하지만 그 상황에서 어떻게 하는 게 좋은 방법인지는 알 수가 없었다.

교헤이가 찾는 '타자'는 아직 발견되지 않았다. 그 후보들은 앞으로도 탐사선에 실려 지구로 올 것이다. 유로파에서, 엔켈라두스에서, 타이탄에서 올 것이고, 어쩌면 언젠가 태양계 밖으로 탐사선을 보낼 수 있을지도 모른다. 교헤이가 할 일은 아직 끝나지 않았다.

그 뉴스는 필요성에 쫓겨 내용을 과장했을 뿐이지, 나는 절대 인간의 사정에 휘둘려 과학의 도리를 저버리거나 하지 않을 것이다.

그러니 루이도 나가지 않아도 된다.

그런 이야기를 이 자리에서 알아듣게 해 줘야만 한다. 교헤이에게 그것은 과학적인 현상을 설명하는 것보다 훨씬 힘든 일이었다.

"……저기, 삼촌."

루이가 먼저 입을 열었다.

"삼촌은 엄마가 어떤 사람 같아요?"

"누나는……."

거기서 교헤이는 입을 다물었다.

여기서 뭔가 누나의 인간적이고 따뜻한 면모가 전해지는 에피소드를 들려준다면, 이 복잡한 사연을 안고 있는 소년의 마음을 위로할 수 있을지도 모른다. 하지만 이 상황에 어울리는 일은 하나도 생각나지 않았다. 비가 버스 정류장의 함석지붕을 때리는 소리만 한동안 울렸다.

행복한 가정에서 사랑받고 자란 소년이라면 맛볼 일 없을 무력감이, 지금 교헤이의 온몸을 뒤덮고 있었다. 불과 몇 시간 전에 국가의 영웅처럼 융숭한 대접을 받았던 일이 오히려 그 무력감을 더욱 강하게 느끼게 만들었다.

"있잖아요, 삼촌. 나도 형제가 있으면 좋았겠다는 생각이 들었어요."

침묵을 깬 것은 또 루이였다.

"어째서?"

"혼자뿐이면 무슨 실수였던 걸 수도 있잖아요. 둘이 있으면 내가 태어나서 다행이라고 생각할 수 있으니까요. 여기 있어도 되는구나, 그렇게요."

쿠웅, 심장이 우는 소리가 들렸다.

저기에 내가 있다. 교헤이는 그렇게 생각했다.

부족함 하나 없던 성장 과정을 생각하면, 자신을 루이와 동일시하는 것은 다소 부적절한 행위일지도 모른다. 하지만 교헤이는 그 순간 인생에서 처음으로 타인의 문제를 자신의 문제로 공감할 수 있었다.

이 아이는 날 닮았다. 예전에 아버지가 말했던 것처럼.

교헤이가 평생에 걸쳐 찾고 있는 타자란, 즉 지구에 사는 생명의 형제이다.

우주 어딘가에 다른 생명체가 존재함으로써, 자신들이 태어나야 해서 태어난 거라고 믿을 수 있는 것이다.

물론 그건 그저 공상이다. 우주의 섭리는 생명을 사랑하거나 불쌍히 여기지 않는다. 하지만 또 하나의 생명이 존재한다는 사실이 확인되기만 해도, 우리는 인간의 존재가 필연성에 근거한 결과라는 공상에 잠길 수 있는 것이다.

저마다 각자가 원하는 공상이 있다. 어떻게 그걸 부정할 수 있을까?

"그만 가자, 루이. 우리 집에 가야지."

교헤이는 루이의 어깨를 감쌌다.

차문이 천천히 닫히고, 전기 자동차는 불필요한 전자음을 내면서 낡은 LED 가로등이 비추는 도로를 달리기 시작했다. 나는 아직 아무것도 해내지 못했다. 하지만 앞으로 뭔가 해낼 수 있을지 모른다. 한 명의 인간이, 혹은 지구 생명 전체가 자신이 태어나길 잘했다고 생각할 수 있는 길이 있을지도 모른다.

"진짜 가족이 돼 보자. 우선 거기서부터 시작하는 거야."

유기 분자와 물을 머금은 다공질 암석은 여전히 화성 지하에 존재했다.

지구에서 보낸 무인 탐사선이 돌 몇 개를 샘플로 가지고 돌아오든, 과학자들이 그 분자 조성에서 어떤 의미를 도출해 내든,

그 사실이 얼마나 인간의 마음을 뒤흔들든 그것은 그들과 관계도 없고 알 필요도 없는 이야기이다.

이것은 어디까지나 그들과는 아무런 상관도 없는 행성에 사는, 인간들의 이야기니까.

# 중유맛 우주 라멘

"맞다, 이 근처에 라멘 가게가 있대요. 부장님."

과장이 뜬금없이 말을 꺼냈다. 출장을 마치고 돌아가던 길, 태양계 외연 천체군에 이르렀을 때였다.

"라멘? 그게 뭔데?"

"지구인이 먹는 음식이라던데요."

"우리도 먹을 수 있는 거야? 지구인이랑 토리파치 성인 음식은 호환이 안 될 건데."

대꾸하면서 부장은 내장 주머니를 삐익 하고 울렸다. 토리파치 성계로 가는 다음 포털이 열리기까지는 지구 시간으로 삼 일이 남았다. 뭔가 한 끼 정도는 배에 넣어 두고 싶은 시기다.

지구에서 철도역을 중심으로 도시가 만들어지듯이, 은하에서는 초공간 이동 포털을 중심으로 한 도시가 형성된다. 태양계 외연부, 명왕성보다 더 외측에 있는 에지워스 카이퍼 벨트에는 소행성군을 이용한 도시 에키치카가 형성돼 있었다.

에키치카의 인구는 2천만. 그중 20퍼센트 정도는 태양계 밖에서 포털을 통해 온 '계외인(系外人)'이다.

그들은 체격도 다들 다양했고 육체도 탄소부터 규소, 질소에인, 철이나 알루미늄 등 다채로운 기질 원소로 구성되었으며 몸에는 물이나 암모니아, 유기용매에 이온 액체 같은 용매를 품고 있었다.

그중에서도 토리파치 성인은 하나의 내장계에 여러 개의 두뇌를 가진 '복두종(複頭種)'이라고 불리는 종이다. 내장 주머니라고 부르는 구형 몸통에 버섯 같은 머리가 여러 개 달려 있다. 지금 여기서 밥을 먹을지 말지 의논하는 두 사람은 하나의 내장 주머니를 공유하며, 둘 다 모성에 있는 무역상사의 사원이다. 각각 '부장'과 '과장'이다.

그들은 내장 주머니에 영양이 부족하면 여러 개의 두뇌가 동시에 공복을 느끼게 된다. 그리고 내장 주머니에 연결된 신경계를 통해 밥에 대한 이야기를 시작한다.

이런 생물은 은하계에서도 비교적 드물다. 은하연방을 구성하는 생물 대부분은 하나의 몸에 하나의 머리를 가진 단두종(単頭種)이다.

"그렇죠. 그런데 여기서 20피피히시 정도 떨어진 소행성에, 어떤 성계의 손님이든 음식을 내줄 수 있는 지구인이 있다는 이야기를 들었어요. 노선버스가 다니니까 금방 갔다 올 수 있대요."

"흐음."

부장은 신경계를 울렸다.

지구인이 경영하는 음식점이라는 말에 불안감이 들었다. 지구인은 일산화탄소를 용매로 사용하는 탄소 기질 생물로, 자신들의 생태와는 도통 맞지 않는다. 아무리 계약을 체결하고 돌아가는 길이라 해도, 이상한 걸 먹고 배탈이라도 났다가는 굶느니만 못한 상황이 벌어지게 된다.

태양계 외연부치고는 최대 규모를 자랑하는 소행성군 도시 에키치카지만, 자신 같은 토리파치 성인을 위한 음식점은 매우 적다. 태양계 출장이 사원들 사이에서 인기 없는 이유도 오로지 입맛에 맞는 음식이 흔치 않기 때문이다.

게다가 지구인은 '우주연방의 관여 없이 자력으로 행성 간 항행을 했다'는 지난날의 영광에 기고만장해서, 연방에 가입한 지금도 계외인에게 배타적인 태도를 보이는 경우가 많다.

편의점에서는 다양한 성계의 인종을 위한 진공 포장된 휴대식량을 팔고 있지만, 생명 유지에 필요한 최소한의 영양소만 뭉쳐놓았지 맛이라고는 없기 때문에 매일 먹다가는 금세 질려 버린다.

은하연방 서열 4위로 평가받는 지구 정부와 거래가 성사되면 앞으로 우리 회사 성장에 큰 보탬이 될 걸세. 자네들의 활약을 기대하겠네……. 전무의 격려를 받으며 포털을 통과해 태양계에 오긴 했지만, 문화 교류가 적은 다른 행성에서는 불쾌한 일을 당하는 경우도 많다. 중력도 대기 농도도 자전 속도도, 하나부터 열까지 그들의 생태와 맞지 않았다.

"아, 참고로 그 가게 이야기는 전무님한테 들었어요. 궁금하기는 했는데 갈 틈이 없었다고. 태양계로 출장 갈 기회가 있으면 한번 가 보라고 하시던데요."

과장의 말에 부장은 갑자기 낯빛을 바꿨다.

"뭐야? 그러면 가 봐야지. 나중에 전무님이랑 이야기해 볼 수 있을 거 아냐."

그러면서 과장과 부장의 두 개의 머리를 얹은 몸은, 느릿느릿 여덟 개의 짧은 다리를 움직이기 시작했다.

여러 개의 두뇌로 하나의 몸을 움직이는 그들에게 '타인과 이야기를 맞추는 일'은 대단히 중요하다. 그야말로 건강보다 더.

내장 같은 건 어차피 모성으로 돌아가면 교체 가능한 주머니에 불과하다.

노선버스라고 부르는 근거리용 우주선에 두 사람이 올라타자, 체중계가 삑 하고 요금을 산출했다. 부장이 은하 공통 통화로 대금을 치렀다.

계외인은 체격이 너무나 다양하기 때문에 중량제로 버스 요금을 내지만, 지구인만은 인원수제로 내고 있다. 인원수제는 은하 전체를 보더라도 기묘한 시스템이지만 체중을 '감춰야만 하는 프라이버시'로 보고 예민하게 여기는 지구인의 독자적인 문화에서 생겨난 특별 조치인 모양이다.

버스는 합성 비활성기체 제트를 뿜으며 중력을 뿌리치고는 도시 에키치카의 중심부에서 멀어져 외연으로 향했다. 비즈니스 구역을 벗어나 주택용 행성을 몇 개 거쳐 도착한 곳은 긴지름이 수 킬로미터에 불과한, 눈에 띄게 작은 행성이었다. 이런 외연 위치에다 이런 크기의 행성이라면, 아마 지구상의 단독주택보다 쌀 것이다. 버스 정류장 이름은 '소행성 야타이'•다.

• 일본어로 '야타이'는 포장마차, 노점을 뜻한다.

행성 표면에는 작은 직사각형 건물이 하나 있고, 그 주위로 의자와 테이블도 몇 개 놓여 있다. 아무래도 행성 전체가 점포인 듯하다. 주방으로 보이는 건물 바로 옆으로는 땅바닥에 '라멘 푸른별'이라고 은하 표준 문자로 새겨져 있고, 그 아래에는 두 사람이 본 적 없는 글자가 있다. 지구인의 문자 체계인 라틴 문자도 아닌 것 같았다.

유사 중력장의 힘으로 뭉쳐 있는 대기층으로 버스가 텀벙하고 들어가, 버스 정류장 표지가 있는 크레이터에 사뿐히 착지했다. 은하교통법상 버스 도착은 '착지'라고 부르도록 되어 있지만, '접촉'이라고 하는 게 더 알맞을 정도로 작은 크기였다.

곧바로 점포에서 점주로 보이는 지구인이 얼굴을 내밀었다. "랏샤이!" 하는 쾌활한 목소리가 얇은 대기로 퍼졌다.

"랏샤이? 무슨 말이지?"

"그러니까, 지구의 지역 언어로 환영한다는 의미일 거예요. 《지구를 걷는 법》에 적혀 있었어요."

"지역 언어? 지구인들은 아직 자기들끼리도 언어를 구별해 쓴다는 거야? 거 참, 분쟁을 좋아하는 종족답군."

부장의 목소리가 신경계를 통해 전해졌다. 아무래도 지구인과 대화하는 건 자기 역할인 것 같다고 판단한 과장은 점주에게 말을 걸었다.

“이봐, 자네, 잠깐만.”

부장은 과장의 머리 너머로 점주의 얼굴을 살펴봤다. 두피에 희한한 하얀 섬유질이 붙어 있다 싶었는데, 자세히 보니 피부가 아니라 의복의 일부 같았다.

지구인은 땀이라고 부르는 일산화수소 용액을 계속해서 표피를 통해 배출하기 때문에, 수건이라는 섬유로 그것을 닦는다. 이 얼마나 불결하고 불편한 화학 기관이란 말인가. 이런 종족이 음식점을 경영하게 놔둬도 괜찮은 걸까.

“이봐, 우린 토리파치 성인인데 여기라면 우리도 먹을 수 있는 음식이 있다고 해서 왔어. 사실인가?”

“그럼요. 어떤 성계에서 오신 손님이라도 맞춰 드리고 있죠. 손님 한 분, 이리로 모시겠습니다.”

점주가 은하 표준어로 대답했다. 지구인치고는 발음이 유창하다고 과장은 생각했다. 그때였다.

“잠깐, 정정했으면 하는데.”

머리 뒤에서 부장이 말했다.

“우리는 보다시피 두 명이야. 우리 둘 다 어엿한 은하연방 시민으로 등록돼 있네. 연방 시민으로서 정당한 대우를 받고 싶군. 자네들 지구인도 신참이라고는 하지만 긍지 있는 은하연방의 일원 아닌가."

부장의 표정에는 거의 변화가 없었지만, 감정이 고조된 것이 신경계를 통해 과장에게 전해졌다.

그때 갑자기 옆에서 기잉기잉 금속음을 내며 지구인과 체격이 비슷한 금속 기계가 나타났다. 관절은 고스란히 드러난 데다 몸 일부인지 아닌지 모를 금속 막대기를 들었고, 허리에는 '라멘 푸른별'이라고 자수를 새긴 천 앞치마를 둘렀다.

"시끄럽다. 여기서는 밥 먹는 놈이 손님이다. 너희는 밥 일 인분. 그래서 한 명이다. 얼른 앉아."

금속을 마주 대고 문지르는 듯한 쇳소리 섞인 목소리로 고래고래 소리를 질렀다. 이건 또 듣도 보도 못 한 종족이로군, 하고 과장과 부장은 생각했다.

"지로 씨, 손님한테 그렇게 소리 지르지 마. 토리파치 성계에서 오셨으면 의자보다는 저쪽 소파가 편하실 겁니다. 기압도 맞춰 드리겠습니다."

그러더니 점주는 가게에서 조금 떨어진 곳을 가리켰다.

점주가 안내해 준 말랑말랑한 초유연 플라스틱 소파는 그들의 체형에 맞춰 변형하더니 내장 주머니를 아늑하게 감쌌다. 국소

중력이 필요 없는 공기를 밖으로 밀어내고 기압을 모성인 토리파치에 맞춰 조정했다.

지구인 가게치고는 드물게 계외인을 배려하는 방법을 잘 안다고 과장은 생각했다. 하지만 부장은 여전히 신경이 곤두서 있었다. 그는 그가 태어난 시대 탓에, '자신들의 수'라는 문제에 유난히 민감했다.

은하연방은 '은하 주민의 조화와 공생'을 모토로 민주정을 펼치지만, 선거에서는 토리파치 성인의 인구를 내장 주머니 수로 정하고 주머니마다 선거권을 줬다. 연방에 복두종이 적은 탓에 이루어진 차별적인 조치였다. 이 때문에 내장을 공유하는 두뇌의 정치적 의견이 다를 경우 그것만으로도 어마어마한 스트레스가 되었고, 정신 건강 의학 쪽 질환을 유발하기도 했다.

그랬던 것이 과장이 태어나기 직전에, 다양한 정치투쟁 끝에 '한 두뇌당 한 명'으로 인정받아 은하연방의 시민권을 얻고 각각 선거권을 갖게 된 것이다.

그런 역사가 있는 이상, 부장 세대에게 자신들을 '한 명'으로 간주하는 행위는 차별받던 과거로 회귀하는 것을 의미했고 당연히 치가 떨리는 일이었다.

"저 점주는 지구인인데……. 이쪽 점원은 어느 성계에서 왔을까요?"

과장은 지로 씨라고 불린 금속 몸을 보고 말했다.

"아마 로봇이겠지. 지구인은 번식이 느려서 노동력을 기계로 보충한다고 했거든. 흥, 태만하기 짝이 없군."

부장은 노골적으로 기분이 상한 티를 냈다. 내장에 신경흥분물질이 쌓여 가는 게 느껴졌다. 지구에 막 왔을 때만 해도 지구의 과학 문명이 굉장하다고 입에 침이 마르도록 떠들어 놓고는.

"지로 씨, 21번 테이블."

점주가 두꺼운 장갑을 끼고 어깨너비 정도 되는 그릇을 하나 내밀었다. 지로 씨가 그걸 팔로 단단히 고정하고 기잉기잉 소리를 내며 걸어왔다. 몹시 흔들리는데도 절묘한 컨트롤로 국물을 쏟지 않았다. 아무래도 원래 운동 성능을 고려해 만든 로봇인가 보다.

"오래 기다리셨습니다."

두 사람 앞에 나온 라멘은, 사진으로 본 것 같은 갈색에 반투명한 물이 아니라 점성이 높은 새카만 액체에 담겨 있었다. 액체 표면 위로 살짝 보이는 면은 아무래도 실리콘으로 만든 것 같다.

유기용매의 체액을 규소질 세포막으로 덮고 있는 토리파치 성인에게 실리콘은 필수 영양소로, 지구에서도 공업용으로 생산된다고 하니 계외인을 위한 식당을 자처한다면 이 정도를 준비해 놓는 건 당연하다.

"그럼, 이타다키마스."

"그건 또 무슨 소리야?"

"이것도 지구의 지역 언어인데, 식사를 시작할 때 하는 인사래요. 《지구를 걷는 법》에 있었어요."

이런, 이런. 이 녀석은 완전히 관광객 모드로군, 부장은 생각했다. 여덟 개의 촉수 중 네 개를 사용해 조심스레 그릇을 들어 섭식공으로 걸쭉한 액체를 한 모금 흘려 넣었다.

온도는 체온보다 약간 높았다. 하지만 그렇다고 너무 뜨겁지는 않았고 우주여행으로 식은 몸을 포근하게 데워 주는 정도다. 참고로 그들의 체온은 섭씨 85도, 이 국물은 섭씨 105도다.

목에 걸리는 강렬한 점성. 헥세인•보다도 꽤 중량감이 있는 액체. 은은하게 느껴지는 유황 향신료. 이건…….

"중유다!"

과장이 외쳤다.

"자, 잠깐, 점주를 불러 줘!"

"네. 무슨 일이십니까?"

• 헥산이라고도 한다. 무색투명한 가연성 액체로, 다른 물질을 녹이는 데에 쓰는 액체로 널리 쓰인다.

"이거, 중유 맞지?"

"네. 얼마 전에 아랍인이 관광객용으로 파는 원유를 사 와서 저희 가게에서 직접 정제한 겁니다. 소수성● 체질인 손님께 좋을 것 같아서요."

"그럴 줄 알았어. 가솔린은 맛이 너무 가볍다고 생각했거든. 이거 고마운걸."

말하는 와중에도 그릇에 든 것을 거침없이 섭식공으로 흘려넣었다. 머리의 호흡공과 내장 주머니의 섭식공이 분리되어 있어서 먹으면서도 말할 수 있는 종족이다.

"중유만 있는 게 아니네……. 이 면은."

부장 목소리가 신경계를 타고 전해졌다.

"지구인이 토리파치 성인용이라며 실리콘을 파는 가게는 몇 군데 있었어. 그런데 가 본 곳은 죄다 공업 섬유를 대충 가열한 흉내만 내서 뻣뻣하기만 하고 영 먹을 만한 게 아니었거든. 그런데 이 면은 달라. 고압으로 분해했는지, 결정질과 비결정질의 균형이 기가 막히게 조정돼 있어. 이러면 소화관의 치아로 잘 씹을 수 있지. 그냥 실리콘 면이 아니라, 진지하게 토리파치 성

● 물과 잘 화합되지 않는 성질

인의 생태를 생각한 면이야!"

아무래도 과장에게 하는 말이 아니라, 부장의 마음속 외침이 내장 주머니에 연결된 신경계로 새어 나오고 있는 듯했다. 마지막에 이런 또렷한 목소리가 들린 것을 보면 분명하다.

"흥, 지구인치고는 먹을 만한 음식을 할 줄 아는군."

"설마 이런 데에서 지구 특산품인 중유를 먹을 수 있을 줄이야."

과장도 진심으로 만족스러워했다.

자신들을 '한 명'이라고 보는 점주의 태도에는 분명 마음에 안 드는 구석이 있다. 하지만 이 점주는 지금껏 태양계에서 만난 그 어떤 지구인보다 토리파치 성인을 배려하고 있지 않은가.

"지구인 중에도 이런 사람이 다 있군."

돌아가는 버스를 기다리면서 부장은 알 수 없는 만족감에 가득 찼다.

■

버스가 이륙하고 객석에서 손님 모습이 사라지자, '라멘 푸른 별'의 점주 기타카타 도시오는 주방에 들어가 머리에 두른 수건을 벗었다. 지구인의 특징인 짧은 털이 드러났다. 지구 시간으로 서른 살, 지구에서 태어나 에키치카에서 자란 남자다.

"휴우, 비상용 연료로 챙겨 둔 원유였는데, 설마 토리파치 성인이 올 줄이야. 여차하면 지로 씨 충전에 쓸 생각이었는데."

도시오가 이 소행성군 도시 에키치카에 '라멘 푸른별'을 차린 지 일 년.

원래는 아버지가 에키치카에서 라멘 장사를 했다. 그러나 고지식한 아버지는 전통적인 간장 라멘밖에 팔지 않았기 때문에 우주 시대의 흐름을 타지 못하고 폐점하게 되었고, 마음고생이 심했는지 환갑이 되기도 전에 일찍 세상을 떠났다.

그런 아버지를 보고 자란 도시오는 반발심에 '소화관이 있는 놈은 모두 손님'을 모토로 삼고 이 '라멘 푸른별'을 차렸다. '태양계에서는 쉽게 볼 수 없는 계외인을 위한 음식점', '접대 가능 생물 수가 쓸데없이 많다', '은하표준어가 유창하다' 같은 입소문이 퍼졌고 유니버설 경제의 파도도 한몫 도와준 덕에, 경영이 궤도에 올라 현재에 이르렀다.

"흥. 난 석유로 만든 전기는 안 좋아한다."

지로 씨는 금속음을 울리면서 대답했다.

그의 정식 명칭은 지로라모 인더스트리제 자율식 이족 전투기 'LOVE & PEACE' 중화기 추가 장갑 강화 모델. 일찍이 제4차 명왕성 전쟁에 참전해, 양가스키 성인 758명의 목을 쏘아 떨어뜨린 공포의 살육 병기다. 양가스키 성인은 목을 재생하는 데에 삼백구십 시간이나 걸리는 데다가 그 과정도 무지막지하게 아프다는 모양이다.

하지만 전쟁이 끝나자 그는 쓸모없는 존재가 됐고, 폐기업자의 손에서 달아나 에지워스 카이퍼 벨트를 수십 년 방황한 끝에 '라멘 푸른별'의 점원이 됐다. 거칠기로는 둘째가라면 서러워할 면면이 득실대는 태양계 외연부에서는 듬직한 경호원이다. 전동식이라 배기가스를 배출하지 않기 때문에 지구 기준으로는 친환경적이기도 하다.

그리고 이 가게에 있는 또 하나의 식구가 아까부터 주방에서 데굴데굴 굴러다니는 투명한 구체, 통칭 '마루'다. 크기는 소프트볼만 하고, 열을 내는 조리 기구 쪽으로 알아서 굴러가는 걸 보면 아무래도 적외선이나 온도차를 먹는 타입의 물리 영양 생물인 것 같다.

그때 가게 밖에 있는 착륙장에서 접속음이 들리고, 지로 씨의 전투 로봇다운 민감한 센서가 반응했다.

"도시오. 또 손님이다."

"웬일이래. 버스 시간도 아닌데. 자가용 배를 타고 왔나?"

허둥대며 밖으로 나가니, 신장 2.6미터에 다리가 여덟 개인 콜라켄 성인이 웃는 얼굴로 팔을 흔들고 있었다. 1인용 소형선에는 '줏포이아 타임스'라고 적혀 있다. 콜라켄 성에 있는 잡지사의 업무용 배다.

"뭐야, 손님인 줄 알았는데 타카나 자네였어?"

도시오가 주방으로 들어가서 말했다.

"뭐야가 뭐야. 나도 엄연히 손님이야. 늘 먹던 걸로 한 그릇 부탁해."

여덟 개 다리를 흐느적거리며 땅바닥에 털썩 앉으니, 서 있는 도시오와 눈높이가 비슷해졌다. 상반신 구조는 지구인과 매우 비슷했다.

"회사 배로 왔다가 혼나는 거 아냐?"

"괜찮아. 취재 온 걸로 해 뒀으니까."

"우리는 취재 사절이야. 지금은."

"그러지 말고, 도시오, 내가 계속 말하잖아. 가게 기사 좀 쓰게 해 줘. 지금 지구인 이야기가 인기라고. 온 은하계에 체인점을 내는 게 꿈이라면서?"

"자네 잡지에 기사가 실리기라도 했다간 온 은하계에서 손님이 몰려들 게 빤한데. 지금 당장 그 손님들을 다 쳐낼 수 있을 가게로 보여? 아까 왔던 토리파치 성인한테도 있는 재료 없는 재료 다 긁어모아서 겨우겨우 음식을 내줬다고."

"괜찮아. 맛없었다고 쓸 거니까."

"이 오징어 자식이, 그러면 더 안 되지."

욕을 퍼부으면서 도시오는 대용량 곰솥에서 끓고 있는 육수를 떠올렸다. 싸구려 유사 중력 환경에서는 솥에서 열대류가 잘 일어나지 않기 때문에, 솥 밑바닥에 스크루를 달아서 교반하고 있다. 도시오의 솜씨다.

주방에 있는 이베퍼레이터•, 오토클레이브••, 크로마토그래피 칼럼••• 같은 조리 기구는 대부분 도시오가 손수 만들었다. 소행성군 도시 에키치카에서 이런 도구를 입수하기란 하늘의 별 따기고, 유지 보수에 드는 비용까지 생각하면 지구에서 공수해 오는 것보다 직접 만드는 편이 훨씬 싸게 먹힌다.

이렇게 노력해서 다종다양한 계외인을 위한 메뉴를 준비할 수 있게 됐지만, 한편으로는 "화학 실험실 같아서 찝찝하다." 같은 소리를 하는 지구인 손님도 늘 조금씩 있다.

"또 조미료가 늘었네."

• 증발기
•• 고압 멸균 처리기
••• 혼합물을 분리할 때 사용하는 관

타카나는 테이블 위에 즐비한 백여 개의 유리병을 쳐다봤다. 여러 행성의 생물종에 맞춘 필수원소나 유기 소분자를 분말 형태로 만들어 두어서, 손님이 자기 기호에 맞춰 더해 먹을 수 있다. 진화의 원칙을 토대로 생각해 봤을 때, 지구인이 글루탐산을 '감칠맛'이라고 인식하는 것처럼 다른 생물도 자기한테 필요한 물질을 '맛있다'고 느끼지 않을까. 이것이 도시오의 기본 이론이다.

다만 은하는 넓다 보니 예외도 있다.

"자, 늘 먹는 지구 라멘 기름 곱빼기야."

"앗싸!"

"타카나, 콜라켄 성인 주제에, 기름 너무 많이 먹는다. 그러다 죽는다."

지로 씨가 물을 내어 주면서 말했다.

"고물 병기 주제에 뭔 잔소리가 이렇게 많아. 지구인 기름이 맛있어서 그런 걸 어쩌라고."

"왜 지구인을 먹고 난리야. 돼지라는 지구 동물에서 얻은 기름이라고."

도시오의 이야기도 듣는 둥 마는 둥, 타카나는 국물 위에 뜬 기름을 홀짝홀짝 마셨다. 콜라켄 성인은 지구인과 마찬가지로 수용성 탄소 기질이지만 세포의 지질막에 콜레스테롤과 스핑고 지질이 많고 단단하기 때문에, 지구 생물의 지질을 먹으면 세포가 물렁물렁하게 부풀어 오른다. 이것을 지구인의 언어로 표현하자면, 취한 상태가 된다.

의존성이 높다 보니 콜라켄 성계에서는 지구산 지방을 엄격하게 규제해서, 섭취량을 하루에 한 숟가락 이내로 제한한다. 하지만 태양계에서 제공하는 양은 딱히 문제 삼지 않아서 먼 길 마다치 않고 먹으러 오는 사람도 있었다.

"아아, B$3$N$?$a$K$$$−$F$k."

타카나는 얼굴을 초록빛으로 물들이고 지구인의 가청 범위를 벗어난 소리를 냈다.

그 사이에 도시오는 주방에서 설거지를 시작했다. 지구인 대상 가게라면 자동 식기세척기면 끝나지만, 이곳은 손님이 너무 다양해서 설거지도 중노동이다. 위생 장갑을 끼고 벤젠 유도체가 묻은 유리그릇을 아세톤으로 씻었다. 지구인 피부는 유기용매에 약하다는 약점이 있다. 지로 씨는 병기라서 이런 섬세한 작업에는 서투르다.

"마루, 그쪽은 위험해."

도시오의 말에 투명 구체인 마루는 데굴데굴 굴러 섭씨 320도로 가열된 곰솥에서 멀어졌다. 마루는 바닥을 굴러다니는 것 말

고 다른 행동은 전혀 보이지 않았지만, 아무래도 도시오의 말을 알아듣기는 하는 것 같았다. 언어를 알아들을 지성이 있다면 은하연방 시민으로 등록되는 경우도 많은데, 시민 목록에도 이런 구체는 실려 있지 않아서 정체는 아직도 베일에 싸여 있다.

■

마루는 몇 달 전에 가게를 찾은 '은하 고대종' 손님이 두고 갔다.

은하계 외연의 가스에는 초신성 폭발로 생긴 철보다 무거운 원소는 거의 존재하지 않는다. 그런 행성에서 탄생하고 진화한 고대종들이 생리 기능을 유지하는 데에 사용할 수 있는 원소는 오로지 탄소 같은 가벼운 원소뿐이다. 지구인이라면 그런 기능은 아연이나 요오드로 활성화할 수 있다. 그 과정에 필요한 필수 아미노산은 400종류, 비타민은 5,000종류에 이른다. 발견되지 않은 영양소도 많아서, 일상적으로 식사를 한대도 원인 모를 영양실조로 사망하는 경우마저 종종 있다.

인구도 적고 식료품 공급도 어렵기 때문에 모성에서 거의 나오지 못한다. 생명의 진화사에서 뒤처진 은하연방의 소수민족이다. 천만 년쯤 전부터 지식인들은 "백만 년 후에는 멸종했을 것이다."라고 말하곤 했다.

도시오의 가게에 나타난 것은 마틱 성인이라 불리는 고대종 군주였다. 지구 정부로부터 경제원조를 얻어 내기 위해 포털을 통해 지구로 향할 예정이었는데, 에키치카에 도착했을 때 몸에 탈이 나 버린 것이다. 이대로 죽을 바에야 뭐든 지구의 음식을 먹어 보고 싶다고 말했다는 모양이다. 지구인 외교관이 반쯤은 자포자기하는 심정으로 데리고 온 곳이 도시오의 '라멘 푸른 별'이었고, 외교관은 "여기서 무슨 일이 생겨도 내 책임이 아니다."라고 강조했다.

그런 상황에서 도시오가 내어 온 것은 '원시 은하 화학 진화 국물' 라멘이었다. 우주 초기의 원소 조성에 맞춰 암모니아, 메탄, 황화수소 같은 가스를 혼합한 다음 장시간 전기를 흘려보내고 될 수 있는 한 다양한 유기물을 합성해, 그들이 태어난 세계의 물질 조성을 도시오 나름대로 재현했다.

그 후, 완성된 국물에서 중금속 이온을 킬레이트 화합물로 신중하게 침전시켜 제거했다. 어떤 지구 식재료가 됐든 중금속 원소가 미량으로 포함되어 있기 마련인데, 그게 그들에게는 치사량이 될 수도 있기 때문이다. 조리하는 데에는 꼬박 하루가 걸렸지만, 고대종 손님은 태양계 환경으로부터 몸을 보호하는 외투를 걸친 채로 가만히 도시오의 요리를 기다렸다.

그렇게 만든 라멘을 먹은 그는 몹시 감동한 듯이 땅바닥에 무릎을 꿇고 그들의 신에게 기도를 올린 후, 도시오에게도 감사를 표했다.

"젊은 행성의 젊은이여, 몸이 있고 물질로 된 음식을 먹을 수 있다는 것은 참으로 고마운 일 아니겠는가."

뭐 이런 말을 하기도 했고, 또 다른 이야기도 했다.

"우리 동포는 이미 모두 연약한 몸을 버리고 디지털 데이터가 돼 버렸다네. 이 얼마나 어리석은 짓이란 말인가."

그는 다소 발음이 또렷하지 않은 은하표준어로 말을 이어 갔다.

신체의 비물질화 · 데이터화는 문명이 어느 정도 진보하면 반드시 나타나는 현상이다. 은하에 셀 수 없이 존재하는 수많은 종족 사이에 기술적 · 경제적 서열이 있기는 하나, 다른 종족을 압도하는 초월적인 문명이 존재하지 않는 것은 이 '비물질화의 벽'이 존재하기 때문이다. 특히 육체가 취약한 종족일수록, 그 문명을 구축한 두뇌를 데이터화하고 디지털 세계로 들어가 버리고는 다른 문명에 간섭하지 않게 된다. 그렇게 해서 연방에서 자연스럽게 소멸한 종족이 과거에도 수없이 존재했다는 모양이다.

그렇게 늙은 군주의 긴 이야기가 계속되었지만, 그가 낼 수 있는 대금은 도시오가 들인 품과 재료비에 한참 미치지 못했다. 한 행성의 군주가 라멘 값조차 내지 못하는 게 은하 고대종이 처한 경제 상황이었다.

나중에 내도 괜찮다는 도시오의 만류를 물리치고 내민 것이 이 투명한 구체 생물 '마루'였다. 마틱 행성에서는 '신과 통하는 영물'로 여겨져 소원을 들어주는 힘이 있다고 믿는다고들 하는데, 보기에는 유리구슬이랑 다를 바가 없다. 소화관이 보이지 않기 때문에 도시오 기준으로도 '손님'으로 분류되지 않아, 그 후로는 그냥 열역학적 군식구로 주방을 굴러다니게 됐다.

그리고 마틱 군주는 그 후에 예정대로 지구로 가서 정부 수뇌와 회담을 가졌다. 동행한 외교관은 라멘 건을 자기 공인 양 지구 정부에 보고했는데, 그 일로 도시오의 가게가 뭔가 덕을 본 게 있느냐고 하면 그렇지는 않다. 은하연방 서열 4위인 지구 정부에게 고대종의 동향 같은 건 관심을 가질 대상이 아니었던 것이다.

■

소원을 이루어 주는 힘이 있다고는 하지만, 지금 도시오에게 마루를 통해 신에게 빌 만한 소원은 없다. 가게 경영은 순조롭고, 더디기는 하지만 기자재도 늘었고, 대접할 수 있는 종족도 늘어나고 있다. 중유 라멘을 토리파치 성인이 호평한 일은 커다란 자신감을 줬다.

이대로 순조롭게 실적을 쌓아 가면, 언젠가 은하계 각 행성에 지점을 차리는 프랜차이즈 사업을 펼칠 수 있을지도 모른다.

"이봐, 타카나. 취재 말인데, 당장은 무리지만 조금만 더 형편이 펴면……."

주방에서 카운터 너머로 객석을 보니, 타카나는 얼굴이 반투명 상태가 되어서는 테이블 빈 그릇 옆에 엎드려 있었다.

"참나. 갈 때 어쩌려고 저래."

도시오는 어이가 없었다. 참고로 콜라켄 성인의 음유운전은 은하연방법에 따라 벌금 대상이지만, 태양계는 오가는 배가 적기 때문에 단속이 느슨하다. 솔직히 지구인 경찰 역시 서열 1위인 콜라켄 성인을 섣불리 건드리고 싶어 하지도 않는다.

"도시오. 또 손님이 왔다."

"오늘 무슨 날인가, 이러다 문지방이 다 닳겠어."

주방에서 나왔는데, 스물네 시간 별이 보여야 할 하늘이 어떻게 된 영문인지 어둠으로 가득 뒤덮여 있었다. 지구에서 말하는 구름 낀 밤하늘 같은 모습이다. 물론 유사 중력밖에 없는 이 소행성 야타이에 구름 같은 게 생길 리는 없다. 아무래도 거대한 물체가 이 행성에 접근해서 시야를 가린 모양이었다.

“지로 씨. 손님이 왔다면서. 내 눈엔 물체로 보이는데.”

“저건 생물이다. 대사 반응이 있다. 내 데이터베이스에는 없다.”

“이게 생물이라고?”

도시오는 목을 빙글 돌렸다. 소행성의 굽이진 지평선과 비슷한 규모로 그림자가 펼쳐진 장면이 보인다. 대충 어림짐작해도 몸길이가 8킬로미터는 된다.

가게 조명이 약하게 비쳐서 표면에 촉수 같은 요철 구조가 여러 개 돋아 있는 모습까지는 보이지만, 전체적으로 어떤 생물인지는 도무지 알 수 없었다.

“이봐, 타카나. 저게 뭔지 알겠어?”

“어어? 모오르겠는데. 어차피 눈이 묻혀서 안 보이긴 한다아.”

타카나는 고주망태가 돼서 바닥에 납작하게 퍼져 있다. 이 아무짝에 쓸모도 없는 매스컴 같으니.

거대 생물이 이쪽으로 촉수 하나를 뻗었다. 끄트머리는 반투명한 막으로 덮여 있고, 노란색 빛 여러 개가 등롱처럼 천천히 불규칙하게 깜빡였다.

도시오는 잠시 그 모습을 바라봤다. 몸 안에서 등불이라도 흔드는 건가 싶었는데, 일정한 리듬을 두고 깜빡이는 것이 아무래도 말을 하고 있는 모양이다. 은하표준어의 시간 분할 광학 방식이다.

은하표준어는 은하의 모든 주민이 사용할 수 있게 구성된 언어라서 광학 방식, 물질파 방식, 방사선 방식 등 표현 형태가 다양하다. 지구인은 생태적으로 시간 분할 물질파 방식(음성)과 공간 분할 광학 방식(문자)밖에 해독하지 못하기 때문에 그 이외의 방식으로 대화해야 할 경우에는 변환기가 필요하지만, 이 거대 생물이 발하는 신호는 너무 느려서 도시오도 육안으로 그럭저럭 **알아들을** 수 있었다.

"여기가, 라멘 푸른별이냐즈."라고 말하는 것 같았다.

"예에, 그런데요."

도시오가 말하고, 지로 씨가 그 대답을 광학 표시로 변환해서 자신의 레이저 센서를 깜빡였다.

"이 행성에 라멘이라는 음식이 있다고 360즈 전에 계시를 받고 왔다즈. 얼른 라멘을 내놔라즈."

겨우 이 말을 하는 데에 십오 분이 걸렸다.

"360즈?"

"360즈는, 지구 시간으로 하면 십 년 전이다."

옆에서 지로 씨가 풀이해 줬다.

"아니, 이봐, 내가 이 가게를 연 게 작년이야. 십 년 전에 그런 정보를 어떻게 듣는데?"

"그런 건 모른다즈. 나는 '우주의 계시'의 인도를 받아 왔다즈. 당장 이 그릇을 가득즈 채우지 않으면, 이 행성을 통째로 먹어 버리겠다즈."

거대 생물은 몸 안에서 파라볼라안테나를 닮은 용기를 꺼냈다. 직경이 수십 미터는 됐다. 지구에 두면 멋진 전파망원경이 되겠다. 저걸 다 채울 만한 양을 만들 재료는 이 가게는커녕 도시 에키치카 중심부에서도 조달하기 어렵다. 지구에서 재료를 배달받으려고 한들 고속선으로도 두 달은 걸린다.

"**우주 계시**인지 뭔지는 몰라도, 그렇게 많은 양은 지금 당장 못 만들어. 나중에 다시 오는 건 어때? 번호를 가르쳐 주면 준비되는 대로 연락할게."

도시오가 대답했다. 아무래도 소화관이 있는 생물이니, 그에게 손님인 것은 틀림없다.

"안 된다즈. 지금 당장이다즈. 12즈 세는 동안 그릇을 가득 못 채우면, 이 행성을 먹을 거다즈."

그러더니 거대 생물은 양팔로 소행성을 잡고 마구 흔들었다.

주방 안은 관성이 제어되는 곳이라 안전했지만, 밖에 나와 있던 도시오와 지로 씨에게는 개점 이래 처음 경험하는 대지진이었다. 테이블이 뒤집어지고 의자란 의자는 모조리 쓰러지고 조미료 병도 잔뜩 깨져 나갔다. 녹아서 쓰러져 있던 타카나도 주르륵 미끄러졌다.

“자자자자잠깐, 잠깐, 먹겠다니, 이 행성은 월세도 내야 하는데…… 응? 12즈?”

“12즈라면, 지구 시간으로 4개월이다.”

“……좋아, 알겠어. 지로 씨, 지구에 있는 제면소에 연락해야겠어.”

“급한가?”

“아마, 천천히 해도 괜찮을 거야.”

“그럼 세겠다즈. 12.”

거대 생물이 광학 언어인 불빛을 흔들었지만, 도시오가 그다음 숫자를 들은 것은 열흘 후였다. 거대 생물은 시간 규모도 거대했다.

■

"여보세요, 안녕하세요. '라멘 푸른별'의 기타카타 도시오입니다. 아, 쓰키노 제면소죠? 그게, 킬로그램 단위 말고 톤으로 주문해도 될까 해서……. 그럼요, 발주 미스 아니에요. 제일 굵은 면이 50센티미터짜리던가요? 가공할 때 칼집을 좀 넣어서 잘 익게 해 주실 수 있을까요? 아, 네. 그렇게 부탁드릴게요."

그렇게 한쪽 전화에서 나오는 음성을 들으면서, 다른 한쪽 전화에 대고 또 말했다.

"여보세요, '렌털 핵물질 플루톤'이죠? '라멘 푸른별'입니다. 조리용 원자로를 한 대 빌리려고 하는데요. 네, 맞아요. 저희 가게에서 제일 큰 풍로가 3미터짜린데, 화력이랑 크기가 전부 부족해서요. 면허요? 을종은 갖고 있어요. 예? 이미 이모니• 모임에서 먼저 예약했다고요? 그러면 조금 작은 거라도 괜찮은데요. 솥은 그릇을 직접 쓸 거라서 괜찮아요."

후우, 도시오는 전화를 끊고 한숨 돌렸다.

수수께끼의 거대 생물이 나타난 지 한 달 남짓, 거대 라멘을

• 일본 도호쿠 지방의 향토 요리로 냄비에 토란, 쇠고기, 우엉, 곤약, 파 등을 넣고 끓인다.

준비하느라 동분서주하는 상황에서도 도시오의 라멘을 먹으러 오는 에키치카 주민은 끊이지 않았다. 가게를 닫을 수는 없는 노릇이었다.

“아니, 주인장, 저건 뭐야? 양가스키 행성의 전함이야?”

상공에 떠 있는 거대 생물에 관해 묻는 손님은 당연히 많았다. 신기한 걸 보고 싶어 평소 오지 않던 지구인 손님이 올 때도 있었지만, 대부분은 이렇게 수도 없이 클레임을 걸었다.

“걸리적거리니까 좀 치워 줘. 어머니 태양이 안 보이면 불안하단 말이야.”

소행성군 도시 에키치카에 사는 지구인은 지구 거주자에 비해 태양에 대한 동경심이 강하다. 그들은 언제나 어두운 하늘에 떠 있는 깨알 같은 태양을 보면서 종족의 고향을 향한 그리움을 달래곤 했다.

“시끄럽다. 너도 손님이지만, 저 녀석도 손님이다. 불만 있으면 네가 돌아가라.”

지로 씨가 따지며 철컥철컥하고 중화기 소리를 내면, 그들은 “이딴 가게 두 번 다시 오나 봐라!”라는 말을 남기고 가 버렸다. 그런 일을 겪는 사이에 손님은 점점 계외인으로 편중됐고, 테이블이 만석인데 지구인은 도시오뿐인 날도 종종 있었다.

그럭저럭 두 달에 걸쳐 재료를 다 갖추었더니, 따로 선전한 것도 아닌데 조리를 실행하는 날이 되자 평소 라멘을 먹으러 오는 손님에 더해 구경꾼까지 잔뜩 모여들었다. 필요한 물건을 다 짊어지고서 지구에서 온 고속 화물선 또한 소행성 야타이와 크기가 비슷하다 보니, 요즘 들어 안 그래도 비좁았던 하늘이 더 비좁아졌다.

"이 굵기 면에 이렇게 칼집을 넣으면……. 열확산 방정식이……. 물이 더해지면서 팽창할 걸 감안하면……."

도시오가 면을 삶을 최적의 시간을 계산해서 원자로 출력을 설정했다.

화물선에서 곧바로 파라볼라 같은 그릇으로 재료를 쏟아부은 다음 빌려 온 원자로로 펄펄 가열했다. 오늘을 위해 공기도 조금 넉넉하게 하고 유사 중력도 약간 강하게 조절했다. 소행성군 도시에 사는 주민은 지구 거주자에 비해 불규칙한 중력 변화에 익숙하다.

"이봐, 도시오. 이 그릇, 스크루가 안 달렸다."

지로 씨가 지적했다. 평소 도시오가 사용하는 대용량 곰솥은 열대류가 잘 일어나지 않는 저중력 환경을 고려해 스크루로 교반한다는 건 앞서 말한 바 있다. 하지만 직경이 수십 미터나 되는 거대

그릇을 균일하게 교반할 수 있는 스크루가 가게에 있을 리 없다.

"괜찮아. 화물선을 쓸 거야."

도시오가 화물선의 무선 승무 시스템에 요청했다.

"실례합니다. 잠시만 이 소행성 주회 궤도를 돌아 주시겠습니까?"

화물선은 배라고는 하지만 소행성과 비슷한 사이즈라서, 서로 주회하면 상호 공전하는 두 항성 같은 형태가 된다. 거기다 거대 생물 자체가 지닌 중력이 더해지면 소행성 · 화물선 · 거대 생물이 삼체 운동•을 하면서 솥 주위를 돌게 되는 것이다.

덕분에 거대한 그릇 안은 이 카오스계의 중력에 영향을 받아 어지러이 뒤섞였고, 굵기 50센티미터, 길이 수 킬로미터에 이르는 면을 골고루 익힐 수 있게 됐다. 참고로 천체가 삼체 운동을 하면 궤도가 불안정해서 장기적으로 주회할 수 없기 때문에, 이윽고 화물선은 태양 방향으로 고속으로 사출되어 귀환 연료를 절약하게 됐다.

"좋았어, 이제 완성이다."

도시오의 말을 받아 지로 씨가 거대 생물에게 그 내용을 발신

• 물체 세 개의 중력이 상호작용한다고 가정할 때 그에 따라 일어나는 궤도 운동

하자, 거대 생물은 몹시 느릿느릿한 움직임으로 그릇을 들어 올리더니 내용물을 입(으로 짐작되는 거대한 구멍)으로 후루룩 빨아들였다. 우주의 진공에 노출된 국물은 금세 끓어올랐지만, 그것보다 거대 생물의 폐활량이 더 강했다.

"은하연방 시민이 아닌 생물에게도 정성껏 음식을 해서 대접해 주다니, 도시오 자네도 박애주의자가 다 됐군."

어느 틈에 왔는지 타카나가 말했다.

"그래. 시민이 됐든 뭐가 됐든, 소화관이 있는 놈은 내 손님이야. 가게 시작하기 전에 그렇게 결정했거든."

"그거야 아무래도 상관없는 일이지만 저 친구, 값은 제대로 치를 수 있대? 시민이 아니면 연방경찰도 나설 수가 없을걸."

그 말에 도시오의 심장이 콱 쪼그라들었다. 이 한 그릇을 만들기 위한 재료를 마련하느라 여러 거래처에 상당한 금액을 외상으로 걸어 놨기 때문이다. 가게를 연 이후로 도시오가 내내 쌓아 올린 신용이 있었기에 가능한 일이었다. 지불을 미뤘다간 앞으로 경영도 힘들어진다.

"어쩔 수 없다. 라멘을 안 주면 여길 통째로 먹어 버리겠다고 했으니까. 자기밖에 모르는 손님이다."

"아, 아. 하긴 뭐, 아직 애니까."

"애라니?"

"성체는 이것보다 100배는 커. 너무 커서 초공간 포털을 통과하지 못하다 보니 어지간해선 볼 일이 없지만."

타카나가 본사 서버에 있는 생태 자료를 꺼냈다.

자료에 따르면 그들은 항성 앞에서 촉수를 뻗어 거대한 돛 형태로 만든 후, 광압으로 가속해서 행성 간을 이동하는 생물이라는 모양이다.

몸 안에 자체적인 축퇴로•가 있어서 질량이 있는 물질이라면 뭐든 에너지로 삼을 수 있지만, 그와는 별개로 좋아하는 음식이 있다. 생후 얼마 지나지 않아 일어나는 섭식공의 무작위적인 유전자 재구성에 따라 '먹고 싶은 것'이 결정되고, 그 이외의 식품은 받아들이지 않게 된다.

이렇게 편식이 하나의 기능으로 진화한 까닭은 우주 멀리까지 광범위하게 퍼져 나가기 위해서라고 추정된다. 뭐든지 먹을 수 있는 체질이었다간 모든 개체가 한곳에 뭉쳐서 그대로 블랙홀처럼 되어 버릴 테니까. 자손이 번영하기 위해 다양한 식습관이 요구된 것이다. 이 아이는 식성이 우연히 지구 식품으로 정해진

• SF 작품에 주로 등장하는 개념으로, 블랙홀을 에너지원으로 삼는 동력 장치 또는 동력 기관

모양이고.

몇 시간에 걸쳐 그릇을 다 비운 거대 생물은 "꺼억." 하고 감마선을 내뿜고는 말했다.

"잘 먹었으니 가겠즈. 보답으로 이 예쁜 돌멩이를 주겠즈."

다른 촉수로 직경 100미터 정도 되는 암석을 꺼내 주방 옆에 툭 닿게끔 놓더니, 슉 하고 가속해서 은하 저편으로 사라졌다. 암석은 크기에 어울리지 않는 질량을 가지고 있는지, 중력으로 가게 전체가 조금 그쪽으로 기울었다.

지로 씨가 신중하게 다가가, 팔에서 X선을 쏴서 내부를 분석했다.

"희소 소립자의 원자핵으로 만들어진 별난 원자 덩어리다."

"……팔 수 있는 거야?"

기대감이 서린 눈으로 도시오가 물었다.

"산업용으로는 쓰이지 않아도 학술 용도라면 가능성은 있을 거 같네. 지금 시장 가격은……."

타카나가 손에 든 단말기로 본사 서버에 확인해 보았더니, 거대 라멘의 재료비(렌털 원자로 등 기자재 비용 포함)의 세 배를 조금 웃도는 가격이었다. 즉 거대 라멘의 원가율은 30퍼센트 정도라는 얘기다. 외식 산업치고는 괜찮은 수준이다.

도시오는 의자에 기대앉아 후우 하고 숨을 토했다.

"그나저나 이걸 어디에 팔아야 하지?"

"에키치카에서는 힘들 거야. 지구까지 가져가면 돈으로 바꿀 수는 있겠지만…… 그러려면 두 달이나 걸리잖아. 게다가 이렇게 많은 양을 가져가면 가격이 붕괴할지도 몰라."

"조금씩 깎아서 파는 수밖에 없다."

"그런가. ……그건 곤란한데. 쓰키노 제면에는 다음 달에 돈을 줘야 해."

도시오는 전화를 꺼냈다.

확실히 해결할 방법은 있으니까 어떻게 조금만 기다려 주면 안 되겠느냐, 대출로 변경할 수는 없느냐, 이 덩어리를 담보로 돈을 빌릴 수 없느냐, 하고 여기저기 부탁을 하고 다녔다. '우주의 계시'인지 뭔지 모르겠지만 될 수 있는 한 가게 규모에 맞지 않는 선전은 사양하고 싶은 서른 살 기타카타 도시오였다.

마루는 여전히 주방을 굴러다니며 곰솥 곁에서 온도 차이를 흡수하고 있었다. 이 투명 구체가 우주 전체의 공통된 무의식을 잇는 텔레파시 능력을 가지고 있고, 시공간을 초월해 광고를 할 수 있다는 사실을 도시오가 알게 되는 것은 좀 더 훗날의 이야기다.

# 기념일

만약 이야기 첫머리에 시각 자료가 필요하다면, 마그리트의 〈기념일〉이라는 그림을 인터넷에서 검색해 보기 바란다. 귀찮으면 굳이 안 해 봐도 되고. 간단히 말해 이건, 퇴근해 집에 왔다가 집 안 공간을 거의 다 차지하다시피 하는 거대한 바위가 떡하니 놓여 있는 걸 본 사람의 이야기다.

등산로에서 볼 수 있는 검은 빛이 도는 흙투성이 바위가 아니라, 그리스 신전에 사용할 법한 하얗고 매끄러운 바위였다. 폭은 3미터 정도 된다.

형광등 갓에 닿을락 말락 할 정도로 바위가 바싹 붙어 있는 탓에 실내 전체에 그림자가 져서 어둡지만, 바위와 벽 사이를 지나 반대쪽으로 갈 수 있을 정도의 공간은 남아 있다. 이것만큼은 다행이다. 안 그랬다면 나는 아침에 널어놓은 빨래를 걷으러 베란다에도 나가지 못했을 테니까.

빙 돌면서 살펴보니, 바위는 울퉁불퉁하긴 하지만 전체적으로 구체에 가까운 형태였다. 바닥면은 평평한지, 밀고 당겨 봐도 꿈쩍할 기미는 보이지 않았다.

문제는 이 바위가 암만 봐도 현관문은 물론이고 베란다 창문도 통과하지 못할 크기라는 점이다. 밖에서 가지고 들어오는 건 불가능하다. 마치 보틀 십•처럼 존재할 수 없는 물체다. 룸 록이라고 해야 할까. 무슨 도어 록 같네, 하고 생각하고는 괜히 혼자 웃었다.•• 한참을 웃다가, 전혀 재미없는 일이라는 걸 깨닫고 웃기를 관뒀다.

그럼, 어떻게 해야 할까.

이 집 안에 있는 가구는 현관 근처에 있는 책장과 창가에 있는 침대뿐이다. 거대한 외부인이 출현한 탓에, 그들은 고향 땅에서 쫓겨난 아메리카 원주민처럼 양쪽 구석에 주눅이라도 든

• 병 입구로는 넣을 수 없는 크기의 배 모형을 특수한 방법으로 유리병 안에 넣어 놓은 장식품

•• 일본어로 바위(rock)와 자물쇠(lock) 둘 다 '록'이라고 표기하는 걸 가지고 말장난을 한 부분이다.

양 자리 잡고 있다. 딱히 이동한 건 아니고 둘 다 원래 있던 곳에 놓여 있지만, 앞에 있는 거대한 바위 탓에 책장과 침대 모두 절반으로 축소된 것처럼 보였다.

우선 백팩을 바닥에 내려놓고 아이폰을 침대 옆 충전기에 꽂았다. 띠링 하는 소리가 울리고 '87% 충전됨'이라는 알림이 표시됐다. 침대에 걸터앉아 하얀 바위 표면을 멍하니 보면서, 아까 편의점에서 저녁거리로 산 참치 마요빵을 먹었다. 그러면서 내가 처한 상황에 대해 생각했다.

집에 왔더니 어떻게 된 영문인지 방 안에 거대한 바위가 있다.

그것 말고 다른 이상은 없었고, 생활에 지장이 있을 만한 크기도 아니긴 하다. 바닥이 주저앉을 조짐도 없었고, 만약 주저앉더라도 여기는 1층이다. 정리하자면 현시점에서 급박한 문제는 아니다. 이 년 전에 화장실이 고장 나 물이 멈추지 않았던 일에 비하면 그리 시급하지 않다.

냉장고에는 '24시간 하우스 서포트'라고 적힌 마그넷 스티커가 붙어 있다.

임대계약을 맺을 때 "집에 문제가 생기면 여기로 전화 주세요."라는 말과 함께 받은 것이다. "제일 흔한 일이 외출했다가 열쇠를 잃어버리는 거니까, 번호를 어디다 적어 두시면 돼요."

라고도 했다. 적어 두지는 않았지만.

나는 그 전화번호와 침대 옆에 둔 휴대전화를 세 번 정도 번갈아 보면서, 늦은 밤에 영문 모를 전화를 받게 될 서포트 센터 직원의 짜증 서린 얼굴을 상상했다. 귀찮으니 내일 하기로 했다. 허둥댈 정도의 일도 아니고.

원래 나는 '허둥댄다'든가 '놀란다'든가 한 경험이 그리 없다. 그런 기능이 선천적으로 결여된 듯한 기분이 든다. 물론 다른 사람이랑 비교해 본 건 아니지만. 그런데 생각해 보면 실제로는 현실의 인간에게 '허둥대기' 같은 기능은 원래는 없는 게 아닐까. 그건 기능이라기보다 기능 부전이 더 알맞은 표현 아닌가 싶다.

긴급 사태에 직면했을 때 허둥댄다고 상황이 개선되는 것도 아닌데, 진화적 관점에서도 그런 기능을 인류가 갖추고 있다는 건 아무리 생각해도 현실성이 없다. 미스터리 소설에서 보면 시체를 발견한 목격자가 비명을 지르거나 구토를 하곤 하는데, 그럴 여유가 있다면 주위 상황을 확인하고 달아날 준비부터 해야 하지 않을까. 그건 시체가 존재한다는 비일상성을 연출하기 위한 만화적 표현이려나.

그런 생각을 하면서, 참치 마요빵 하나를 십 분 정도에 걸쳐 정성껏 씹어 가며 먹었다. 바위 상태에 변화는 없었다. 페트병에 든 밀크 티를 마시면서 침대에 놓아 둔 디지털 시계를 보니 화면에 'PM 10:47 12 Jul'라고 떠 있었다. 오늘이 내 생일이라는 게 생각났다. 나는 서른 살이 됐다.

나는 서른 살이 됐다.

혹시나 싶어서 소리를 내서도 말해 봤지만, 딱히 어떤 감회가 느껴진다든가 하지는 않았다. 객관적으로 말해서 서른 살이 인생에서 하나의 터닝 포인트라고는 생각하지만.

인생을 두 가지 단계로 나눈다고 하면 성장과 노화가 될 것이다. 이 나라에서 성인식은 스무 살에 한다고 정해져 있지만, 지금의 스무 살을 '성인'이라고 보기에는 약간 무리가 있는 것 같다. 확실히 육체적인 성장은 대충 완료된 시기다. 그렇지만 인류 대다수가 농촌에서 괭이와 가래를 쓰던 시대라면 또 몰라도, 도시 생활자에게 육체의 성숙이 그렇게까지 본질적인 터닝 포인트가 된다는 건 납득하기 어렵다.

그렇다면 정신면에서 한 단계 성숙하는 시기를 서른 살이라고 규정한대도 그걸 전면적으로 부정하는 사람은 그렇게까지 많지는 않지 않을까. 대학원에서 박사 과정을 밟느라 스물일곱 살까지 학생이었던 나 같은 사람은 특히 그렇게 생각한다.

그래서 내게 전환점이 되는 사건은 서른 살 때 일어났다. 구체적인 내용인즉슨, 집 안을 가득 채운 거대한 바위가 찾아온 것이다.

그것은 도무지 의미를 알 수 없는 사건이었다. 그래서 조금 더 현실적인 가능성을 생각하기로 했다.

하나는 유쾌한 친구가 준비한 장난을 겸한 선물이라는 것이다. 이 바위는 사실은 스티로폼이나 뭐 그런 걸로 만들어진 거라, 준비가 다 되면 쩍 깨지는 거다. 그리고 친구가 폭죽을 터뜨리고 'HAPPY BIRTHDAY'라고 적힌 플래카드가 나타나면서 파티가 시작된다. 미국 홈드라마에서 그런 장면을 본 적이 있다.

이 가설의 장점은 바위를 분해할 수 있기 때문에 현관문을 통과할 수 없다는 물리적인 난관이 해결된다는 것이다. 나에게 그런 친구가 없다는 게 맹점이긴 하지만.

물리적 난관이 사회적 난관보다 더 본질적인 문제다. 그러니 이 가설은 충분히 검토할 가치가 있지 않을까. 검토할 가치가 있다고 해서 반드시 검토한다는 건 아니지만. 만 엔의 가치가 있다는 것과 만 엔을 내고 산다는 건 또 다른 이야기다. 나는 그런 식으로 '검토할 가치가 있는 가설'의 카탈로그를 머릿속에 늘어놓고 지낸다.

현재 이 근교에서 '친구'라고 부를 만한 단 한 사람은, JR 전철로 세 정거장 떨어진 아파트에서 한 살 어린 아내와 세 살짜리 딸과 갓 태어난 아들을 안고 있을 것이다. 당사자조차 잊어버리는 친구의 생일에 이런 품과 돈을 들일 여유가 있다면 가족을 위해 써야만 하고, 그도 그런 우선순위를 모를 남자가 아니다.

그때 문득 뭔가가 떠올라서 책장 위 서랍을 열었다. 통장과 도장은 안에 그대로 남아 있었다. 이 집에 귀중품이 있을 만한 장소는 이곳 말고는 아예 없으니, 아무래도 초현실주의 미술을 유달리 좋아하는 도둑이 든 것도 아닌 모양이다.

이 집에서 사라지면 곤란한 게 돈 말고 또 뭐가 있더라, 이십 초 정도 생각해 보았다. 아무것도 없었다. 사라졌으면 하는 건 뭐가 있을까. 그건 지금 눈앞에 있다.

바위 옆을 지나 베란다로 나가는 유리문을 열고, 빨랫줄에서 수건과 목욕 수건을 걷어 와서는 들고 욕실로 갔다. 옷을 세탁기에 던져 넣고 샤워를 하면서 내일까지 써야 하는 학회 발표 요강을 고민했다.

몸을 닦고 드라이기로 머리카락을 가볍게 말린 다음, 알몸 그대로 방으로 돌아왔다. 조금 젖은 손으로 바위 표면을 톡톡 두드렸다. 뜨거운 물로 샤워를 한 후인데, 어떻게 된 영문인지 바위가 살짝 따뜻하게 느껴졌다.

붙박이장에 개어 둔 티셔츠와 바지를 입고 그대로 잠들었다.

눈을 뜨니 바위는 아직 그곳에 있었다.

하얀 바위는 유리질을 많이 포함하는지, 창문으로 들어오는 아침 햇살을 반짝반짝 반사해서 집 전체가 어제보다 훨씬 밝았다. 덕분에 7시에 울리는 기상 알람을 기다리지 않고도 햇빛만으로 눈을 뜨고 말았다. 알람 소리에 떠밀려 일어나는 것보다 훨씬 쾌적한 기상이었다. 집에 바위가 있는 것도 의외로 쓸만할지 모른다.

어쨌든 잠을 잤다 깨어나도 사라지지 않는 걸 보니, 이 바위가 어느 정도 물리적인 실체를 지닌 현실이라는 사실을 받아들이지 않을 수 없다. 문과 창문을 통과하지 못하는 크기라고 해도, 집 안에서 바위가 급격하게 성장했다고 생각하면 문제가 안 된다. 국가(國歌)에도 있지 않은가. '조약돌이 바위가 되어서 이끼가 낄 때까지' 실내에 이끼가 끼는 건 웬만하면 사양하고 싶지만.

당면한 문제는 이 바위의 위치를 어떻게 하느냐 하는 것이다. 집에 물건이 늘어난 일은 아무래도 현실인 것 같다. 달갑지는 않지만 어쩔 수 없다. 그렇다면 놓을 장소를 정해야 한다. 이렇게 한가운데를 차지하지 말고 구석으로 붙어 준다면 폐쇄감도 덜하고 형광등을 가리지도 않을 텐데.

정사각형 방에는 모퉁이가 네 군데 있는데 한곳에는 침대, 한곳에는 책장이 있고 다른 한 군데에는 붙박이장으로 이어지는 문이 있다. 그러니 남은 한쪽으로 밀어내는 게 맞겠지.

문제는 어떻게 바닥에 흠을 내지 않고, 좀 더 정확하게 말하자면 보증금을 까먹지 않고 이동시키느냐 하는 점이다.

보증금 이야기가 나와서 말인데 학창 시절에 쓰디쓴 추억이 있다. 대학부터 대학원까지 구 년 동안 같은 집에 살면서 같은 순서로 책을 벽에 대고 세워 놓았더니 벽지에 책 자국이 남아 버렸다. 책이 빛을 차단하면서 그곳만 벽지가 바래지 않은 것이다.

그 탓에 벽지를 바꾸게 되었는데 그 금액만큼 보증금에서 제할 거라고 관리 회사의 중년 여성이 통보했다.

자연광으로 변색한 거라 시간의 흐름에 따라 노화된 상태로 볼 수 있었으니 법적으로 따졌다면 내가 유리했을 것이다. 하지만 벽지에 남은 책등의 울퉁불퉁한 흔적만 봐도 나는 어느 위치에 어떤 책이 있었는지 맞힐 수 있었다. 그건 아무리 생각해도 내 개인적인 흔적이다. 벽에 자작시를 적어 놓는 것만큼이나 부적절한 흔적이라고 생각했다.

지금 사는 집은 그때보다 월세도 보증금도 꽤 비싸다. 정말이지 바위가 터무니없게 나타난 거니까 그에 대해 책임을 추궁당할 이유는 없지만, 이걸 끌다가 바닥에 흠집이 나면 그건 아무래도 내 책임인 것 같은 기분이 들었다.

사람들이 많이 쓰는 방법을 생각해 보자면, 바위를 조금만 들어 올려서 그 아래에 미끄럼 방지 패드가 붙은 장갑을 끼워 넣는 방법이 있다. 당연하지만 미끄럼 방지 패드가 위쪽을 향하게 놓는다. 그러면 바위와 바닥 사이에 쿠션이 만들어지기 때문에, 바닥에 흠집을 내지 않고 바위를 밀 수 있다. 장갑은 아마 방 어디에 있을 거다. 없으면 편의점에서 사면 되고.

그렇게 생각하고 바위를 살짝만 들어 올리려 했지만 꿈쩍도 하지 않았다.

바닥이 내려앉지는 않을 정도라서 바위가 보기만큼 무겁지는 않을 거라고 생각했는데, 마치 바닥에 용접이라도 해 놓은 것처럼 움직이지 않았다. 자세를 여러 번 바꿔 가며 힘을 주기 쉬운 위치를 찾아봤지만, 애꿎은 손가락만 바위를 파고들 뿐이었다.

오 분 정도 분투하다, 이른 아침부터 땀을 흘리고 있다는 사실을 깨달았다.

어쩌면 이 바위는 이미 바닥을 관통해서 지면과 맞닿아 있는 게 아닐까 하는 생각에, 납작 엎드려서 바닥과 바위 사이를 들여다봤다. 하지만 안쪽으로 갈수록 점점 어두워져서 바닥과 닿는 면이 어떻게 돼 있는지는 알 수 없었다.

이럴 줄 알았으면 카펫이라도 깔아 둘 걸 그랬나. 아까 말한 그 친구가, 오 년 전에 아이가 생겨서 이사를 하게 되면서 둘 곳이 없다며 카펫을 주겠다고 한 적이 있다. 당시 그가 푹 빠져 있던 애니메이션의 주인공이 크게 그려진 카펫이라 나는 정중하게 거절했다. 솔직히 말해서 자기가 좋아하는 캐릭터를 매일 짓밟고 살 생각을 하다니 무슨 정신머리람?

하지만 만약 그런 걸 깔아 뒀더라면 애초에 이 바위도 안 오지 않았을까, 하고 막연하게 생각했다.

바위가 우리 집에 온 건, 이 주변에 이런 거대한 바위를 둘 수 있는 곳이 우리 집 정도밖에 없어서가 아닐까. 그럭저럭 합리적인 해석인 것 같다. 같은 원룸 아파트에 사는 주민을 만난 적은 없지만, 다들 집 크기에 맞는 물건을 두고 지낼 테니까.

이 5평 남짓한 집에 있는 것이라고는 침대와 책장뿐. 비유가 아니라 정말 그렇다. 텔레비전도 소파도 없고 책상조차 없다. 노트북컴퓨터는 잠금장치를 걸어 두고 연구실 책상 서랍에 넣어 놓았다. 집에서는 일을 하지 않겠다고 결심했기 때문이다.

휴대전화는 하루에 두 번밖에 안 만진다. 첫 번째는 충전기에서 뺄 때, 두 번째는 충전기에 꽂을 때다.

이 집은 삼 년 전 지금 대학에 부임했을 때 임대계약을 맺고 들어왔다. 그전까지는 대학 입학 때 들어갔던 3평짜리 원룸에서 박사 과정을 수료할 때까지 구 년 동안 지냈다. 그 집 월세는 아버지에게 신세를 졌다.

연구원으로 취직해 내 돈으로 생활할 수 있는 상황이 됐을 때, 아무리 오래되고 불편해도 괜찮으니까 일단 넓은 집이어야 한다고 부동산 중개소 직원에게 말했다. 그녀는 이런 식으로 구는 손님이 익숙했는지, "아무리 오래되고 불편해도 괜찮으니까."를 액면 그대로 받아들이지 않고 그럭저럭 낡지도 않고 그럭저럭 위치도 괜찮은 이 5평짜리 집을 골라서 왔다. 역시 대학에 근무하시는 분은 다들 물건을 많이 갖고 계신 모양이네요, 하는 말을 덧붙이면서.

내가 원한 것은 물건을 둘 장소가 아니라 아무것도 없는 공간이다. 라디오 체조를 할 수 있을 만한 공간이 집 안에 확보되지 않으면 편히 잘 수 없기 때문이다. 딱히 체조를 하는 건 아니지만.

그 사람은 병적일 정도로 정리광이야. 연구실 학생이 그런 말을 한 적이 있다. 실험실 책상도 다른 연구원이나 학생이 꺼냈다가 방치해 둔 물건도, 나는 퇴근할 때마다 깨끗하게 정리한다. 누군가가 멋대로 쓸데없는 물건까지 뒤섞어 넣어 둘 거라는 상상에서 달아날 수 없기 때문이다.

아침에 출근했을 때 누가 내 실험대 위에 별거 아닌 물건을(남의 원심관 랙 같은 물건) 두고 간 걸 보기만 해도, 그날 하루 일할 마음이 사라져 버린다.

과학 실험의 기본은 적절한 컨트롤이다. 즉 흥미 있는 부분 외에는 모든 조건을 동일하게 설정해야 한다. 그렇다면 아침에 출근했을 때 실험대 배치 정도는 정돈되어 있어야 마땅하지 않을까? 나는 그렇게 생각하지만 동업자들은 좀처럼 동의하지 않았다. 너무 유난 떠는 거 아니냐고들 한다. 유난 떤다고 생각하는 정도라면 딱 적당한 것 같지만.

예를 들어 연구자가 어떤 의약품을 개발하고 그 효과를 확인하고 싶을 경우, "약을 먹은 사람이 나았는가."로는 부족하다. 약을 먹지 않고도 자연히 나을 수 있기 때문이다.

"약을 먹지 않은 사람과 먹은 사람을 비교했더니, 먹은 사람의 증상이 개선됐다." 이걸로도 부족하다.

"보기에는 똑같지만 유효 성분이 포함되지 않은 가짜 약을 섭취한 사람은 그렇지 않았으나, 진짜 약을 먹은 사람의 증상이 개선됐다.” 여기까지 하지 않으면 충분하다고 할 수 없다, 라고 할 줄 알았겠지만 이 역시 아직 불충분하다. 의약품을 인가받으려면 다음과 같은 시험이 필요하다고 한다.

“환자에게 무의식적으로 힌트를 주는 일이 없도록, 어느 쪽이 가짜 약이고 어느 쪽이 진짜 약인지 의사에게도 알리지 않는다.”

여기까지 오면 이젠 그 자체가 병이라는 생각마저 든다. 어떤 강박관념에 사로잡히기라도 한 것 같다. 하지만 이 예민하기 그지없는 테스트야말로 이 세상의 의약품 업계가 표준으로 삼고 있는 방법이며, 의료와 주술을 가르는 유일하고도 본질적인 차이이다.

왜 같은 연구실에 있는 대학원생은 그런 사실을 모르는 걸까.

어쨌든 집에 거대한 바위가 출현했으니, 적어도 ‘출현했다’는 현상이 이미 일어나 버린 이상 나는 생활의 전제가 크게 뒤흔들린 사실을 어떻게든 설명해야만 한다. 바위가 출현했을 때 내게 필요한 일은 그것을 제거하는 게 아니라 납득하는 것이다.

아이폰 카메라를 켰다. 하지만 광각렌즈가 담을 수 있는 범위가 모자라서 집 안을 가득 채운 바위를 제대로 한 화면에 담을 수 없었다.

거의 사용하지 않는 휴대전화를 익숙하지 않은 손놀림으로 여기저기 터치하다가, 파노라마 모드라는 설정을 발견했다. 렌즈를 천천히 옆으로 움직이면 더욱 넓은 범위를 촬영할 수 있는 모양이다. 몇 번씩 "너무 빠릅니다." 하고 경고를 받았지만, 어찌어찌 바위 전체를 화면에 담을 수 있었다.

어쩌면 이 바위는 내 눈에만 비치고 사진에는 안 찍히지 않을까 조금 기대했지만 딱히 그렇지는 않았다. 아이폰의 선명한 디스플레이에 비친 바위는 눈으로 보는 것보다 좀 더 하얀 것이, 우아한 아름다움을 풍기는 듯도 보인다.

다음으로 '연락처'라는 어플을 실행해서(이것도 정말 오랜만이다. 평소에는 '최근 통화'로 충분하다), 고등학교 때 친구 이름을 찾았다. 오컬트를 좋아하던 여학생이었다. 사 년 전 동창회에서 마지막으로 만났고 결혼해서 성씨가 바뀌었을 텐데 새로운 성이 뭐였는지 기억나지 않았다. 휴대전화에 등록된 연락처에는 옛날 성 그대로 남아 있었다.

나는 거대한 바위 사진을 첨부해서 메일을 보냈다.

'어제부터 갑자기 집이 이렇게 됐는데 네 의견을 듣고 싶어.'

바위가 출현한 일에 대해 심층 심리적인 의미라든가 전생의 인연이라든가 융의 관점에서 해석한 내용 같은 것을 말해 줄지도 모른다. 딱히 그런 걸 믿지는 않지만, 대충 말이 되는 해석을 해 준다면 나와 이 거대한 동거인의 관계가 조금은 더 개선될 것 같았다.

지금 당장 답이 올 것 같지는 않다. "사용하지 않는 메일 주소입니다."라고 영어로 적힌 자동 답장도 오지 않았다. 지금 사람들은 스마트폰 시대에 더 걸맞은 어플로 통신을 하고 있다. 그렇다면 메일 같은 건 와도 무시하지 않으려나.

내가 메일이라는 고전적인 수단을 사용하는 건 대학 업무에서 쓰기 때문이고, 그것 말고 다른 수단을 익히는 게 귀찮기 때문이다. 컴퓨터로 연락하는 수단이 왜 두세 개씩이나 필요한 걸까?

냉동실에 얼려 둔 식빵을 하나 꺼내 전자레인지로 해동했다. 뜨끈뜨끈한 빵 위에 버터를 올리고, 조금 뜯어낸 빵 귀퉁이로 버터를 눌러서 펴 바른 다음 먹었다. 아침밥은 그게 전부다. 대충 이를 닦고 대충 면도를 하고, 백팩을 메고 대학으로 향했다.

대학 캠퍼스는 야트막한 언덕 위에 있어서 자전거로 오르려면 제법 힘이 든다. 하지만 나는 이 힘든 순간을 좋아한다. 거의 온종일 연구실 안에서 생활하다 보니, 이 오르막길을 오르는 순간이 내가 실존하는 육체를 가진 인간임을 실감할 수 있는 유일한 시간이다.

일어서서 왼쪽 오른쪽 왼쪽 오른쪽 페달을 밟으며, 머릿속으로는 "영차, 영차." 하고 구호를 붙였다. 갑자기 동화 《커다란 순무》가 생각났다.

"할아버지가 순무를 잡아당기고, 할머니가 할아버지를 잡아당기고, 손녀가 할머니를 잡아당기고." 그 동화가 어린아이에게 주는 교훈이란, 힘든 일을 극복하려면 가족의 도움이 필요하다는 내용인지도 모르겠다.

카펫을 주겠다고 했던 친구에게 부탁해서 도움을 받을까 생각해 보기도 했다. 남자 둘이면 바위를 벽으로 붙이는 정도는 할 수 있을지도 모르니까. 다만 그 친구는 몇 년 전부터 갑자기 살이 찌기 시작했으니, 운동 능력을 기대하기는 어렵다. 내가 아는 한, 남자들은 결혼하고 나면 갑자기 살이 찌곤 했다. 임신하는 아내에게 맞추는 것이라는 설도 있고, 단순히 결혼하는 나이와 살찌기 시작하는 나이가 일치하기 때문이라는 시각도 있다.

그런데 그날 밤 집으로 돌아와 보니, 마치 내 바람을 들어줬다는 양 바위는 구석 자리로 이동해 있었다. 덕분에 형광등 불빛이 가려지지 않아 집 전체가 어젯밤보다 꽤 밝아졌다.

바닥에 대고 질질 끈 것 같은 자국은 전혀 없었다. 이렇게 거대한 바위가 하룻밤 내내 올라와 있었는데 마룻바닥에 꺼진 흔적조차 없다. 무심결에 아이폰 사진첩을 열어서 아침에 찍은 사진을 확인했다. 바위는 분명 방 한가운데에 있었다. 내 기억이 잘못된 건 아니다.

그렇다면 이 바위는 스스로 이동하는 능력이 있는 걸까? 심지어 내가 바란 방향으로 움직인 셈이니, 동거인이 뭘 바라는지 읽을 수 있는 능력도 있는 걸까. 그럴 거면 처음부터 집 안에 나타나지 않았으면 좋았을 텐데.

그래도 바위가 없던 집에 바위가 출현한 일에 비하면, 그 바위가 1미터 정도 이동한 일쯤은 놀랄 만한 일은 아닐 것이다. 아무리 물리와는 담을 쌓은 사람이라도 이 점은 동의해 주겠지.

그렇게 생각하고 나는 침대에 걸터앉아 대학에서 인쇄해 온 논문을 읽기 시작했다. 집에서는 일을 안 하겠다고 다짐했는데, 이건 딱히 일하고 상관 있는 건 아니다. 그냥 쉬는 거다. 영국 연구자가 쓴 논문인데, 인용 문헌 목록에 내가 예전에 썼던 논문이 있다. 즉 내 연구 성과를 토대로 새로운 성과를 쌓아 올렸다는 이야기다. 물론 연구자로서 뿌듯한 일이니까 내 논문을 인용한 논문은 보통 다 읽는다. 찾아서 읽을 수 있을 정도로만 인용됐다는 뜻이기도 하겠다.

'Apoptosis'라는 단어가 지면 귀퉁이에 적혀 있다. 논문이 실린 잡지 이름이자, 내 박사 논문 주제이기도 했다. 지금도 저 단어와 가까운 분야를 연구하고 있다.

아폽토시스.

딱 맞아떨어지는 일본어 단어는 없다. 굳이 말하자면 세포 자살이라고 할까. 세포가 자신이 가진 기능을 작동시켜 스스로 죽는 것이다. 인간에게는 수십조 개의 세포가 존재하는데, 이 세포들이 다치거나 바이러스에 감염됐을 때나 기관형성 때문에 더는 필요가 없어졌을 때 세포는 일정한 분자적 메커니즘에 따라 자신을 죽이는 기능을 가지고 있다. 인체의 기능을 유지하기 위해 세포는 자살할 수 있다.

교과서에서 이 내용을 읽었을 때 나는 무척 놀랐다. 진부하기 짝이 없는 표현이긴 하지만, 그렇게 말해야 할 만큼 결코 진부한 사태가 아니었으니까. 내가 "무척 놀랐다."라고 써야 하는 사태가 일어난 건 인생에서 아마 그때 한 번밖에 없었을 것이다. 하나 더 있다고 한다면 태어난 순간 정도려나.

나는 그 자리에서(분명 대학 강의실이었을 거다) 무의식중에 주위를 둘러보고 확인했다. 나 말고 다른 사람들은 나처럼 놀라지 않는 걸 보고, 거기에 놀랄 뻔했다.

세포가 적극적으로 죽는 기능을 갖추고 있다는 사실이 내게는 어떤 구원처럼 여겨졌다. 죽는 것은 망가져 버린 기능이 아니라 제대로 실행되는 기능이다. 나는 교과서에 적힌 그 문장을, 낡은 창고에서 발견한 보석처럼 소중하게 머릿속에 담아 두고 지냈다.

그도 그럴 만하지 않은가.

생물은 본능적으로 죽음을 두려워한다.

부모에게서 받은 생명은 무엇과도 바꿀 수 없는 소중한 것이다.

그런 이야기를 들을 때마다 나는 내 목숨이 유전자가 새겨 놓은 저주 같다는 생각이 들어 견딜 수 없었다. 원초 지구의 바다에서 어떤 우연으로 생겨난 최초의 생명이 '생존하고 싶다'는 욕구를 점점 키워 나갔고, 그 욕망을 위한 분자 기구를 점점 복잡하게 만들어서 인간 같은 거대한 덩어리를 만들어 내고 말았다니. 그야말로 어떤 종류의 벌이라는 생각밖에 들지 않았다.

그렇지만 우리에게는 분명 구원의 길이 마련되어 있다. 죽음이 기능으로서 갖추어져 있는 것이다. 이게 구원이 아니라면 뭐겠는가?

뭐, 그런 스무 살 젊은이의 시는 제쳐 두고, 책임감 있는 서른 살 어른이 된 나는 학술적으로 내용을 보충해야만 한다. '기능적으로 죽는다'는 것은 어디까지나 인체를 구성하는 일부 세포에 해당하는 말이지, 인체 전체가 아니다. 즉 인간 전체를 유지하기 위해 일부 세포가 기능적으로 죽는다는 이야기다.

막상 그렇게 듣고 보면 크게 놀랄 만한 이야기가 아닌 것도 같다. 어디까지나 신체 일부의 불필요한 부분을 깎아 낼 뿐이지 인간 그 자체가 죽는 것은 아니니 말이다.

하지만 원래 원초의 생명은 모두 단세포였다. 이 단세포가 서로 바싹 달라붙어 공생하다 보니 이윽고 그 세포 간에 역할 분담이 진행되었고, 최종적으로 인간 같은 다세포 생물이 됐다. 그러면서 세포는 전체를 위해 자살하는 기능을 획득하게 된 것이다.

즉 이 이야기를 일반화하면 이렇게 된다.

하나하나의 존재가 한데 모여 집합체를 형성하고 서로 강하게 의존하게 되면, 이윽고 전체를 위해 개체가 죽는 '기능'을 획득한다.

다음 날은 아침부터 비가 왔다.

읽다 말고 머리맡에 방치해 둔 논문이 더듬거리는 손 끝에 잡혔다. 아무래도 읽다가 잠이 든 모양이다. 형광등도 내내 켜 놓았다. 양치질도 안 한 탓에 입안에 텁텁한 불쾌감이 남아 있다.

눈을 뜬 채로 침대에 멍하니 누워 있는데, 창밖에 울리는 빗

소리에 섞여 실내에서 물이 뚝뚝 떨어지는 소리가 났다. 수도꼭지를 깜빡 잊고 안 잠갔나 싶어서 주방과 세면대를 확인했지만 다 제대로 잠겨 있었다. 욕실, 화장실도 확인했지만 이상은 없었다. 다 돌고 나서 방으로 돌아왔다가 겨우 알아차렸다. 벽과 천장이 만나는 모서리에서 찔끔찔끔 탁한 물이 새고 있었다.

5층짜리 원룸 아파트 1층에서 비가 샌다니 희한한 이야기지만, 2층 베란다 어디에 누수가 있는지도 모른다.

게다가 천장에서 새어 들어온 물은 방구석으로 이동한 바위 표면으로 똑똑 떨어졌다. 바위 색이 투명해 보일 정도로 하얀 데 비해 새어 들어오는 비는 몹시 더러운 색이었다.

나는 당장 냉장고에 붙어 있는 '24시간 하우스 서포트'에 전화했다. 천장에서 물이 샌다고 설명하니, 몇 시간 후에 기사를 그쪽으로 보낼 테니까 기다려 달라고 했다.

우선 뭘로든 바위로 떨어지는 물을 막아야 한다. 보통은 세숫대야나 양동이를 사용할 테지만, 이 집에는 그런 물건이 하나도 없다. 물을 받을 만한 건 식기 정도밖에 없다. 아무리 그래도 그건 싫었다.

붙박이장 안에서 오래된 수건을 꺼내 몇 장을 겹쳐 바위 위에 깔았다. 아무것도 없는 집이지만 수건 하나는 남아돌았다. 이십 대 후반에 줄줄이 이어진 결혼식 행렬에 참석할 때마다 답례품 카탈로그에서 수건을 골랐기 때문이다.

카탈로그에 있는 답례품은 대체로 몇천 엔짜리다 보니, 손목시계 같은 건 그 가격이면 싸구려라 금세 고장 나 버린다. 그런 점에서 보면 수건은 놀랄 만큼 폭신폭신하고 질 좋은 게 온다. 게다가 일단 내 돈 주고는 안 살 물건이다. 친구 결혼식을 좋은 추억으로 남기고 싶으면 오히려 저렴해 보이는 걸 달라고 하는 편이 나아. 대학 시절 선배가 내려 준 가르침이다.

달리 가지고 싶은 게 특별히 없던 나는 그 가르침을 충실하게 실행했다. 결과적으로 어떤 수건이 어떤 결혼식이었는지는 기억하지 못하지만, 조악한 수건에 비하면 분명 흡수력이 높으니 확실히 이럴 때 편리하긴 했다.

시계를 보니 7시 반이었다. 기사는 몇 시간 후에 온다고 했으니까 아침 9시까지 대학에 도착하지 못할 건 분명했다. 다행히 오늘은 배양 중인 세포도 연구실 세미나도 없기 때문에 오전 중에 꼭 대학에 가야 할 이유는 없었다. 대학이라는 곳은 묘한 직장이라서 아무도 출근 시간을 관리하지 않는다. 나는 이번에도 해동한 식빵에 버터를 발라 먹고, 침대에 앉아 책을 읽었다. 몇십 분마다 수건을 갈아 줘서 바위와 바닥이 더러워지지 않게 했다. 세숫대야 정도는 사는 게 나을까 하는 생각이 들었다.

딩동, 하는 인터폰 소리에 나는 어깨를 움찔했다.

"안녕하세요."

파란 점프 슈트를 입은 기사가 입자가 거친 화면 너머에 나타났다. 나는 자동 잠금장치를 열고 기사를 안으로 들였다.

"실례하겠습니다."

기사는 씩씩하게 신발을 벗더니 실내용으로 보이는 신발로 갈아 신었다. 나 말고 다른 사람이 이 집에 들어오는 건 아마 이삿짐센터 사람 이후로는 처음일 것이다.

내가 벽과 천장을 가리키며 상황을 설명했는데, 기사는 집 안에 거대한 바위가 놓여 있다는 사실을 이상하게 생각하는 것 같지도 않았다. 다만 천장을 조사해 보려는데 가지고 온 사다리를 놓을 공간이 없었다. 기사가 잠시 생각하더니 바위를 가리키면서 물었다.

"죄송한데, 여기 올라가도 될까요?"

"괜찮아요."라고 대답하고 젖은 수건을 치웠다. 기사는 바위를 발로 밀어 보고 전혀 움직이지 않는 걸 확인한 후, 능숙하게 벽과 바위 사이로 들어가 천장 판을 벗기고 상황을 확인했다. 예상대로 위층 베란다에서 물이 새는 모양이다. 곧바로 그다지 본 적 없는 커다란 공구를 사용해 보수 작업을 시작했다.

2층이 얽혀 있으면 2층 사람한테 한마디 양해라도 구해야 하는 게 아닐까. 조금 불안한 마음이 들었지만 기사는 그런 건 개의치 않고 작업을 계속했다. 위층에 어떤 사람이 사는지, 애초에 사람이 살기나 하는지도 모르겠지만 일반적인 회사원이라면 지금은 집에 없을 것이다.

사람이 작업을 하는데 뒤에서 침대에 앉아 있기도 민망하고 불편해서, 나는 더러워진 수건을 세면대에서 헹궜다. 지저분한 물이 배수구로 빨려 들어가는 걸 지켜보다, 수건을 가볍게 짠 다음 세탁기에 던져 넣었다. 자세히 보니 세면대에도 물때가 끼어서 멜라민 스펀지로 닦았다. 다 쓴 일회용 면도기가 화장대에 쌓여 있길래 안 타는 쓰레기를 버리는 작은 봉지에 던져 넣었다.

그동안에 파란 작업복을 입은 기사는 물이 새는 걸 막았다. 이렇게 건물 공용 설비에 문제가 생긴 경우에는 내가 아닌 집주인에게 청구서가 간다, 만약 개인 물품에 어떤 손해가 발생해 배상을 청구할 생각이라면 그것도 관리 회사에 말해 달라, 이상의 내용을 확인했다면 여기에 사인해 달라, 그런 말이 적힌 서류를 기사는 더듬거리며 읽었다. 시키는 대로 사인을 하자, 기사는 곧바로 돌아갔다.

왜 집에 이런 거대한 바위가 있습니까, 그런 말은 한마디도 묻지 않았다. 고객의 사생활은 건드리지 않는 타입일까. 어쩌면 젊은 사람 사이에서는 집에 거대한 바위를 두는 게 트렌드가 됐을지도 모른다. 아니, 그 반대일까, 내 나이쯤 된 사람은 집에 바위를 두곤 하나 보다고 착각했을 수도 있다.

정년이 지난 남자는 마치 사람들의 시선에 응답하듯이 바둑이나 분재 같은 '노인다운 취미'를 시작한다는 말을 들은 적이 있다. 마흔이 되면 남자는 등산이나 로드 바이크를 시작한다든가 하는 이야기도 있었던 것 같다. 인간에게는 연령에 맞는 역할 같은 게 미리 정해져 있고, 그걸 연기하는 경향이 있다는 이야기다.

그리고 삼십 대 남성은 집에 거대한 바위를 둔다.

좀 괴상한 취미 아닌가 싶지만, 그렇게 느끼는 건 내가 아직 온전한 삼십 대가 되지 못해서려나. 그저께야 막 서른이 됐으니 그건 어쩔 수 없다.

물이 새는 건 막아 줬지만 흔적은 직접 처리해야만 하는 모양이다.

누수된 물을 깨끗한 물로 닦아 내려고 해도 수돗물을 방 안까지 가지고 들어올 방법이 생각나지 않았다. 이미 말했듯이 세숫대야도 없거니와 호스도 없다. 양동이 정도는 사 놓아야 할까 생각했다.

물에 적신 수건을 벽에 대서 얼룩이 스며들게 하는 작업을 몇 번 반복한 후 드라이기로 말렸다. 벽지에 얼룩이 남지는 않았다. 냄새도 거의 나지 않았다. 어쨌든 이 일로 보증금이 어떻게 되거나 하는 일은 없을 것 같았다. 애초에 이번 일만큼은 아무리 생각해도 내 책임이 아니다.

증거를 남기기 위해 휴대전화 카메라로 벽 상태를 촬영했다. 촬영한 날짜와 시각 정보는 어딘가에 저장될 것이다.

될 수 있는 한 바위가 나오지 않게 찍고 싶었지만, 아무리 용을 써 봐도 화면에 들어와 버렸다. 포기하고 그냥 찍기로 했다. 이런 바위가 집에서 자리를 차지하고 있다는 사실은 보증금 관련 협상에 썩 유리하게 작용할 것 같진 않다.

얼추 일을 끝냈더니 머리가 어질어질했다. 식빵 한 쪽만 먹고 이렇게 장시간 노동을 하니까 어지럼증이 생기겠지. 침대에 엎드려 체력이 회복되기를 기다렸다. 여전히 비가 내리고 있었다.

물이 똑똑 떨어지는 소리를 들으면 삼 년 전에 자살한 아버지가 떠오른다.

사진으로 본 게 전부라 실제로 그 소리를 들은 건 아니다. 다만 나무에 매달린 아버지 시신을 타고 뭔지 모를 체액 같은 게 흘러내린 흔적이 있는 건 알아볼 수 있었다. 아마 시신이 발견되기 전에 그 액체는 땅바닥으로 똑똑 떨어졌을 것이다. 그 모습은 소리가 들릴 정도로 생생하게 상상할 수 있다.

너무나 생생하게 상상한 탓에, 정신을 차리고 보니 가짜 기억으로 머릿속에 정착하고 말았다. 증명할 수 없을 뿐이지 아마 내 기억의 대부분은 이런 가짜로 구성돼 있을 것이다.

아버지는 공원에서 목을 매기 전에 가재도구를 남김없이 처분해 현금으로 바꾸었고, 마당이 딸린 임대주택도 확실히 해약했다. 덕분에 내가 태어나 자란 집은 변사체 발견 현장이 되지 않을 수 있었고, 나는 상속세를 제한 유산으로 수십만 엔 정도를 받게 되었다.

유서는 없었지만 충동적인 자살이 아니라는 건 누가 봐도 명백했다. 자살 이유에 대해 짐작 가는 게 없느냐고 경찰이 물었다. 그런 건 전혀 없었지만, 그렇다고 살아 있을 이유로 짐작 가는 것도 없었다.

아마 단순히 아버지 안에 자살하는 기능이 있었고, 그것이 실행된 것뿐이라고 생각한다. 아들이 학업을 모두 마치기를 기다린 후, 살림살이를 남김없이 처분하고 미리 프로그래밍된 듯한 죽음을 실행한 것이다.

아들은 아버지의 뒷모습을 보고 자란다고 하는데, 만약 아들에 대한 아버지의 의무가 '살아가는 모습을 보여 주는 것'이었다면 우리 아버지는 그 의무를 매우 충실하게 실행했다고 말할 수 있다.

"인간에게는 죽는 기능이 있다."

그 사실을 나는 더할 나위 없이 납득하고 수용했으며, 거기에 만족했다. 만약 정말로 생명에게 '죽음'이 온갖 리스크를 무릅쓰면서까지 회피해야 하는 사태라면, 나는 사는 것을 죽을 만큼 고통스럽게 여겼으리라.

그로부터 삼 년이 지났지만 적어도 지금 내게 산다는 것은 고통이 아니다. 대학에서 하는 일도 착착 진행되고 있고, 경제적으로도 그럭저럭 여유가 있다. 집에 거대한 바위가 있다는 걸 제외하면 생활도 평온하다.

정오가 넘어가자 비가 그치길래 백팩을 메고 대학으로 향했다. 연구직이라는 직업은 다른 많은 전문직처럼 성과만 올리면 근무시간에 대해서는 이러쿵저러쿵 잔소리를 듣지 않는 시스템이다. 그리고 나는 연구 성과는 나름대로 내놓는다. 객관적으로 말해서.

남는 수건을 한 장 가지고 나와 비에 젖은 자전거의 안장과 핸들을 닦았다. 브레이크를 쥐니 비명 같은 소리가 울린다. 드디어 얼굴을 내민 태양이 검은 아스팔트를 달구고, 물웅덩이가 수증기를 피우며 증발해 갔다.

연구실로 들어가 "오늘은 웬일로 늦으셨네요."라고 말하는 학생의 목소리에 적당히 고개를 끄덕이고, 자리에 앉아 노트북컴퓨터를 열었다. 개인 메일함을 보니, 오컬트를 좋아했던 그 친구한테서 답장이 와 있었다.

"축하해!"

한 줄뿐인 메시지가 몇 가지 이모지와 함께 돌아왔다.

그것 말고는 아무것도 적혀 있지 않았다. 컴퓨터에서는 표시되지 않는 이모지라서 무슨 그림인지는 알 수 없었다. 적어도 비아냥거리는 이모지는 아닐 것이다. 내 기억으로는 그녀는 그런 사람이 아니다.

즉, 아무래도 그녀가 속한 세계에서는 이건 어떤 면에서 기뻐해야 마땅한 사태인 모양이다. 모르긴 몰라도 그런 게 있나 보지. "올해 게자리의 행운의 아이템은, 집에 갑자기 출현한 거대한 바위입니다."라든가. 점성술이란 게 일 년 단위였는지 하루

단위였는지 지금 기억나지는 않지만, 행운의 아이템이 매일 바뀌면 너무 귀찮을 테니까 일 년이라고 치자.

뭐가 됐든 답장은 해야겠다 싶어서 시계를 보는데 오후 1시 반이었다. 공용 실험 장치를 오후 3시부터 예약해 놨기 때문에 샘플을 준비해야 했다. 컴퓨터를 닫고 책상 서랍에 넣은 다음 실험실로 향했다.

연구실에 있는 실험 장치 중 몇 가지는 사용 빈도에 비해 그 수가 너무 적어서 사전에 예약해 사용해야 한다는 규칙이 있다. 요즘은 그래도 낫지만, 학회 직전이면 한밤중까지 스케줄이 꽉 찬 경우도 비일비재하다. 참고로 대학 연구원에게 야근 수당이라는 문명적인 제도는 존재하지 않는다. 앞서도 말했지만 근무 시간을 아무도 관리하지 않기 때문이다.

한 대만 더 늘려 주면 밤늦게까지 남지 않아도 될 테지만, 그 비용은 연구원 한 명을 일 년 동안 고용하는 인건비보다 훨씬 비싸다. 그리 강하게 요구할 수 있을 만한 물건이 아니다.

두 시간에 걸쳐 해독한 DNA 배열을 보고, 대략 예상한 대로 결과가 나오고 있다는 데에 만족했다. 그게 오후 5시. 평소에는 오후 9시 근처까지 일하곤 하지만 오늘은 일찍 퇴근하기로 했다. 오늘 아침 같은 누수 사건이 또 집을 덮친 건 아닐까 생각하니 도통 일에 집중할 수 없었다.

아직 날이 밝을 때 현관문을 열었는데, 바위는 아침과 똑같은 장소에 버티고 있었다. 다행히 누수는 완전히 수습됐다. 집 전체를 물로 닦은 탓에 아직 습기가 감도는 것 같았다. 에어컨을 제습 모드로 한 다음 집 구석구석 가볍게 청소기를 돌렸다. 빨랫감은 아직 쌓이지 않았다. 시간에 여유가 있어서인지 웬일로 저녁밥을 만들 맘이 생겼다.

전기밥솥에 쌀 두 컵. 불리기도 귀찮아서 그대로 전기밥솥 스위치를 눌렀다. 근처 슈퍼에서 썰어 둔 소고기 400그램과 손질된 채소, 혼합 조미료를 샀다. 그러고 보니 식용유도 없다는 게 생각나 식용유 코너로 갔는데 전부 큰 병뿐이라 버터를 샀다. 봉투는 유료라는 말에 아무 주머니나 가지고 올 걸 그랬다고 잠깐 후회했다.

프라이팬에 버터를 넣고 대충 고기와 채소를 볶다가 대충 조미료를 뿌리고 대충 가열했다. 손수 요리를 하는 건 상당히 오랜만이었다. 평소에는 기껏해야 냉동 식빵을 먹거나, 밥에다 대충 염분만 곁들여서 때운다.

요리를 했다고는 하지만 다 손질된 재료를 사용했기 때문에 실질적인 작업은 가열하는 게 전부라서, 눈 깜빡할 사이에 완성돼 버렸다. 슬쩍 맛을 봤더니 먹을 만하게 만들어졌다. 그야 그럴 테지. 이미 간이 맞게 만들어진 조미료라 실패할 요소가 없으니까. 아직 밥이 안 지어져서 프라이팬 뚜껑을 덮고 침대에 앉아 어제 읽던 논문을 마저 읽었다.

마침 다 읽었을 쯤에 밥솥이 전자음으로 〈반짝반짝 작은 별〉을 연주하는 소리가 들렸다. 프랑스 민요와 취사 행위에 무슨 접점이 있을까 생각하면서 뚜껑을 열었다. 쌀 세 컵 분량까지 밥을 지을 수 있는 밥솥에다 두 컵 분량을 지었더니 상당히 위압감이 전해졌다.

집에 테이블도 없어서 이렇게 시트가 더러워질 것 같은 요리는 그냥 주방에서 먹곤 했지만, 이번에는 굳이 접시에 담아 방으로 가져갔다. 바위 옆면에 식탁으로 쓰기 제격인 튀어나온 부분이라도 없으려나 싶어서 찾아봤지만, 그런 건 보이지 않았다. 꾸준히 요리를 할 것 같으면 작은 테이블이라도 사는 게 좋을까 생각해 보았다. 아마 안 하겠지만.

그 이후로 나는, 그 이후라는 건 바위가 나타난 후를 가리키는데, 근무 형태를 바꿔 저녁에는 집으로 오게 되었다. 바위가 있는 방에서 보내는 시간이 길어졌다. 딱히 집에서 해야 할 일이 있는 건 아니다. 그저 이 마음을 놓을 수 없는 바위가 집에 있는 탓에, 집을 비우면 오히려 불안해져 버리기 때문이다. 내가 없는 동안에 멋대로 바위가 커져서 침대나 책장을 뭉개 버릴지도 모른다는 불안이 가시지 않았다.

그도 그럴 것이, 멋대로 나타나기도 하고 멋대로 움직이기도 하는 바위지 않은가. 멋대로 살림살이를 부숴 버리거나 멋대로 사라져 버려도 이상할 게 없다. 적어도 내가 집에 있는 한 그런 식으로 멋대로 움직이지는 않으니, 일단은 집에 있으면 마음을 놓을 수 있다.

그런데 갑자기 생활 리듬을 바꾼 게 화근이었는지, 그다음 주 지독한 감기에 걸렸다. 집 밖으로 한 발짝도 나가지 못했을 뿐 아니라, 침대에서조차 옴짝달싹 하지 못했다. 체온을 재니 39도. 계절을 착각한 독감일지도 모르지만, 병원에 갈 체력도 없었다.

나는 비교적 자주 감기에 걸린다. 그런 체질인 듯하다. 어릴 때는 계절마다 한 번은 반드시 감기에 걸렸다. 연구실에 들어가고부터는 제법 나아졌지만, 이건 건강해졌다기보다 사람과 교유하는 일이 줄어들어 바이러스가 오갈 기회가 적어진 탓이리라. 그래서인지 면역계가 약해져서, 몇 년 간격으로 꼬박 며칠은 움직이지도 못할 수준의 감기에 시달린다.

감기는 대체로 위장을 때린다. 식욕이 없어서 물 아니면 거의 넘기지도 못하는데, 왜인지는 몰라도 구역질이 올라와서 머리맡에 둔 세숫대야에다 안에 있는 걸 다 게워 내곤 한다. 그러고 나면 눈물도 좀 나온다. 감기에 걸렸을 때는 죽음에 대해 의식할 틈도 없고, 어느 쪽이느냐 하면 사는 것에 대한 슬픔만 느낀다.

그런 식으로 하루를 보내면 그럭저럭 움직일 수 있을 정도로는 회복된다. 속에 있던 건 전부 토해 냈거나 이미 다 소화했기 때문에 위는 텅텅 빈다. 우유 정도는 있었던 것 같아 냉장고를 열어 보니 안에 죽이 있었다. 그릇에 담긴 죽은 달걀과 뭔지 모를 채소가 들어가 있고, 전자레인지에 데우기만 하면 먹을 수 있는 상태로 일부러 랩까지 씌워 놨다. 나는 위생 랩 같은 건 실험실에서 전기영동 실험을 할 때가 아니면 쓰지 않는다. 애초에 이 집에 위생 랩 같은 게 있었나 의아했지만, 확인할 기력도 체력도 없었다.

전자레인지가 돌아가는 걸 보면서, 돌아가지 않는 머리를 돌려 기억을 더듬었다. 내가 저번에 만든 건 소고기와 채소를 대충 볶은 요리였고, 그건 그다음 날 아침에 다 먹었다. 프라이팬을 설거지하다 손이 기름투성이가 된 걸 똑똑히 기억한다. 비교적 소식을 하는 내가 그 양을 두 끼 만에 다 먹었다는 것도 희한한 이야기지만 어쨌든 다 먹었다.

그 후에 곧바로 감기에 걸렸으니, 요리할 틈이 없었던 건 분명하다. 적어도 내가 몽유병에 걸려서 요리를 할 만한 인간이 아니라는 건 확신을 가지고 말할 수 있다.

하지만 생각해 보면 그렇게 이상한 일은 아니다. 거대한 바위가 나타났으니, 요리도 나타날 수 있지. 이건 괜찮은데. 꽤 괜찮다. 나는 침대에 앉아 이불을 뒤집어쓴 채로 숟가락으로 죽을 떠먹었다.

전자레인지로 데운 요리는 온도가 들쭉날쭉하다. 여러 번 뒤적였더니 전체가 미지근해져서, 다시 랩을 씌우고 한 번 더 데워서 먹었다.

수요일 밤이 되자 열은 내렸지만, 독감일 가능성도 고려해서 목요일과 금요일도 쉬었다. 냉장고에 있던 고기와 채소를 대충 썰어서 대충 버터로 볶아서 먹었다. 결국 일주일을 통째로 쉰 셈이다. 오랜만의 장기 휴가였다. 나는 원래 오봉과 정월에도 일을 하고, 감기라도 걸리지 않는 한 쉬지 않는다. 휴일을 필요로 하는 취미도 없고, 이따금 얼굴을 보여드려야 할 부모님도 안 계시기 때문이다.

그렇다고 친구가 아예 없는 건 아니다.

"오늘은 잠깐 친구랑 만나서 저녁 먹고 올 거야."

나는 혼자뿐인 방에서 말했다. 감기가 나으면 늘 그러듯이, 꼼꼼하게 집 청소를 한 후였다.

"시내에 사는 친구랑 가끔 만나서 한잔해. 일 년에 몇 번 정도. 대체로 대학생들이나 갈만한 저렴한 주점에서. 딱히 나나 그 녀석이나 돈이 없는 건 아니지만, 왠지 모르게 그런 가게가 재미있거든. 학창 시절 친구란 게 그런 거 아니겠어."

계속 설명한다. 방에는 바위가 있을 뿐이다. 이 바위가 오고 나서, 집 안에 소리가 잘 울려 퍼지는 기분이 든다. 콘서트홀은 좋은 음향을 만들기 위해 복잡한 형태로 만든다고 하는데, 이 울퉁불퉁한 바위에도 그런 효과가 있는 걸까. 내 목소리 따위야 음향을 좋게 만든들 구제할 길은 없겠지만.

"참고로 남자야. 말 나온 김에 덧붙이자면 결혼도 했고 애도 둘이나 있어."

거기까지 말한 다음 나는 백팩을 들고 신발을 신고 밖으로 나갔다.

지하철 개찰구를 나와 늘 가던 가게로 들어갔다. 이른 시간이기도 해서 아직 손님도 그렇게 많지 않았다. 가게 구석 테이블에서 대학생 남녀 열 명 정도가, 그 나이치고는 드물게 조용히 술을 마시고 있다. 그 반대편 구석 자리에서, 그는 늘 그랬던 것처럼 혼자 알아서 마시고 있었다.

"야."

내가 말을 걸자, 그는 맥주잔을 내 쪽으로 내밀었다.

"다행이다. 아직 살아 있네."

"일단은."

"넌 내버려뒀다간 조만간 고독사할 것 같단 말이야. 옆 동네에서 부패한 시체가 발견됐다는 뉴스는 보기 싫거든. 진짜 큰일 날 것 같으면 문자라도 넣어라."

"당장 죽을 예정은 없어."

나는 대답했다. 기능에는 적절한 발동 시기라는 게 있다. 그래서 기능인 것이다.

"그건 그렇고 너야말로 처자식을 내버려두고 나랑 술 마실 상황이야? 나도 남의 집 가정불화의 원인이 되기는 싫은데."

"별 시답지도 않은 걸 걱정하고 있어. 가끔 장모님이 오셔서 애들을 봐 주시거든, 그때는 집사람도 눈치 보지 말고 나갔다

오라고 해."

"넌 애들 못 봐?"

"한꺼번에 둘은 힘들어. 난 내 주제를 잘 아니까, 못 하는 건 안 하는 주의거든."

그가 웃었다. 그건 정확히 그가 대학을 졸업할 때 했던 말이기도 했다. 졸업생은 대부분 대학원에 진학하는 학과였지만 그는 "나한테 학문은 버거운 길이야."라고 얘기하며 취직해서 이 지방 도시에서 근무하게 됐다.

그러고 나서 오 년 후에 내가 박사 학위를 받고 연구원으로 취직해 이곳으로 왔다. 그렇게 우리는 오 년 만에 재회했고, 그때부터 지금까지 가끔 만나 싸구려 가게에서 싸구려 술을 마시면서 서로의 근황을 나눈다.

"내가 집안일을 등한시하는 면이 있는 건 맞아. 그건 인정해. 하지만 말이지, 맞벌이라고는 해도 내가 수입이 훨씬 많고 직장에서 압박도 많이 받아. 그러면 집안일 할당량도 그에 비례해야 하지 않을까. 전업주부가 있고 수입이 10:0이라면 가사 부담은 0:10이 돼야 하고, 수입이 7:3이라면 집안일은 3:7이 돼야 하잖아."

"일리 있는 말 같은데."

"그러면 애들 엄마는 이렇게 말하는 거야. 내 수입이 적은 건

출산으로 경력이 단절됐기 때문이다, 그 책임을 나 혼자 짊어지는 건 부당하다. 그런데 그게 아니지, 수입 격차는 결혼 전부터 있었단 말이야."

"아아."

나는 대충 대꾸했다. 양쪽 모두 옳은 소리인 것 같지만, 솔직히 말해 딱히 아무래도 상관없다. 그런 문제에 학문적인 의미에서 정답이 존재할 리 만무하다. 한마디로 그는, 여러 명의 인간이 같은 집에서 생활하면서 숙명적으로 발생하는 트러블에 대해 말하는 것이다. 그런 건 나도 안다. 그 역시 결혼 전부터 알고 있었을 것이다.

전에 만났을 때는 분명 화장지를 보충하는 문제에 대해서 이야기했던 것 같다.

"난 원래 하나 남으면 채워 넣는 편이거든. 그런데 집사람은 두 개 남았을 때 안 사 두면 불안한 쪽이라 항상 자기가 사러 가게 되는 거야. 그걸 내가 게으름을 피워서 그렇다고 하는데 말이야. 이상하지 않아?"

이런 식으로. 세상 사람들은 대부분 이렇게 자기 스스로 기꺼이 문제를 떠안아 놓고는 그 문제에 대해 투덜댄다. 참 신기한 일이다.

"그런데 너 지금 몇 살이지?"

내가 물었더니 그가 대답했다.

"서른하나야. 아이스크림이네."

그러고 보니 그는 재수를 했기 때문에 나와 학년은 같지만 나이는 한 살 위다.

"난 얼마 전에 서른이 됐어."

"그러냐. 축하한다. 드디어 내 레벨을 따라잡았군."

"무슨 레벨인데."

"삼십 대 남자라는 인생의 레벨이지."

"그걸 따라잡았다고 하는 거야?"

"하긴. 추락일지도 모르지."

그러고는 그는 만날 때마다 지방이 늘어 가는 배를 두드렸다. 나잇살이라고 해야 하나, 조금 판단이 망설여지는 나이다.

"저기, 좀 이상하게 들릴지도 모르는데, 역시 서른 살이란 건 하나의 전환점이 되는 걸까?"

"응?"

"네가 서른 살이 됐을 때, 주변에 딱 보고 알 수 있는 어떤 변화가 일어난 적이 있느냐는 얘기야."

"별 이상한 걸 다 묻네. 연구 생활에 지쳤냐?"

“어, 지친 걸지도 몰라. 얼마 전에 지독한 감기에 걸렸거든.”

“흐음.”

그는 임연수어를 한입 먹었다.

“내가 서른 살 때 일어난 변화라면 아들내미가 태어난 건데, 그렇게 따지면 스물일곱 때 딸내미가 태어났을 때도 그렇다고 할 수 있지.”

“과연.”

나는 고개를 주억거렸다. 마치 국가가 장려하는 모델케이스 같은 인생이다. 이런 남자가 전국에 넘쳐난다면, 합계 특수 출생률은 적정하게 유지돼서 저출산 문제도 일어나지 않을 것이다. 물론 그는 어떻게 봐도 그 일들을 자유의지에 따라 수행했는데, 거기에는 다양한 구동력이 필요했으리라.

반면에 나는 스물두 살에 대학을 졸업하고 곧바로 모교 대학원에 진학해서 대학 졸업 당시 했던 연구를 이어 하기 시작했다. 그리고 스물일곱 살에 대학원을 졸업한 다음 박사 연구원이 되어 연구를 계속했다. 쉽게 말해 전환이라고 할 만한 것이 없었다. 일체의 외력을 받지 않고 우주 공간을 떠도는 작은 물체 같은 운동을 계속하고 있다. 굳이 따지자면 오히려 나한테 자유의지에 따른 구동력이 존재하는지 의심스러울 정도다. 조만간 어느 소행성에 충돌하는 건 아닐까. 그러고 보니 그 하얀 바위는 소행성을 닮았다.

물론 나라고 타성에 젖은 채로 살지는 않는다. 인생이란 관성으로만 나아가기에는 마찰이 너무나 많다. 나름의 노력은 필요했고, 적어도 직업으로 삼을 수 있을 정도로는 연구자의 소질 같은 게 있다고 생각한다.

"자네한텐 연구자의 소질이 있어. 어디 열심히 한번 해 봐."

박사 학위를 취득한 날 지도 교수는 그렇게 말했다. 정년을 코앞에 둔 노교수였는데 나는 그의 제자 중 마지막 박사 학위 취득자였다.

"연구자의 소질이란 뭘까요."

"현실을 타인과 다른 각도에서 보는 능력이지. 어떤 종류의 수학자는 세상이 숫자로 보이는 모양이야. 그런 유형 말이네."

어지간해서는 다른 사람을 칭찬하지 않는 노교수였기 때문에, 소질을 인정받았을 때는 솔직히 기뻤다. 하지만 내가 그렇게 삐딱한 시각으로 세상을 보는 걸까. 나만큼 현실을 직접적으로 보는 사람은 그리 많지 않을 것 같은데. 아니, 그게 노교수가 말한 '다른 각도'일까.

그 바위도 내가 아닌 다른 사람에게는 다른 걸로 보였을까.

그 수도관 기사나 오컬트를 좋아하는 친구에게는 어떻게 보였을까.

솔직히 말해 너무나 터무니없게 나타난 바위이건만, 나는 어째서인지 그 바위를 내가 초대한 것 같은 기분이 들었다.

무슨 목적에서 그랬느냐고 묻는대도 전혀 모르겠다. 집은 좁아 죽겠는데 사지도 않은 물건이 멋대로 늘어난다. 물론 감기에 걸렸을 때는 무척 큰 도움이 되었지만, 장기적으로 봐서 좋은 일이라고 생각하기는 어렵다.

그저 내 안에 그런 기능이 있었다는 것 말고는 생각이 닿지 않는다.

서른 살이란 인간에게는 하나의 전환기이고, 그 시기를 맞으면서 내 안에 있던 하나의 기능이 실행된 것이다.

"너, 아까부터 입만 열었다 하면 불평불만인데, 결국은 결혼하길 잘했다고 생각하지?"

내가 말하자 그는 흥 하고 코웃음을 쳤다. 내 말이 빗나가서가 아니라, 오히려 그 반대로 너무나 당연한 소리를 굳이 지적하는 걸 비웃는 것이리라.

"너도 알겠냐?"

그는 기분 좋은 듯이 말했다.

“이러쿵저러쿵해도 애들은 예쁘지, 으음, 그 왜, 마누라도, 여러모로 애를 많이 써 주거든. 내 가족을 보고 산다는 생각이 들어.”

투덜댈 때는 그렇게 청산유수에 논리 정연한 주제에, 칭찬할 때는 갑자기 어휘가 빈약해지는 타입이다.

옛날에 텔레비전에서 어떤 평론가가 이렇게 말했다. 우리 또래 세대는 유소년기를 거품 경제의 붕괴와 함께 보냈기 때문에, 세상사를 긍정적으로 바라보는 데에 무척 서툴고 칭찬도 서툰데다 불만을 토로하는 신경만 발달했다고. 흔하디흔한 젊은 세대 비판이지만, 확실히 이 친구도 그렇고 나도 그렇다.

“알 것 같아.”

나는 작게 중얼거렸다.

“오. 너도 가족이 뭔지 알겠다고?”

그가 의아하다는 듯이 물었다.

“그래. 지금은 좀 알 것 같아.”

나는 하이볼을 마시면서 말했다. 그러면서 그 바위를 생각했다.

# No Reaction

나는 투명 인간이다. 이름은 아직 없다.

보험회사가 실시한 설문 조사에 따르면 남자 중학생들의 '장래 희망' 1위가 스포츠 선수, 2위는 의사, 3위는 건축가인 모양이다. 그럴 리가 없다.

건강한 남자 중학생이라면 당연히 '투명 인간'이 되고 싶을 게 분명하다. 이 불투명한 인간들의 사회에서는, 설사 익명으로 실시하는 설문 조사에서도 유소년기 때부터 겹겹으로 둘러싼 '사회성'이라는 포장지를 찢을 수가 없다. 하지만 그들이 내면 깊은 곳에 숨겨 놓은 진정한 바람은, 감히 단언컨대 투명 인간이다.

그러니까 투명 인간인 나는 전국 180만 남중생의 절실한 바람이 구현된 존재라는 이야기가 된다. 그러다 보니 당연하게 반 친구들이 다들 날 질투하고 부러운 눈으로 쳐다보고 이를 갈며 분통을 터뜨리거나, 점심시간마다 상급생이 체육관 뒤로 불러내 "너 이 자식, 하급생 주제에 시건방져." 하면서 배에 펀치를 먹이느냐 하면, 딱히 그런 일은 없다.

그도 그럴 게 투명 인간이기 때문에, 같은 반 남학생이고 여학생이고 당연히 선생님까지도 교실에 내가 있다는 걸 모른다. 아무리 망상력이 풍부한 중학생이라 해도 본 적 없는 인간을 질투하기란 쉬운 일이 아니다. 이게 무슨 일이란 말인가. 기껏 선망의 대상으로 태어났건만, 너무 투명해서 주목의 대상이 되지 못하다니!

하긴, 이게 다 태어날 때부터 쭉 투명한 탓이겠지. 만약 원할 때마다 불투명해질 수 있다면 훨씬 재미있겠지만, 한 인간이 투명해졌다가 불투명해졌다가 하는 건 역시 물리적으로 이상한 일이다. 그런 건 투명 인간을 본 적 없는 작가가 상상으로나 쓰는 픽션이다.

이런 나도 자신이 투명 인간이라는 걸 깨달은 건 비교적 최근이다. 분명 최근 몇 년 안쪽이었을 것이다. 그전에는 날 유령이라고 생각했다.

어디서 태어났는지는 전혀 짐작이 가지 않는다. 아주 어린 시절, 어느 집 거실 같은 곳에서 매일 뒹굴대며 텔레비전을 보던 게 기억 난다. 깨어 있는 시간에는 내내 텔레비전이 켜져 있는 집이었다. 나는 그걸로 말을 배운 것 같다.

어린 여자아이와 부모까지 세 명이 사는 집이었는데 부모가 여자아이는 계속 돌보면서 나는 전혀 거들떠보지도 않아서, 나는 얘하고는 다른 존재라는 사실을 이해하게 됐다. 그런데 텔레비전에서 틀어 주는 애니메이션이나 영화에 반투명하고 둥둥 떠다니며 보통 사람한테는 보이지 않는 '유령'이라는 것이 나왔다. 그래서 "아, 그렇구나, 난 유령인가 보다." 하고 생각했다.

시간이 흐르면서 몸이 자란다는 건 알았지만, 유령은 성장하지 않는다는 걸 몰랐기 때문에 딱히 이상하다고는 생각하지 않았다. 가끔 그 집 가족이 현관문을 열 때 잘 맞춰서 밖으로 나갔다. 밖에 나갔다가 길을 오가는 사람들한테 부딪히거나 자전거에 치일 위험이 있었지만, 그래도 호기심을 누를 수 없어서 여기저기 쏘다녔다.

그렇게 돌아다니다 어느 날 길을 잃어버리는 바람에, 그 후로 두 번 다시 그 집으로 돌아가지 못했다. 할 수 없이 다른 집으로 숨어 들어갔다. 노부부 두 명이 조용히 사는 집이었다. 나는 그곳을 거점으로 유활(유령으로서 활동하는 일)을 시작하기로 했다.

우선 내 존재를 누군가가 인지하게 만드는 게 선결 과제라고 생각하고, 영감이 있는 사람에게 적극적으로 어필해 봤다. 레스토랑이나 술집 같은 곳에서 "제가 영감이 좀 강하거든요." 같은 말을 하는 여자를 발견하고, "어디 한번 볼까." 하는 맘으로 다가가 귓가에 대고 "왁." 하고 소리를 지르거나 온몸을 은근슬쩍 더듬어 보았다. 하지만 상대는 전혀 알아차리지 못하고 '지금까지 자기가 유령을 본 체험담'이나 떠들어 댔다. 결국 나중에 여자들 사이에서 "걔는 남자 앞에서는 항상 신비주의 콘셉트나 잡잖아." 하고 뒷담화의 주인공이 되었을 뿐이다.

그런 생활을 몇 달쯤 계속했지만 아무도 알아봐 주지 않았다. 어느 날 텔레비전에서 지역 간 불균형 문제가 화제가 된 걸 보았다. "역시 이런 깡촌에는 제대로 된 영능력자가 없구나." 하는 생각에, 신칸센을 타고(개찰구는 그냥 통과했다) 텔레비전에 나온 유명한 영능력자를 만나러 도쿄로 갔다. 쉰 살 정도 되는 아주머니였는데, 내가 내 이야기를 아무리 열심히 해도 이쪽으로는 눈길 한 번 주지 않았고 매니저와 출연 스케줄을 조정하는 데에만 열중했다.

말을 건다는 접근 방법이 잘못된 걸까 고민하던 차에, 이번에는 텔레비전에서 '심령사진 특집'이라는 방송을 했다. "흐음, 영체여도 사진에는 찍히는 건가." 싶어서 곧바로 근처 공원으로 가 사진을 찍는 커플을 발견하고 거기에 찍히려고 했다. 하지만 몇 번을 시도해도 내 모습을 확인할 수는 없었다. 한 번은 확실히 찍힌 줄 알았는데 그냥 잘못 찍힌 손가락이었다. 애초에 나는 내 얼굴을 모르니까 내가 찍혔는지 확인한다는 것 자체가 무리긴 하다.

게다가 유령이라는 건 대개 산 자에게 원한을 품고 있어서, 저주를 내려 상대방에게 교통사고 같은 불행을 가져다 줄 수 있는 모양이다. 곧바로 나도 누군가가 불행한 일을 당하게 만들어 보자고 생각했지만, 딱히 원한을 품은 상대는 없었다. 마침 길을 지나가는 아저씨가 눈에 들어오길래 "저주를 내리겠다! 불행해져라!" 하고 강한 사념을 보내 봤지만, 그 사람은 딱히 이상한 기운을 느끼지도 못했는지 그냥 걸어가 버렸다. 당황해서 따라가며 "저기요, 내가 지금 저주를 내리고 있잖아요! 좀 들어 봐요!" 하고 소리를 지르다가, 옆에서 자전거가 튀어나오는 바람에 오히려 내가 교통사고를 당했다. 전신 타박상을 입고 신음하는 나를 알아차리지도 못하고서, 불행한 일을 당해야 할 아저씨도 자전거를 탄 소년도 가 버렸다. 남 잡이가 제 잡이라더니, 딱 그 꼴이다.

이런 식으로 여러 시도를 해 본 끝에 "아무래도 난 유령은 아닌 것 같아."라는 결론에 도달했다. 적어도 텔레비전에서 소개되는 유령이랑 나 사이에는 '보이지 않는다'는 것 말고는 거의 공통점이 없다.

나는 살아 있는 인간이다. 두 다리로 걸을 수 있고 전철에 탈 수도 있는 데다(무임승차지만), 겨울에 추운 것도 여름에 더운 것도 싫어하고 걷다 보면 교통사고도 당한다. 유령이 아니다. 그냥 안 보이는 것뿐이다. 그래서 나를 '투명 인간'이라고 부르기로 했다.

물론 "투명 인간이란 대체 무엇인가." 하고 묻는다면 잘 모르겠지만, 그렇게 치면 불투명한 인간들도 "인간이란 무엇인가."라는 질문에 명확한 답을 할 수 있을 리 없으니 그런 면에서는 같다고 봐도 될 것 같다.

그렇게 나는 유활(유령으로서 활동하는 일)을 그만두고, 될 수 있는 한 보통 인간처럼 생활하기로 했다. 우선 학교에 가야 한다. 나이는 모르지만 체격을 보면 아마 중학생 정도인 것 같아서, 근처 중학교에 가서 수업을 듣기로 했다.

물론 이 중학교에 학적이 있는 건 아니다. 현재로는 일본 문부과학성이 투명 인간을 학생으로 받아들이겠다는 법안을 제출하려는 기미는 보이지 않고, 존재가 알려지지 않았으니 인권 단체도 항의하는 시위를 열지 않는다. 100명 정도 모여서 국회 앞을 열 지어 걸어 놓고, 뉴스에는 '참가자 2만 명(주최자 측 발표)'이라는 자막이 떴다는 이야기도 듣지 못했다.

하지만 불편한 것도 없었다. 다행히 투명해서 옷은 필요 없고, 집은 근처 남의 집에 얹혀산다. 헌법에 보장된 건강하고 문화적인 최소한의 생활은 하고 있다고 생각한다. 학교 생활도 대체로 평온하다. 친구가 생기지 않는 게 불만이라면 불만이지만, 불투명해도 친구를 못 사귀는 녀석은 많다. 배부른 소리는 하지 않으련다.

자, 서론이 길어졌는데, 오늘은 내 이야기를 좀 하고 싶다. 혹시 한가하면 들어 줬으면 한다. 적어도 나는 몹시 한가하다. 사정이 있어서 이 교실에 갇히는 바람에, 내일 아침 애들이 등교할 때까지 이 텔레비전도 없는 방에 있어야만 하기 때문이다.

시간도 때울 겸해서, 최근 들어 내 주변에서 생긴 일을 좀 얘기해 볼까 한다.

■

난 투명 인간이란 걸 불행하다고 여긴 적이 없다. 애초에 태어날 때부터 있던 성질에다 대고 불행 운운하는 건 난센스라고도 생각한다. 만약 내가 불투명하게 태어났다면, 아마도 지금 나와는 완전히 다른 가치관을 지닌 다른 인간이 됐을 것이다. 투명성은 내 인간성에 뿌리내린 성질이며, 그것만 분리해서 이야기하는 건 말이 되지 않는다.

하지만 그건 표면상 그렇다는 이야기고, 역시 "투명하다는 건 불행한 게 아니다. 하지만 불편하다."라고는 생각한다. 이런 말을 들으면 댁들도 "어째서? 투명하면 여자 치마 속도 맘대로 보고, 여자가 옷 갈아입는 거나 목욕하는 것도 얼마든지 훔쳐볼 수 있잖아." 같은 생각이나 하겠지. 오케이, 이 변태 원숭이 같은 놈들아. 그거야 뭐 부정하지는 않고 실제로 해 본 적도 있긴 하다. 다만 그렇게 간단한 이야기가 아니다. 좀 길어지겠지만, 이 자리에서 '투명 인간의 물리학적 실태에 대해서'를 설명해 두려고 한다.

먼저 지금까지 내가 인생에서 겪은 경험(몇 살인지는 확실하지 않지만)을 통해 얻은 결론은, 투명 인간이란 '뉴턴의 제3법칙이 적용되지 않는 인간'이라고 정의할 수 있다는 것이다.

예를 들어 전학 첫날인 여중생이 "지각이야, 지각!" 하면서 식빵을 입에 물고 시야가 가려진 모퉁이를 향해 전력 질주를 했다고 하자. 식빵을 문 채로 "지각이야."라고 발음할 수 있는 발성기관의 구조 문제는 본론과 관계없으니 언급하지 않겠다.

그런데 모퉁이 맞은편에서 똑같이 지각 일보 직전인 남학생이 달려온다. 너무 서두른 나머지 담벼락 너머에서 다가오는 여학생을 발견하지 못하고 교차점에서 충돌, 운명적인 보이 미트 걸이 이루어진다. 누구나 인생에서 한 번은 경험하는 일이겠지. 그런데 여기서 남학생과 여학생의 운명은 뉴턴의 제3법칙을 매개로 이루어진다는 것을 간과하는 사람이 많다.

미트하는 순간, 걸과 보이에게는 제3법칙에 따라 서로의 반대 방향으로 크기가 같은 힘이 작용한다. 이로 인해 두 사람에게는 뉴턴의 제2법칙에 따라 가속도가 발생해 아스팔트 위로 쓰러진다. 이 가속도가 어느 정도인지는 여학생의 체중에 따라 달라지기 때문에 프라이버시 관점에서 언급하지 않겠다. 하지만 여기서 중요한 것은 어느 각도로 어느 정도의 거리를 날아가더라도 여학생은 팬티가 보이는 모습으로 쓰러진다는 점이다. 우주에서 광속이 보편적인 사실인 것만큼이나 확실하게 여학생의 팬티 색을 확인할 수 있다.

나중에 전학생 걸과 재학생 보이가 교실에서 "앗.", "아아." 하고 재회하면서 이야기는 시작된다. 이상의 과정을 '고전적 러브 코미디의 역학 법칙(Classical Mechanics In Romantic Comedy)', 줄여서 고전역학이라고 한다.

그런데 보이가 투명 인간, 즉 나일 경우에는 이런 고전역학은 적용되지 않는다. 그게 플랑크나 슈뢰딩거가 쌓아 올린 양자역학인지,• 또는 인류가 아직 모르는 영역인지는 일개 중학생인 나는 알 길이 없다.

하지만 결론부터 말하자면 여기서는 '작용 · 반작용'이 쌍을 이루지 않는다. 일방적인 작용만 발생해서, 나는 아스팔트 위를 구르지만 여학생은 부딪혔다는 것조차 모른다. 빵을 문 채로 "지각이야, 지각." 하고 뛰어가 버린다.

무사히 학교에 도착한 여학생을 "전학생 아무개예요. 모두 사

• 물리학자 막스 플랑크의 이름을 딴 플랑크 상수는 양자역학의 기본 상수 중 하나다. 물리학자 에르빈 슈뢰딩거가 고안한 슈뢰딩거의 고양이 실험은 양자역학의 불완전함을 설명하기 위한 사고실험이다.

이좋게 지내세요." 하고 선생님이 소개한다. 여학생은 등교 중에 나랑 부딪혔다는 것도 모르고, 이 교실에 무자비하고 일방적인 사고 피해자인 내가 못마땅한 얼굴로 앉아 있다는 것도 알아차리지 못한다. 운명적인 만남 축에도 들어가지 않는다. 팬티 색을 확인할 수 있다는 점만 고전역학과 일치한다.

물론 빛도 내 몸을 투과한다. 투명 인간이란 글자 그대로 그런 존재다. 나는 햇볕을 쬐면 뜨거움을 느끼지만 햇빛은 내게 흡수되지 않아서 그림자도 생기지 않고 땅바닥도 같이 따뜻하게 데운다. 겨울에 톡톡히 에너지를 절약할 수 있게 설계됐다.

이제 이해되는가. 즉 투명 인간이란 작용을 받아도 반작용을 해 줄 수 없는 존재인 것이다. 군림하지만 통치하지 않는다, 수용하지만 영향을 주지 않는다. 삼라만상에 노 리액션. 그것이 투명 인간이다. Q. E. D.•

여기까지 설명했으니 투명 인간의 생활이 얼마나 '불편'으로 가득한지 이해했으리라 생각한다.

이를테면 나는 문을 열지 못한다. 문을 연다는 건 즉 문과 내 손 사이에 작용과 반작용이 발생한다는 뜻인데, 투명 인간인 내

• 수학에서 증명을 마칠 때 쓰는 용어

손은 문에 '밀리지만' 문을 '밀 수는 없다'. 그 이전에 문고리를 돌리지도 못한다. 그래서 방에 갇히면 몹시 난처하다.

애니메이션 같은 데에 등장하는 유령은 벽을 통과할 수 있는 경우가 많지만 난 그럴 수 없다. 그런 일이 가능하면 애초에 인간이 아니다. 나는 투명한 것 말고는 평범한 인간이라서, 문짝이나 벽이 내 침투를 막는 역학적인 '작용'은 분명히 존재한다. 내가 문에 '반작용'하지 못하는 것뿐이다.

무엇보다 벽을 통과할 수 있는데 바닥이나 땅바닥을 고스란히 통과할 수 없다는 것도 앞뒤가 안 맞는다. '벽'과 '바닥' 같은 건 인간이 편의상 그렇게 구분해서 부르는 이름일 뿐이지, 물질적으로는 동일하다. 그렇다면 지각도 맨틀도 통과해서 지구 중심부까지 떨어질 테니, 벽을 통과하지 못한다는 사실에 오히려 감사해야만 한다. 뜨거운 건 싫으니까.

자초지종이 이렇다 보니, 내가 건물에 들어가려면 누군가가 문이나 창문을 연 틈에 '슬쩍' 숨어 들어가는 수밖에 없다. 당연히 문이나 문을 연 사람한테 부딪히면 안 되므로, 여기에는 상당한 훈련이 필요하다. 투명 인간이라고는 해도 뭔가에 부딪히면 다른 평범한 사람들처럼 아프다.

이런 몸이다 보니 불투명한 여러분께 정기적으로 환기를 해 줄 것을 요구하고자 한다. 배리어 프리 사회 어쩌고 하지만, 어디까지나 불투명한 인간한테나 프리지 투명 인간에게 이 세상은 아직도 배리어투성이다. 한참 멀리 떨어진 아프리카의 최빈국에 사는 아이들을 동정할 여력이 있다면, 바로 코앞에 있는 투명 인간과도 공존하며 함께 잘 살아갈 방법을 모색해야 하지 않을까. 어느 쪽이든 생활에 아무런 영향이 없다는 점에서는 똑같다만.

■

말은 이렇게 하지만 결국 내가 불투명 인간들에게 뭔가를 요구할 수는 없는 노릇이라서, 불투명 인간을 전제로 설계된 이 사회에서 투명 인간은 어떻게 살아야 하는가 하는 질문에는 나 스스로 답을 도출하는 수밖에 없다. 그러기 위해 불투명한 인간들이 쌓아 올린 지식도 적극적으로 수용할 생각이다.

그렇지만 나는 불투명 인간에게 질문을 할 수도 없고 책 페이지를 넘길 수도 없으며, '투명 인간 정체'로 검색할 수도 없다. 그렇다면 이쪽에서 조작하지 않더라도 일방적으로 정보를 흘려주는 도구에 의존하는 수밖에 없다. 학교 수업과 텔레비전이다.

학교 수업에서는 성실하게 다른 학생과 함께 '진급'하다 보면 단계적으로 고도의 지식을 습득할 수 있다. 하지만 현재로선 투명 인간의 정체에 대해 뭔가 단서를 잡을 기미는 보이지 않는다. 아무래도 불투명한 인간들은 대체로 '투명 인간'의 존재를 모르는 모양이다. 어디까지나 픽션 속 등장인물로만 여기는 듯하다.

오천 년 전 이집트 문명이나 저 멀리 백억 광년 거리에 있는 우주에 대해서는 보고 온 것처럼 말하는 교사들이, 자기 교실에 투명 인간이 앉아서 수업을 듣고 있다고는 상상도 하지 않는 것이다. 균형이 안 맞아도 너무 안 맞는다.

이쯤에서 좀 어려운 이야기를 하겠다. 불투명한 인간이 쌓아 올린 과학이라고 불리는 체계에는 '오컴의 면도날'이라는 무시무시한 규칙이 존재한다. 이 규칙에 따르면, 현상을 설명하는 데 필요 없는 가설은 없는 것으로 취급한다고 한다.

말하자면 "이 교실에는 투명 인간이 존재한다. 하지만 그는 눈에 보이지 않고 몸에 닿지도 않으며, 다른 급우들에게 어떤 영향도 끼치지 못한다."라고 가정해도, "이 교실에 투명 인간은 없다."라고 가정해도 어느 쪽이든 모순은 발생하지 않는다. 이럴 경우 투명 인간이라는 가정은 '불필요'한 것이 되어 잘려 나간다는 것이다. 이것이 오컴의 면도날이다.

장난하냐!

너무 제멋대로 아닌가. 물론 불투명 인간 쪽에서 본다면 내가 있으나 없으나 매한가지지만, 내 쪽에서 본다면 "내가 있는지 없는지."는 이 세상 무엇보다 중요한 문제란 말이다. 그런데도 불투명 인간들은 나를 '필요 없는 것'으로 보고 면도날로 잘라내 버리는 것이다. 투명 인간을 위한 배리어 프리 사회를 만들라고는 안 하겠지만, 이 규칙만큼은 정말이지 어떻게 해 줬으면 한다. 같은 처지인 사람들을 모아서 '오컴 피해자 모임'을 결성하고 싶다.

그런 이유로 나는 불투명 인간 중 과학자라는 인종을 썩 신뢰하지 않는다. 진리의 탐구 같은 소리 하고 있네. 그치들은 그냥 자기 눈에 보이는 범위 안에 있는 것에 대충 공식을 갖다 붙이고 해석할 뿐이다. 먼 우주나 소립자를 보고 있다는 기분을 내시는지는 모르겠지만, 바로 옆에 있는 투명 인간은 보지도 못하면서!

아, 미안하게 됐군, 너무 흥분했다. 이 화제만 나왔다 하면 울컥해 버린다.

어쨌든 학교에서는 그런 식으로 지내고 그 이외의 시간, 그러니까 방과 후나 휴일에는 아무 전자 제품 매장에 들어가 텔레비전을 보거나 아무나 골라서 사람을 관찰하며 시간을 보낸다. '인간 관찰이 취미'인 사람은 불투명 인간 중에도 많지만, 대체로 '다른 사람과는 조금 다른 나'를 연출하고 싶어서 자기소개를 할 때 스스로를 치장하는 것에 지나지 않는다. 그에 비해 내게 인간 관찰은 '취미'라 할 수 있는 레벨이 아니다. 이쪽은 전문가다. 아니, 레종데트르다. 존재 이유 그 자체다.

관찰 순서는 간단하다. 학교 수업이 끝나면 인파가 몰리는 역 앞으로 와서, 적당히 상대를 정해 졸졸 따라가기만 하면 된다. 딱히 선호하는 요소는 없지만, 될 수 있는 한 가정이 있는 사람을 고른다.

왜냐하면 불투명 인간의 집에 들어간다고 할 때 '청결'과 '규칙적인 생활'이 매우 중요한 요소이기 때문이다. 그도 그럴 게 스스로 현관문을 열 수 없는데, 너무 불결한 집에 갇혀 버리는 건 싫다. 게다가 좀처럼 바깥출입을 하지 않는 타입일 경우, 다음 날 등교도 할 수 없게 된다. 가족이 있으면 이런 조건이 다 통과될 가능성이 높다.

그렇지만 관찰할 때 엔터테인먼트성이라는 점에서는 혼자 사는 사람 쪽이 재미있다. 이 경우에는 사람을 정하기보다 집을 먼저 정한다. 창밖에서 들여다보고 너무 불결해 보이지 않는 집을 골라서, 사람이 오기를 기다린다. 인간은 설사 가족이라 하더라도 타인과 있을 때는 다소 사회성이 나오고 만다. 그런 점에서 혼자 사는 사람을 보고 있으면, 정말 인간의 성향이라는 건 실로 다종다양하다는 생각을 하게 된다.

그나저나 불투명 인간은 잘도 불투명한 채로 살아갈 수 있구나 싶다. 다들 거짓말을 줄줄 달고 산다는 얘기다. 물론 어느 정도는 다른 사람에게 들키고, 알아차린 쪽은 알아차린 대로 "알아차린 걸 들키지 않아야지." 하면서 산다. 엄청나게 복잡하고 기괴한 일이다. 학교의 불투명한 반 친구들이 나보다 훨씬 두뇌 수준이 낮은 건, 이런 거짓말에 뇌의 리소스를 지나치게 사용하는 탓이지 않을까.

예를 들어 볼까. 한때 어느 비교적 유복한 가정을 관찰한 적이 있다. 사십 대 정도 되는 부부에, 초등학교 4학년 아들과 초등학교 1학년 딸. 부동산 광고에 나와도 될 정도로 행복해 보이는 가정이었지만, 이 부부는 둘 다 바람을 피우고 있었다.

남편 쪽은 밖에 여자를 만들어 놓고 "일이 마무리가 안 됐어."라면서 그쪽 여자 집으로 가곤 했는데, 회사로 연락이 와도 문제가 되지 않게 직장 동료와 말을 맞출 정도로 꼼꼼했다. 아내

쪽은 가족이 없는 시간에 외간 남자를 집으로 데리고 들어오거나 밖에서 만나러 나가곤 했는데, 기가 막히게 스케줄을 관리해서 절대 들키지 않았다. 투명하지도 않으면서 잘도 상대가 행동하는 시간을 간파해서 계획을 세운다 싶어 감탄하고 말았다.

그런데 그런 거짓말로 점철됐으면서도, 이 부부는 딱히 자기 이익을 위해 상대를 부당하게 멸시하지 않았다.

예를 들어 남편 쪽은 자신의 외도를 배신행위라고 생각하지 않는다. 이건 일상 속 스트레스(이 행복해 보이는 남자에게도 스트레스가 있는 모양이다)를 해소하기 위한 행위이다, 그게 없다면 그 스트레스가 자연히 가정으로 향할 테니 외부에서 해소하는 건 가족의 평화를 위해 필요한 일이다, 라고 동료에게 말했다. 그렇구나, 그런 일면도 있구나.

한편 아내는 남편이 떳떳하지 못한 짓을 한다는 걸 분명 알고 있지만, 그래도 '알고 있다'는 걸 들키지 않으려 한다. 이런 식의 셈법은 너무 복잡해서 내 투명한 뇌가 터져 버릴 것 같았다. 하지만 이 아내도 자기가 한 짓은 나 몰라라 하고 남편의 외도를 꼬치꼬치 따졌다간 가정의 붕괴를 초래해 죄 없는 아이들이 불행해질 뿐이라는 사실을 알고 있다. 비집고 들어갈 틈 없이 곳곳을 거짓말로 단단하게 막아 뒀지만, 결국 서로를 생각해 주는 것이다.

또 이런 사람도 알고 있다. 무직인 데다 머리숱이 허전한 사십 대 중년 남자인데, SNS에서 다른 사람 사진을 도용해 이십 대 대학생을 사칭하면서 온라인상으로 알게 된 여고생과 뻔질나게 메시지를 주고받았다. 내가 관찰한 경험에 따르면, 이 세상에는 다른 사람이 자기 이야기를 들어 주기를 바라는 여고생이 산더미처럼 많았다. 대충 잘생긴 남자 사진을 갖다 붙이고 인터넷에서 이야기를 들어 준다면 사회 공헌이라고 말하지 못할 것도 아니다. 손해 보는 사람이 아무도 없으니까. 그렇지 않아도 이 세상에는 그냥 이야기만 들어 줬으면 하는 상대방에게 괜한 충고를 하고 싶어 하는 남자가 너무 많다. 그 남자도 온라인상의 수요를 잘 파악해 이용했다고 할 수 있겠다.

하지만 잘 이해가 안 되는 일이 있다. 이 이십 대 대학생을 사칭하는 사십 대 무직 남자는, 그 이야기 상대인 여고생을 만나서 뉴스 용어로 소위 '몹쓸 짓'을 저지르는 인간이었다.

한번은 그 과정을 목격한 적이 있다. 대체로 상대방 쪽에서 은연중에 만나고 싶다는 뜻을 내비치는데, 이 남자는 그런 기회를 재빠르게 낚아채서 장소와 시간을 준비한다. 그 얼굴로 만나러 갔다가는 단번에 들통날 거라고 생각했는데, 아무런 변장도

하지 않고 태연히 만나러 간다. 게다가 "사정이 좀 생겨서 늦을 거 같아, 그때까지 이런 사람이 가 있을 텐데 말 상대나 해 줘." 하고 자신의 '진짜' 얼굴을 보낸다. 선뜻 믿기 힘든 이야기지만 여고생은 그 말을 믿어 버리는 모양이다. "그렇게 성실한 사람이 거짓말을 할 리가 없다."라고 생각하는 것 같다. 그렇게 성범죄 피해를 당할 때까지 눈치채지 못한다는데, 아무리 사랑은 맹목적이라지만 이렇게나 눈이 멀어 버릴 수가 있을까.

대충 이런 식이라서, 보면 볼수록 불투명 인간의 사회는 온통 거짓말과 비밀로 만들어졌구나 싶다. 내가 불투명해졌다간 스트레스로 즉사해 버릴 거다.

그런데 신기하게도 이런 불투명한 정신을 가진 불투명 인간들도, 자기의 불투명한 내면을 어딘가에 드러내길 바라는 것 같다. 아까 예로 든 부부 중 아내 쪽은, 바람피우는 남편을 두고 맞바람을 피우면서 인터넷 익명 게시판에 자기가 바람피운 이야기를 종종 고백했다. "남편한테 미안하게 생각한다." 같은 내용을 쓰는 거다. 이렇게 쓰는 게 어떤 면죄부가 된다고 생각하는 것 같다.

이렇게 죄를 고백하는 행위에 대한 수요는 인터넷이 생기기 훨씬 전부터 동서고금을 막론하고 존재했던 모양이다. 유럽 교회에는 얼굴을 보이지 않고 신부에게 죄를 고백하는 '고해실'이 있다고 한다.

쉽게 말해 이것도 일종의 '불투명 인간이 투명해지기를 소망하는 모습'이라고 생각한다. 육체가 투명해지기를 소망하는 사춘기 소년이 있는가 하면, 정신이 투명해지기를 소망하는 어른도 있는 법이다. 아까 말한 사십 대 무직 성범죄자 역시 아무리 그래도 자기가 저지른 행위를 친구에게 떠벌리지는 않지만(애초에 친구가 있는지 어떤지도 모른다), 얼굴에 어울리지 않게 정돈된 방에서 자신의 파렴치한 행위를 고백하는 일기를 적는다.

이런 사람들을 보고 있으면 불투명 인간처럼 고도한 문명을 지닌 생물에게 '비밀을 가진다'든가 '거짓말을 한다' 같은 행위는 문명을 유지하기 위해 불가결한 능력처럼 보이기도 한다. 불투명 인간은 원숭이에서 진화했다고 하는데, 야생동물의 세계가 폭력이 지배하는 곳이라고 한다면 그들은 어느 단계에 이르러 '비밀'과 '거짓말'을 획득함으로써 '정보에 의한 지배'라는 새로운 패러다임으로 나아가 문명을 구축했을 것이다.

그렇게나 고도하고 심원한 수학 체계를 구축한 불투명 인간들이 그걸로 뭘 하고 있느냐 하면, 통신을 암호화해서 개인적인 비밀을 지키는 데에 사용하는 것 같다. 참 한심하기 그지없는 이야기다.

■

자, 보신 바와 같이 나는 평균적인 중학생보다 훨씬 머리가 좋다. 특히 수학이나 과학에 관해서는 아마 학군 좋은 고등학교에 다니는 고등학생 혹은 그 이상의 지식을 가지고 있을 것이다. 그렇다면 일반 학생의 학습 속도 따위는 무시하고 얼른 위 학년으로 올라가면 되지 않느냐고 생각할지도 모른다. 그러지 않는 데에는 주로 두 가지 이유가 있다.

첫째로, 나는 불투명한 인간보다 신중하게 학습해야만 한다. 모르는 게 있어도 '노트를 다시 꺼내 본다'든가 '선생님에게 질문한다' 같은 행동을 할 수 없기 때문에, 내 기억에 의존하는 수밖에 없다. 그래서 수업 내용을 완전히 이해하고 남을 가르칠 수 있을 수준이 되어야 다음 단계로 넘어가려고 한다. 남이라고는 하지만 들어 줄 사람은 아무도 없기 때문에, 머릿속에서 가르치는 상황을 가상으로 재연해 본다. 내가 다른 사람과 대화를 한 적이 없는데도 이렇게 술술 말할 수 있는 건 그 때문이다. 솔직히 말해 이 학교 선생님들은 빈말로도 실력이 좋다고 하기는 어렵다. 만약 내가 불투명했다면 훨씬 훌륭한 선생님이 될 수 있었을 것이다.

두 번째 이유는 좀 더 단순하다. 난 투명하다는 걸 제외하면 평범한 중학생이라 당연히 사랑도 한다. 그러니까, 이런 걸 말로 설명하는 건 솔직히 성미에 맞지 않지만, 쉽게 말해 이 반에 좋아하는 여자애가 있고 그 아이를 만나기 위해 매일 이 교실에 온다는 얘기다.

나는 아무리 뜯어봐도(보이지 않지만) 인류다. 키가 160센티미터 정도에 두 다리로 걷고 사람의 언어를 이해하는 생물이 사람이 아니라면, 당장 포획해서 학회에 끌고 가야 한다. 그렇게 끌려가지 않았다는 사실이 내가 호모사피엔스라는 증거라 할 수 있다. 그리고 나는 종이 다른 생물을 사랑하는 성도착자도 아니고.

투명하니까 투명한 사람들끼리 연애를 해야 할지도 모르겠지만, 나 말고 다른 투명 인간을 본 적이 없으니 불투명한 여학생을 사랑하게 되는 건 어쩔 수 없다. 만약 일본인 남자가 단신으로 미국에 내던져졌다면 사랑에 빠지는 상대는 미국인이 되겠지. 그 정도로 당연한 일이다.

그 아이는 작년 여름에 이 학교로 전학 왔다. 그전까지 거리를 정처 없이 쏘다니던 내가 이 학교에 다니게 된 것도 그때부터다.

앞서 말했던 전학생 걸이란 바로 그 아이를 말한다. 모퉁이에서 부딪힌 건 사실이지만, 식빵을 물고 "지각이야, 지각!" 하고 달렸다는 건 내가 나중에 추가한 설정이다. 실제로는 그 아이는 자전거를 타고 있었다. 덕분에 충돌은 고전적인 러브 코미디에 비해 훨씬 격렬해서 내 몸은 공중에 체감상 몇 초 정도 붕 떴다. 그것도 모자라 날아간 곳에 마침 타이밍 좋게 나타난 도요타 코롤라에 치이는 바람에, 담벼락에 부딪혔다가 떨어져 여기저기 다른 데에도 부딪혔다. 물론 그 아이에게도 코롤라에도 담벼락에도 아무런 반작용을 주지 못하고 나만 홀로 온몸이 깨지는 통증에 몸부림쳐야 했다.

사람이나 차에 부딪히는 것도, 사과 한마디 받지 못하는 것도 내게는 일상이다. 부딪힌 상대의 특징 같은 건 금세 잊어버린다. 그런데 어떻게 된 영문인지 그때는 그 아이의 모습이 머리에서 떠나지 않았다.

"이게 원한이라는 감정인가."

나는 고통 속에서 생각했다.

"드디어 저주를 내릴 사람을 찾아냈다. 역시 난 유령이었어.

그 여자를 저주할 악령이야."

뭐 이런 생각을 한 것이다. 지금 생각하면 중2병이 절정에 도달했을 때였다. 나는 곧바로 일어난 다음, 교복 디자인으로 추측한 중학교로 전력 질주해서 교실을 하나하나 돌아다니며 안을 살폈다. 목표물을 발견한 건 마침 담임 선생님이 그 아이를 소개하던 순간이었다.

"오늘 전학 온 와타나베 마키노예요. 다들 친하게 지내세요."

그날 이후로 나는 그 반에 눌러앉아, 가지고 있는 모든 영력(있는지 없는지 모르지만)을 끌어모아서 그 아이를 계속 저주하겠다고 마음속으로 다짐했다.

분화가 덜 된 사춘기 소년의 정신세계에서는 연심과 증오심을 명확하게 구별하는 기준이라는 것이 없었다.

그렇게 일 년 하고 조금 더 지난 지금까지, 나는 내 취미인 관찰 시간의 절반 정도를 이 와타나베 마키노라는 소녀를 관찰하는 데에 썼다.

나는 투명 인간이기 때문에 당연히 그 아이를 집까지 따라가 방에 들어갈 수도 있고, 생활하는 걸 구석구석 관찰할 수도 있다. 그런 부분은 전국의 남중생들이 하는 망상 그대로다. 스토

커라고 한다면 그 말도 맞는 말이지만, 투명 인간인 이상 모든 행위가 스토킹인지라 그걸 부끄러워할 생각은 털끝만큼도 없다.

다만 제군에게 한 가지 충고를 하자면, 투명 인간이라도 목욕하는 걸 훔쳐보러 들어가는 짓은 관두는 게 좋다. 사실 샤워기라는 녀석은 투명 인간에게 흉기나 다름없기 때문이다.

샤워기에서 나오는 건 액체인 물이다. 액체와 고체는 밀도에는 큰 차이가 없으나 만졌을 때 형태가 달라지는가 아닌가 하는 점에서 차이가 있다. 즉 원래 물건을 만질 수 없는 내게는 액체와 고체의 차이점은 그다지 의미가 없다. 게다가 물방울은 내 몸에 꽂혀도 반작용이 발생하지 않기 때문에 몸 안을 마구 관통할 뿐이다. 그렇게 되면 샤워라는 건, 돌멩이를 무시무시한 속도로 초당 몇십 발씩 쏘아대는 개틀링 건이나 그리 다를 바가 없다. 한마디로 무지막지하게 아프다는 말이다. 좁은 욕실 공간에 그녀와 함께 있는 이상 이 워터 머신건을 피하기란 어렵다. 여자가 쏴 대는 기관총을 맞고 만신창이가 되면서 쾌락을 느끼는 고상한 취미가 있는 고객님이 아니라면 추천하지 않는다. 난 앞으로 두 번 다시 안 할 거다.

이런 이유로 그 아이의 몸을 뚫어져라 관찰할 기회는 없었지만, 그것 말고는 어쩌면 내 쪽이 본인보다 많은 걸 알고 있을 수도 있다. 그 아이의 이름은 마키노라고 한다. 시가현에 있는 마키노에서 태어났다고 해서 지은 이름이지만, 산달을 코앞에 둔 어머니가 스키나 온천을 즐기러 갔을 리는 없다. 즉 마키노에서 태어난 게 아니라 마키노에서 '생겨서' 마키노인 것이다. 생긴 장소를 콕 집어 말할 수 있다는 건 그 나름의 사정이 있었다는 뜻인데, 이건 마키노의 부모님이 나눈 이야기를 들어서 알고 있다. 그 일에 대해서 어머니 쪽이 어떻게 생각하는지도 이웃집 아주머니랑 이야기하는 걸 들었다. 부모는 언젠가 마키노에게 그 사정을 이야기할 생각이지만, 계기를 잡지 못하고 있다는 것도 알고 있다.

학교에서 마키노는 썩 성실한 학생은 아니고, 집에서도 한창 반항기라서 꼭 필요한 말이 아니면 부모님과 대화도 하지 않는다. 외동이라서 집에 가면 늘 자기 방에 틀어박혀 나오지 않는다. 침대에 드러누워 휴대전화를 보면서 누군가와 메시지를 주고받다가 그대로 잠들어 버리는 경우가 많다. 마키노는 잠버릇이 좋아서 자는 동안에는 거의 움직이지 않기 때문에, 그 애가 잠들면 나는 옆에 누워서 잔다. 일어나서 돌아다니는 불투명 인간을 부둥켜안는 건 투명 인간에게는 꽤 위험한 행위라서, 안심하고 만질 수 있는 건 잠들어 있을 때뿐이다. "마키노, 이불 잘 안 덮으면 감기 걸려.", "이불을 덮어 줄 수는 없으니까, 대신 옆에 있어 줄게." 이런 식으로 말을 걸기도 한다.

투명 인간에게 성욕은 쓸모가 없다. 적어도 투명 인간 남자가 불투명한 여자와 관계를 맺고 자손을 남기는 건 불가능하다. 쓸모는 없는데도 분명히 존재한다. 아주 성가시기 짝이 없다.

필요도 없는 기능이 있는 이유는 대체로 원래 다른 목적으로 만들었다가 허겁지겁 용도를 변경한 탓이다. 원래 생물종이라는 건 여자가 중심이고, 남자는 여자와 여자의 유전자를 교환하는 매개체로서 고작 운반책에 지나지 않는다. 그래서 남자의 몸은 여자를 기반으로 하반신만 살짝 손을 본, 하자가 있는 제품이다. 쓸 일도 없는 젖꼭지가 남아 있는 건 그 때문이다.

이를 통해 유추하건대, 아마 투명 인간이라는 존재는 불투명 인간과 별개로 생겨난 것이 아니라 어떠한 원인으로 불투명 인간이 투명해져서 생겨난 것으로 보인다. 그렇지 않다면 형태가 이렇게나 비슷할 리 없고, 투명 인간에게 필요 없는 성욕을 가지고 있을 리도 없고, 이불도 덮지 않은 채 잠든 마키노를 주물주물 만지고 있을 이유도 없으니까.

하지만 솔직히 말하자면 그렇게 마키노의 살을 만지면서 나는 성적인 흥분보다도 주체할 수 없는 고독을 느낀다.

나는 마키노의 피부가 얼마나 부드러운지, 얼마나 따뜻한지 느낄 수 있다. 하지만 마키노는 내 존재를 전혀 느끼지 못한다. 그 사실이 나를 견딜 수 없이 고독하게 만들었다.

지금 내가 마키노에게 하는 행위는 불투명 인간의 도덕이나 법률에 비추어 봤을 때 틀림없이 경멸당해 마땅한 짓이다. 하지만 나는 마키노에게 미움받는 것조차 허락되지 않았다.

나는 학교에서 급우들이 나누는 대화를 들을 때도, 텔레비전을 볼 때도, 거리를 걸을 때도 고독하다고 느낀 적이 없다. 그런 건 태어날 때부터 익숙했으니까. 내가 '고독감'이라고들 부르는 감정을 처음으로 느낀 건, 잠든 마키노의 피부를 만져 봤을 때였다.

만약 신이 소원을 하나 이루어 준다고 한다면, 나는 불투명 인간이 되기를 바라려나? 불투명해지면 그녀와 이야기를 하거나 손을 잡고 걸을 수 있을까?

나는 내 얼굴을 모른다. 손으로 더듬어 보면 눈이나 코가 대략 어떻게 배치되었는지는 파악할 수 있지만, 전체적으로 어떤 얼굴이고 연예인으로 치자면 누굴 닮았는지 같은 건 전혀 모른다.

그런 생각은 별로 하고 싶지 않지만 어쩌면 프랑켄슈타인의 괴물처럼 흉측한 얼굴일지도 모른다. 그렇다면 불투명해진들 마키노는 나를 거들떠 보지도 않겠지. 지금은 이렇게 마키노를 만질 수 있다. 불투명 인간이 됐다가는 그럴 수도 없게 된다. 모든 걸 잃는다. 불투명해질 거라면 아름다운 불투명 인간이어야만 한다.

신데렐라도 인어공주도 각각 가난하거나 인간이 아니긴 했지만 아름다웠다. 그래서 마법으로 기회를 얻어 왕자와 맺어질 수 있었던 것이다. 마법이 주는 것은 의상이라든가 마차라든가 다리라든가 하는 정도지, 아름다움은 타고나야만 한다. 화장으로 속이는 건 안 된다, 성형 수술도 안 된다, 마법으로 아름다워지는 것조차 허용되지 않는다. 그것이 불투명 인간의 세상이다.

사람의 '아름다움'이라는 개념은 원래 유전자를 적절하게 섞기 위해 생겨났다고 한다. 야생에서는 강한 자만 자손을 남길 수 있는데, 그러기만 해서는 유전자가 지나치게 한쪽으로 쏠리면서 다양성이 줄어들어 환경 변화에 대처할 수 없게 된다. 그래서 '아름다움'이라는, 생존에 도움이 안 되는 교란 요소를 넣어 다양성을 유지했다고 한다.

하지만 이렇게 고도로 문명화된 사회에서 '약하다'는 이유만으로 죽는 경우는 거의 없다. 그러다 보니 과거에는 유전자를 뒤섞기 위한 요인이었던 '아름다움'이 오히려 섞이는 걸 방해하는 결과를 낳고 말았다. 불투명 인간은 이미 오래전에 실용성을 상실한 야생 시대의 유산을 감싸안고서 고뇌하고 있는 것이다. 나는 그런 세상에서 살아갈 수 있을까?

어쩌면 갓 태어난 내가 너무나 흉측하게 생긴 탓에, 내 부모님이 불합리한 이 불투명 세상으로부터 자식을 지키고자 신에게 빌어 나를 투명 인간으로 만들어 준 걸지도 모른다. 그런 거라면 불투명해지고 싶다고 바라지 않으리라. 세상 사람들이 모두 투명 인간이 되면 된다. 이 불투명한 세상이 떨쳐 내지 못하는 부정적인 유산으로부터 모든 인류를 해방하고 싶다.

나는 마키노의 침대 안에서 그런 과격한 생각을 한다. 마키노는 아무것도 모른 채 휴대전화로 누군가와 메시지를 주고받고 있다.

■

철저히 '관찰자'로 사는 나에게도 도저히 용납할 수 없는 게 있다.

물론 나는 불투명 인간들의 세상에 간섭할 수 없으니 '용납'하든 안 하든 그들에게는 상관없겠지만, 그렇다 해도 하고 싶은 말 정도는 있다. 텔레비전 애니메이션 시청자도 자기가 좋아하는 캐릭터가 죽는 전개를 용납할 수 없다고 생각하곤 하지 않는가. 그에 비하면 내 세상은 의심의 여지가 없는 현실이니까, 그 '용납할 수 없다'는 마음은 훨씬 정당하다.

마키노가 평소에 메시지를 주고받는 사람은 주로 학교 여학생들이고, 남학생도 약간 있지만 딱히 친하거나 그런 건 아니다. 다만 요즘 들어 마키노와 갑자기 친해진 남자가 있다. 아무래도 SNS를 통해 알게 된 남자 같다. 마키노보다 훨씬 나이가 많은 이십 대 대학생인 줄 알았는데, 사진을 보니 잘못 볼 리 없는 그 이십 대 꽃미남 대학생의 껍질을 뒤집어쓴 사십 대 무직 성범죄자였다. 머리가 허전하고 그 밖에도 여러모로 추레한 그 남자 말이다.

그 사십 대 백수, 내가 관찰하던 무렵에는 분명 여고생 전문이었는데 최근 들어 대상을 중학생까지 낮춘 모양이다. 그리고 익숙한 화술로 교묘하게 마키노를 꾀어내, 어느 토요일 오후에 역 앞에서 만나기로 약속을 잡아 버렸다.

나도 내가 투명 인간이라는 건 자각하고 있다. 내가 아무리 마키노를 좋아해도 그 마음은 전해질 리 없고, 마키노는 언젠가 어딘가에 사는 다른 남자를 좋아하게 될 것이다. 그건 받아들일 생각이었다. 하지만 이런 전개는 너무 기가 막히지 않은가.

무슨 수든 써야만 한다.

어떻게든 마키노에게 이 남자의 정체를 가르쳐 줄 방법은 없을까. 어떻게든 마키노가 이 남자를 만나러 가는 걸 저지할 방법은 없을까. 뭔가 방법이 있을 거다. 내세울 거라고는 똑똑한 머리밖에 없으니 뭐라도 생각해 내라.

냉정하게 생각하자. 우선 나는 불투명 인간들의 세상에 작용을 만들어 내지는 못한다. 즉 마키노가 이 남자를 만나지 않게 되는 '원인'이 되기란 이론상 불가능하다. 반면에 마키노가 이 남자를 만나지 않은 '결과'로 내게 어떤 일이 일어나는 것은 가능하다. 이걸 이용해서 '결과'로부터 '원인'을 발생시킬 수는 없을까. 안 된다. 우선 논리적으로 뒤죽박죽이다. 좀 더 진지하게 생각해 봐.

결국 어떤 대책도 생각해 내지 못한 채로 토요일이 돼 버렸다. 전날부터 마키노 방에 눌러앉아, 나가려는 마키노를 막으려고 온갖 간섭을 시도해 봤지만 어떤 작용도 주지 못했다.

그놈 집으로 가면 뭔가 방법이 있을지도 모른다는 생각에, 급히 사십 대 백수가 사는 집으로 향했다.

마키노 집은 역 서쪽에 있다. 역 동쪽 출구로 나오면 바로 앞에 큰 강이 있고, 강을 건너서 조금 걸어가면 공영주택이 있다. 그곳이 그 사십 대 백수의 집이다. 그날은 날씨도 좋고 기온도 높아서, 조금 뛰었을 뿐인데 땀이 뻘뻘 흐르기 시작했다.

헐떡이는 숨을 고르면서 언제 열려도 괜찮게끔 현관문 앞에 섰다. 집 안에 불이 켜져 있는지 외시경으로 들여다보려는 순간 문이 열렸다. 나는 세게 코를 부딪치고 쓰러졌다. 코피가 주룩 흘렀지만, 남자는 전혀 알아차리지 못하고 현관을 나와 아래층으로 내려갔다.

남자가 자전거 주차장에 있던 자전거를 타고 휙 하니 가 버리는 바람에, 나는 왔던 길을 뛰어서 되돌아가야 하는 처지가 됐다. 이래 봬도(안 보이지만) 나는 운동도 잘해서, 100미터를 12초에 뛸 수 있다. 정확히 말하자면 12초를 뛰는 육상부원 옆에서 나란히 달릴 수 있다는 건데, 아무리 그래도 자전거를 따라잡지는 못했다.

공영주택에서 역 쪽으로 나오는 다리가 몇 개 없기 때문에, 남자는 상당히 멀리 돌아서 강을 건너야 한다. 나는 그럴 시간이 아까워 강 위를 달렸다. 투명 인간에게 고체와 액체의 차이가 그다지 의미 없다는 건 앞서 말한 바 있다. 공원 연못처럼 잔잔한 수면이라면 거의 지면이나 똑같다. 약간 물컹물컹하긴 하지만. 다만 강은 또 조금 사정이 달라서, 움직이는 컨베이어 벨트를 횡단하는 것과 비슷하다. 발을 헛디뎌 넘어지기를 여러 차례, 결국 목적했던 장소보다 훨씬 하류 쪽 맞은편 기슭에 도착하고 말았다. 강을 가로지를 게 아니라 다리로 건너는 게 더 빨랐을지도 모르지만, 그런 후회를 하고 있을 상황이 아니다. 어쨌든 서둘러 역으로 향했다. 도중에 몇 번이나 차에 치일 뻔했는지 모른다.

역에 도착했다. 남자는 이미 약속 장소에 서서 휴대전화로 뭐라고 메시지를 쓰는 것 같았다. 마키노는 아직 보이지 않았다.

어떻게든 마키노를 이곳으로 오지 못하게 하는 방법이 없을까. 나는 주변을 뛰어다녔다. 주위를 별로 살피지 않고 뛰어다닌 탓에, 짐받이 가득 장바구니를 실은 자전거가 뒤에서 오는 걸 보지 못하고 세게 부딪혀 버렸다. 그대로 도보를 5미터 정도 굴러가, 역 앞 교차로 가드레일과 땅바닥 틈새에 어깨가 끼고 말았다. 나는 그 상태로 움직일 수 없게 됐다.

"어?"

내 몸은 벽이나 바닥에 부딪히게 만들어졌다. 다만 정확히 말하자면, 적어도 내가 이해하는 바에 따르면, 밀도 차이로 반발력이 결정되는 것 같다. 즉 벽보다 공기가 밀도가 낮기 때문에,

내가 손을 벽에 대면 벽에서 공기 쪽으로 일방적인 항력이 작용하는 것이다. 그래서 나는 밀도가 낮은 기체 쪽으로 밀려 나가 버린다. 고체와 액체가 별 차이 없는 것도 양쪽이 밀도가 그리 다르지 않기 때문이다.

그런데 지금은 가드레일과 땅바닥 사이로 깊이 어깨가 꽉 끼는 바람에, 상반신을 전혀 움직일 수 없게 돼 버렸다. 아마 아스팔트와 가드레일에서 발생하는 항력이 마침 딱 맞게 팽팽한 균형을 이루고 있는 것이리라. 아니, 마침 딱 맞다고 할 상황은 아니지만. 심지어 난처하게도 하반신은 통째로 차도로 넘어갔다.

필사적으로 무릎을 구부리려 했지만 아무리 용을 써도 밖으로 다리가 삐져 나가는 것이, 차에 치이는 상황을 피할 수 있을 것 같지 않다. 몸이 너무 뻣뻣해서 그렇다. 평소에 스트레칭을 좀 더 해 뒀어야 했는데. 보행자 신호가 깜빡이다 빨강으로 바뀌었다. 앞으로 몇 초 후면 차가 움직이기 시작한다.

아니, 잠깐, 이럼 안 되는데. 이러다 죽는 거 아냐? 지금까지 자전거나 조깅하는 사람하고 부딪힌 적은 수도 없이 많지만, 자동차에 고스란히 '깔리는' 경험은 한 적이 없다. 하지만 이대로 있다가는 두 다리가 타이어에 깔려 으스러질 게 확실했다. 다리만 으스러지면 죽지 않고 넘어갈 수 있을까? 투명 인간이 과다

출혈로 죽는 일도 있을까?

머릿속에서 주마등이 마구 스쳐 지나가기 시작했다. 흔히 "죽음의 위기가 닥쳤을 때 그전까지의 인생을 떠올리고 생존에 도움이 될 만한 정보를 찾아본다."라고들 하는 그거다. 하지만 내 주마등은 어느 것 할 거 없이 남의 집에서 텔레비전을 본 기억뿐이라서, 제대로 도움이 될 만한 것이 없었다. 요리 프로그램 사회자가 "오늘은 다진 고기 배추 볶음에 앙카케• 소스를 곁들여 보겠습니다!" 하고 웃는 얼굴로 말하는 장면이 눈에 떠올랐다.

투명 인간이 죽으면 그 자리에서 불투명해져서 처음으로 주위 사람들이 그 존재를 인지한다는 결말이 기다리지는 않을까. 그렇게 되면 갑자기 길 위에 나체 시체가 나타나서 큰 소동이 벌어질 테니, 마키노도 오늘은 그 남자를 만나겠다는 생각이 사라지지 않으려나. 그건 나쁘지 않은데, 몸을 바쳐 마키노를 지켜낸 영웅이 될 수 있겠어. 그래도 옷을 안 입었으니까 여기서 불투명해지는 건 싫은데. 그런 생각이 맹렬한 기세로 머릿속을 뱅글뱅글 맴돌았다.

차가 다가왔다.

• 전분물에 조미료를 더해 걸쭉하게 끓인 요리의 총칭으로, 찌거나 볶은 요리 위에 붓거나 아래에 담아 낸다.

■

눈을 뜨니 주위는 이미 어둑어둑했다. 역사에 걸린 거대한 시계는 밤 8시가 좀 넘은 시각을 가리키고 있었다.

상황을 확인하려고 주위를 둘러보는데 무시무시한 통증이 온몸을 찔러 댔다. 내가 역 앞 광장에 있는 화단에 드러누워 있다는 것을 겨우 확인할 수 있었다. 가드레일에 끼어 꼼짝달짝 못했던 교차로에서 5미터 정도 떨어진 곳이다.

역 앞 광장에는 구급차와 경찰차가 와 있었다. 경찰관이 "위험하니 가까이 오지 마십시오." 하고 확성기로 주의를 주는 가운데, 잔뜩 모인 사람들이 휴대전화 카메라로 주위를 찰칵찰칵 찍고 있었다. 무슨 일인가 살펴보니 역사 창문이 여러 장 깨져 있었다. 폭발 사고라도 일어났나 싶었지만 무슨 상황인지 전혀 알 수 없었고, 몸을 괴롭히는 통증과 원인 모를 피로감 탓에 화단에서 한 발짝도 움직일 수 없었다.

이 화단은 시정(市政) 백 주년 어쩌고 하는 기획으로 만들어졌다는데, '전국에서도 손꼽히는' 화단이라는 모양이다. 뭐가 어떻게 전국에서 손꼽히는지는 잘 모르겠지만, 꽃 여러 송이가 꺾이고 엉망진창이 된 것 같다. 투명 인간인 내가 떨어졌다고 꽃이 꺾이지는 않으니까, 역시 무슨 폭발이라도 일어난 게 분명하다.

그렇게 잠시 드러누워 있는데, 역사 스크린에 9시 뉴스가 나왔다.

"어쩌고저쩌고 법안이 중의원을 통과.", "무슨 무슨 나라에서 또 자폭 테러." 같은 전국 뉴스 뒤에, 지방 뉴스로 '○○시에서 소용돌이 출현'이라는 자막과 함께 마침 지금 내가 누워 있는 역 앞 광장 영상이 흘러나왔다. 휴대전화 카메라로 찍은 영상인지, 오른쪽 아래에 작게 '시청자 제공'이라는 글자가 있다.

역사와 높이가 비슷한 소용돌이가 역 앞 광장에서 마구 날뛰고 있었다. 역 유리창이 깨지고, 도보에 방치된 자전거가 픽픽 쓰러지고, 화단에 심어 놓은 '전국에서 손꼽히는' 꽃이 날아갔다. 화면 가장자리에 마키노로 보이는 중학생도 잠깐 찍혔다. 물론 나는 찍히지 않았다.

"해외에서는 흔한 현상이지만 일본에서, 그것도 도시 한복판에서 이런 소용돌이가 출현하는 건 드문 일이다.", "소용돌이가 발생하는 요인 자체는 아직 분명히 밝혀지지 않은 점이 많기에, 왜 이런 현상이 일어났는지는 조사 중이다."라고 전문가가 나와서 말하고 있었다. 화면 아래에는 SNS에 올라오는 글이 실시간으로 나왔는데 "방사능 영향이다.", "온난화 탓 아냐." 하고 다들 신빙성도 없는 이야기들을 떠들어 댔다.

마지막으로 "소용돌이에 휘말린 남성 한 명이 의식불명의 중태, 깨진 유리에 여성 두 명이 가벼운 부상."이라는 경찰 발표가 있었다. 투명 인간 한 명도 중상이라는 말도 추가해 줬으면 했지만, 최악의 경우라도 마키노는 '가벼운 부상'이라는 사실에 우선 마음이 놓였다.

나중에 안 사실인데, 이 '남성 한 명'은 바로 그 사십 대 무직 성범죄자였다. 그는 소용돌이에 휘말려 올라갔다가 강둑으로 떨어져 의식불명인 채로 병원으로 실려 갔는데, 신원 확인 도중에 자기가 저지른 파렴치한 행위가 드러나서 병원을 나서는 것과 동시에 경찰에 끌려간 모양이다. 아마도 자기가 저지른 짓을 기록한 일기를 가지고 다닌 게 아닐까. 그것 말고는 들통날 이유가 떠오르지 않는다. 구제할 길 없는 바보라고는 생각하지만, 비밀을 철저하게 비밀로 만들지 못하는 게 불투명 인간의 업보라는 것이리라.

소용돌이 소동이 있고 나서 며칠 후, 남자의 얼굴과 이름이 지역 뉴스에 보도됐다. 마키노가 그 뉴스를 봤는지는 모르지만, 만약 봤다고 해도 그 사람이 자기가 기다렸던 상대라는 사실은 몰랐을 것이다.

마키노는 소용돌이가 멎은 후에도 역 앞에서 한동안 기다렸지만, 내가 눈을 뜨기 조금 전에 돌아간 모양이다. 그 후로 남자와는 연락이 도통 닿지 않아서 자기가 무슨 실수라도 한 걸까 싶어 한동안 풀이 죽었지만, 보름쯤 지나자 그 남자에 대한 건 다 잊어버렸다.

나중에 생각해 봤는데, 그 소용돌이는 아무래도 내가 일으킨 것 같다.

그 일이 생긴 후 내가 그야말로 사흘 동안이나 역 앞 화단에서 옴짝달싹 못 했던 것이 무엇보다 큰 근거다. 통증은 이튿날 아침에는 싹 가셨지만, 이불을 몇 겹이나 뒤집어쓴 것 같은 나른함이 온몸을 짓눌러서 손도 발도 거의 움직일 수 없었다. 이런 감각은 내 기억으로는 처음이었다. 지금까지 교통사고로 '다친' 적은 있었어도, '몸살'을 앓은 적은 없었다.

즉 나한테는 감춰진 능력이 있었고, 마키노가 정조를 잃을 위기와 내가 목숨을 잃을 위기에 직면하자 그 능력이 발동한 것이다. 그래서 에너지를 너무 많이 쓰는 바람에 사흘 동안 앓아누웠고.

할리우드 영화 뺨치게 잘도 갖다 붙이는 해석이라고 생각하겠지만, 나 나름의 논리적 근거도 있다. 말하자면 투명 인간=암흑 물질설이다.

별의 수만큼 어쩌고 하는 말이 있지만, 우주에 있는 별의 수는 빛을 보고 직접 셌을 때와 은하의 중력을 통해 계산했을 때 숫자가 완전히 다른 모양이다. 이렇게 일치하지 않는 원인에 대해서는 여러 가설이 있으나, 가장 유력한 건 "빛나지 않지만 중력은 있는 별이 많이 존재한다."라는 가설이다. 이런 별은 암흑 물질(다크 매터)로 형성되어 있다고 한다. 암흑이라고 하니 헷갈릴 수도 있는데, '검은색'이라는 뜻이 아니라 '보이지 않는다'는 뜻이다.

그렇다면 내 정체는 '암흑 물질 인간'이 아닐까. 빙고. 이게 틀림없다.

암흑 물질은 중력을 제외하면 일반적인 물질과는 아예 상호작용이 없다고 한다. 그래서 은하의 움직임으로만 '관측'된다. 하지만 '상호작용'이 없다는 건, '일방적 작용'이라면 있을지도 모른다는 소리가 아닌가.

그러니까 그 역 앞 광장에서는 죽음의 위기가 닥치면서 정신이 회까닥해서 순간적으로 강한 힘을 발휘해 내 중력을 급격하게 증폭시켰고, 그 결과 공기 흐름이 이상해져서 소용돌이가 발생한 거다. 이거다. 이걸로 가자.

투명 인간이라는 이름을 암흑 물질 인간이라고 고치는 거다.

물론 이건 과학적인 이야기는 아니다. 만약 이게 내 인생에서 처음으로 일으킨 세상을 향한 리액션이었다 해도, 고작 그걸 가지고서 오컴의 면도날을 휘두른 세상에서 떨어져 나간 내 존재가 쑥쑥 돋아나지는 않는다.

소용돌이라는 건 자연적으로 발생하는 현상이고, 내 존재가 없었다 해도 설명되는 일이다. 그러니 오컴의 원리를 적용해 내 존재를 증명하려면 소용돌이 한 번만 가지고는 부족하다.

만약 내가 앞으로 정기적으로, 예를 들어 '매주 토요일 오후 2시 역 앞 광장'에서 소용돌이를 일으킨다고 치자. 그러면 "이건 인위적인 행위가 틀림없다.", "아무리 찾아도 범인을 찾아낼 수 없다니, 관측할 수 없는 인간이 있음을 의미하는 게 틀림없다.", "즉, 이 마을에는 투명 인간이 있다." 같은 결론이 나올지도 모른다.

하지만 지금으로서는 그 이후로는 단 한 번도 소용돌이를 일으킨 적이 없다. 아무도 없는 강둑에서 그때 느꼈던 감각을 재현하려고 수없이 연습했지만 허사였다. 어쩌면 일생에 한 번밖에 사용할 수 없는 필살기 같은 것이었는지도 모른다.

그래도 이제 아무려면 어떤가. 불투명 인간이 인정하지 않아도 나 혼자만이라도 믿으면 되지. 나는 소용돌이를 일으켜 세상에 리액션을 할 수 있었다. 그 결과(정말로 결과가 좋으니 다 좋은 일이 되었는데) 마키노도 지킬 수 있었고.

언젠가 마키노에게도 제대로 된 불투명한 남자가 생기고, 분명 불투명한 행위를 할 것이다. 그건 내가 관여할 수 있는 일도 아니고 그걸로 충분하다. 일단 어떤 사람인지만 확인할 생각이다. 그게 이십 대 꽃미남 대학생을 사칭하는 사십 대 무직 성범죄자만 아니라면, 나도 소용돌이에 실어 날려 버리는 짓은 하지 않을 셈이다.

■

자, 여기까지 이야기를 들어 준 사람들에게 감사의 말을 전한다. 그리고 마지막으로 다들 의아해할 의문점에 답을 하고자 한다.

대체 어디 사는 누구에게 이야기를 하고 있느냐는 의문 말이다.

이건 얼마 전에 생각해 낸 가설인데, 난 투명 인간이라 내가 말을 해도 불투명 인간에게 목소리는 들리지 않는다. 하지만 불투명 인간의 목소리를 들을 수는 있다. 그렇다면 그보다 더 위 단계도 있지 않을까. 즉 투명 인간의 목소리가 들리지만 자기 목소리는 투명 인간에게 들리지 않는 '초(超) 투명 인간'이 있지 않겠느냐는 얘기다.

나는 그들에게 내 생각을 들려주고 싶다. 아마도 그들은 나와 비슷하거나 또는 그 이상으로 불우한 자신의 처지에 신음하고 있을 테지. 나는 당신들을 오컴의 면도날로 쳐내 버리거나 하지는 않는다.

누군가 듣고 있었다면 간이 철렁했겠지? 그런 상상을 해 보는 건 정말 즐겁다.

예전에 어느 공원에서 혼자 벤치에 드러누워 있는데, 옆 벤치에 있던 여자가 날 향해 뭐라고 말을 건 적이 있었다. 순간 혹시 내가 보이나 싶었지만 아니었다. 그냥 정신이 지친 사람이었다. 하지만 그때는 정말 심장이 멎는 게 아닐까 싶을 정도로 화들짝 놀랐다. 그렇게 놀란 기분을 체험해 보았으면 한다.

언젠가 불투명 인간들의 기술이 진보해서 나나 당신들을 발견할지도 모른다. 그런 날이 와서 액션과 리액션을 제대로 구분해 주고받을 수 있게 된다면 얼마나 근사할까. 그런 날이 오면 좋겠다.

길고 긴 이야기를 들어 줘서 고맙다. 당신도 즐거운 인생을 살아가길 바라며.

# 작가 후기

작가가 된 지 삼 년이 지났고 이 책도 다섯 번째 소설이지만, 여전히 어떤 분이 내 책을 읽어 주시는지는 도무지 모르겠다. 아무리 눈에 불을 켜고 원고를 봐도, 이 글을 읽는 당신의 얼굴이 내게는 보이지 않으니까. 이쪽은 인터넷 시대의 작가답게 얼굴을 드러내지 않고 세상 속에 숨어 있기 때문에, 독자의 얼굴이라는 걸 볼 기회는 당분간 찾아올 것 같지 않다.

인간은 모르는 것에 대해서는 왕성한 상상력을 발휘한다. 소비에트연방의 루나 3호가 달 뒷면을 보기 전까지, 사람들은 달 뒷면에 문명이 있다는 공상을 하곤 했다. 그렇다면 무지하기에 자유로워질 수 있는 상상에 몸을 맡기는 것도 나쁘지 않다. 이 책은 대체 어떤 사람이 읽을까, 지금 이 '후기'를 펼친 당신은 어떤 입장일까, 하면서.

이를테면 근미래 일본에서는 언론통제가 일반화되었고, 당신은 금서 목록을 만들기 위해 내용을 체크하러 온 검열관일지도 모른다. 이 책의 목차를 봤다가 〈즐거운 초감시 사회〉라는 너무나도 글러 먹어 보이는 단편이 실린 걸 발견하고는, 곧바로 '제1급 금서 · 영구 말소'라는 스탬프를 찍기 직전일 수도 있다.

잠깐 기다려, 그건 오해야, 라고 말하고 싶지만 전혀 오해가 아니다 보니 받아들이는 수밖에 없다. 하지만 이런 악서를 자유롭게 집필하고 발매할 수 있던 시대를 잠깐이라도 생각해 주기 바란다. 헬멧에 설치된 위험 사상 경고 알람이 울리지 않을 정도로만.

아니면 문명이 붕괴한 세계의 얼음에 파묻힌 도서관에서 겨우 파낸 게 이 책이고, 당신은 구시대의 문자투성이인 이 책 어딘가에 꽁꽁 언 대지에서 볍씨를 키울 방법이 적혀 있을 거라고 기대했을지도 모른다.

그렇다면 진심으로 미안하다고밖에 할 말이 없다. 나는 일개 소설가이고, 인류 사회에 그렇게까지 애프터서비스를 할 수는 없다. 그러니 이 책이 읽히는 세상이 대체로 평온하고 당신의 인생도 제법 괜찮기를 기도하는 수밖에 없다.

어쩌면 당신은 지구를 찾아온 지적 생명체고, 이 책을 잡고 언어를 해독하면서 “왜 이 별의 생물은 굳이 힘들게 시간을 들여 가며 지어낸 이야기를 쓴 걸까.” 하고 고개를 갸웃거리고 있을지도 모른다(고개라고 할 수 있는 신체 부위가 있다면). 객관적으로 생각해서 이성(異星) 문명에도 ‘이야기’라는 문화가 있을 개연성은 다소 낮을 것 같다. 따라서 이 점에 대해서 두세 가지 해설을 해 두고 싶다.

호모사피엔스, 즉 ‘슬기로운 사람’을 자처하는 우리 지구인(스스로 이렇게 칭하는 건 끔찍하지만 웃지 말아 주시길)은 어떻게 된 영문인지 사실을 기술한 것보다 지어낸 이야기를 열심히 읽는다는 특징이 있다. 경제 규모도 후자가 더 거대하고, 다큐멘터리보다 드라마가 훨씬 잘 팔린다(이 책이 팔릴지 어떨지는 아직 모르겠지만).

이런 성향에 어떤 진화적 의미가 있는지는 밝혀진 게 없지만, 이 자리에서 한 가지 가설을 소개하고자 한다.

다수 집단을 통솔해 문명을 발전시키는 데에는 물질적이고 구체적인 사실을 근거로 한 소통만으로는 부족해서 픽션의 힘이 필요했다. 어쩔 때는 종교라는 픽션이 부족을 통솔하고 어쩔 때는 국가라는 픽션이 통치 시스템을 구축했으며, 또 어쩔 때는 사이언스 픽션이 우주 진출을 촉진했다.

당신들이 볼 때는 "픽션 같은 거나 쓰고 있으니 항성 간 항행도 못 하지. 시간을 좀 더 유용하게 사용해야 할 거 아냐."라고 생각할지도 모른다. 그렇게 말한다면 참으로 면목이 없다.

하지만 다른 행성의 문명 같은 걸 한 번도 본 적 없는 지구의 한 개체가 이렇게 다른 행성의 문명과 접촉할 경우를 상정하고 소통을 시도하는 것이 '픽션에는 힘이 있다'는 증거일 것이다. 물론 당신들 입장에서는 아주 번지수를 잘못 짚은 수단일지도 모른다. 결국 미지(未知)에 대해 말하는 이야기는 어디까지나 기도니까. 누군가의 인생에 유용하기를 기도하는 수밖에 없는 것이다.

지금부터 각 작품을 간단히 해설하고자 한다. 당신이 일본의 전통적인 출판문화를 잘 아는 분이라면 "자기가 해설을 써서 뭘 어쩌자는 거지." 하고 생각할지도 모르지만, 이 책에 수록된 작품은 모두 반년 이상 전에 쓴 것이다. 인체를 구성하는 물질은 대략 석 달이면 새로 구성되기 때문에 집필한 나와 현재의 나는 다른 사람이라 해도 좋으며, 따라서 해설을 쓸 정당성을 획득한다. 불만이 있다면 테세우스의 선착장으로 오시기를.

■ **겨울 시대 (〈SF 매거진〉, 2018년 10월 호)**

젊었을 적에 시이나 마코토의 SF 작품에 푹 빠져 지냈는데, 내 데뷔작 《요코하마 역 SF》(가도카와BOOKS)에서도 크게 영향을 받은 흔적을 볼 수 있다. 이 작품은 나 나름의 결산 차원에서 집필했다. 《수역(水域)》(고단샤 문고)에 찬사를 바치는 의미에서 '빙역(氷域)'이라는 가제를 붙인 적이 있다.

대학 시절 종종 겨울 산에 데리고 가 준 친구 Y에게 감사의 말을 전한다. 가이코마가타케산 캠핑장에서 "고기 굽자.", "기름 안 가져 왔네.", "구로키리시마•는 있다.", "알코올은 탄소 사슬이랑 친수기가 있으니까 대체로 기름이야."•• 같은 대화를 나누며 미심쩍은 요리를 만들던 나날이 없었다면 이 소설은 존재할 수 없었다. 고기는 다 태웠다.

• 미야자키현에 있는 기리시마 양조장에서 만드는 고구마 소주. 검은 누룩을 넣어서 만든 술이라 이름에 구로(검은색)가 들어간다.

•• 탄소 사슬은 탄소 원자가 사슬형 구조로 연결되어 있는 것을 말한다. 친수기는 물과 친화성이 강한 원자단을 가리킨다. 알코올과 기름은 모두 탄화수소의 혼합물이며 친수기를 포함하고 있다.

### ■ 즐거운 초감시 사회 (〈SF 매거진〉, 2019년 4월 호)

조지 오웰의 저작권이 만료된 걸 보고 이때다 싶어 쓴《1984》(하야카와 epi문고)의 모욕적 페스티시.

인터넷 사회는 감시 사회이고 '감시 사회'라는 말을 들으면《1984》가 척수반사적으로 튀어나와 버리지만, 현대의 감시 사회가 오웰이 그린 것과 매우 다르다는 점은 데이비드 라이언도《감시 문화의 탄생(The Culture of Surveillance: Watching as a Way of Life)》(세이도샤, 다바타 아케오 역)에서 지적했다. 무라카미 하루키도 "이제 빅 브라더가 등장할 자리는 없다."라고 쓴 바 있다.

그렇다면 현대적인 감시 사회를 오웰 세계의 연장선 위에서 써 보고 싶은데, 하는 호기심에서 태어난 것이 이 작품이다. 냉전 시대로 상징되는 '혹독한 감시 사회' 시대는 이미 막을 내렸고, 지금 우리가 마주해야 하는 건 '즐거운 초감시 사회'인 것이다.

### ■ 인간들 이야기 (새로 집필)

우주 생명과 나누는 첫 접촉은 탐사선이 발견하는 게 아니라 회의를 통해 인정받는 것이라는 개인적인 확신을 토대로 쓴 우주 생명 SF. 나사와 유럽우주국의 탐사선이 화성에서 불균일한 메탄가스가 발생한다는 사실을 확인한 부분까지는 논픽션이고, 그 이후 묘사는 창작이다.

"2030년 무렵부터는 바이러스를 '캡시드 생명체'로서 세포로 이루어진 '리보솜 생명체'와 구별"한다는 문장이 본문에 있지만, 2020년 현재 생명과학 분야에서는 바이러스를 비생명으로 보는 관점이 일반적이다. 다만 거대 바이러스 연구가 진전을 보임에 따라 바이러스에 대한 인식도 서서히 변화하고 있으므로, 이 같은 미래는 현실성이 있다고 생각한다.

생명에 대한 정의가 확장되는 날에는 지금까지 비생명으로 여겨졌던 것, 이를테면 다른 천체의 암석 시료 같은 것이 "그럼 이것도 생명이라고 할 수 있지 않을까?" 하고 논의의 대상으로 부상할 수도 있지 않을까. 소행성 케레스가 왜행성으로 '승격'된 것처럼.

### ■ 중유맛 우주 라멘 (〈SF 매거진〉, 2018년 4월 호)

어느 만화 잡지 편집자에게 "만화 원작을 써 보지 않으실래요?" 하는 제안을 받고, "요즘은 음식 만화가 붐이니까 맛집 SF를 쓰면 팔리겠는걸."이라는 지극히 속물적이기 그지없는 발상으로 만들어진 기획. 만화 원작으로는 다른 기획안이 채택된 탓에, 이쪽은 소설이 됐다.

마침 하야카와쇼보에서 "《요코하마 역 SF》가 베스트 SF 랭킹에 올랐으니 기념으로 단편을 써 주세요."라는 청탁이 와서, 이게 웬 떡이냐 싶어 이 원고를 보냈다. 이게 편집부에서 공전의 대호평을 받았는지 어땠는지는 모르겠지만, 그 후에 "〈SF 매거진〉에 단편을 비정기적으로 게재하다가, 어느 정도 쌓이면 단편집을 내시죠." 하고 이야기가 정리됐다. 그게 지금 여러분이 읽고 계신 이 책이다. 고마운 인연이다.

**■ 기념일 (〈소설 스바루〉, 2017년 8월 호)**

데뷔작 발표 직후에 슈에이샤로부터 의뢰를 받아 썼던 단편. SF 계열 매체가 아니라서 SF적이지 않은 이야기를 써야겠다고 안 하느니만 못한 배려(이제 와 생각해 보면 그런 배려는 안 하느니만 못 했다)를 하느라 머리를 싸맨 결과, 교토시 미술관의 마그리트 전(展)에서 본 〈기념일〉을 테마로 쓰게 됐다.

미술계에는 어떤 공식 견해가 있을지도 모르지만, 내게는 그 그림에 그려진 바위가 이렇게밖에 보이지 않았다.

■ No Reaction (WEB 투고)

가장 오래 전에 쓴 단편으로 집필 시기는 2014년, 즉 소설가로 데뷔하기 전이다. 당시 나는 어느 대학에서 생명과학 연구 업무를 하고 있었는데, STAP 세포가 있느냐 없느냐 하는 화제로 세상이 들썩이던 때라 '과학에서 실재성이란 무엇인가'를 주제로 한 작품을 써 봐야겠다고 생각하고 쓰기 시작.

주제는 거창한 데에 비해 내용이 이상하리만치 가볍지만, 글자가 뜻하는 의미 그대로 사이언스 픽션이라고 할 수 있는 드문 작품이 아닐까 생각한다. 이 세상에 있는 대부분의 SF는 사이언스 픽션(Science Fiction)이라기보다 테크놀로지 픽션(Technology Fiction)이니까.

이 작품을 다 썼을 무렵 "어쩌면 상업 작가가 돼도 괜찮지 않을까." 하는 생각을 하기 시작했다. 의식적으로 제대로 된 끝과 시작이 있는 소설을 쓰게 된 계기가 된 작품인데, 이렇게 책으로 출간되다니 정말 감개무량하다.

이 책은 내게는 첫 단편집으로, 하나의 두뇌에서 뱀 불꽃처럼 꾸물꾸물 솟아나는 장편에 비해 훨씬 다양한 사회적 환경, 시간의 흐름, 그리고 여러 관계자 분들에게 도움을 받았다.

표지 그림을 담당해 주신 아라이 케이치 선생님(매주 〈모닝〉에서 《시티 CITY》 잘 보고 있습니다), 각 단편이 잡지에 게재되었을 때 단편 표지 그림을 그려 주신 선생님 여러분, 여러모로 변칙적인 내 작품을 이렇게 묶어 주신 하야카와쇼보의 O 님, 귀중한 기회를 주신 〈소설 스바루〉의 S 님, 내가 일을 하나 끝마칠 때마다 메이지 하이밀크 초콜릿을 한 조각씩 꺼내 줘서 내 의욕을 동물적으로 관리해 준 안드로이드 사이토 6호, "잠깐 잘 테니까 인류사가 끝나거든 깨워 줘."라는 말을 남기고 뜨끈뜨끈한 방에 웅크려 잠든 당나귀 벤저민에게 이 자리를 빌려 감사하다는 말을 전한다. 여러분의 인생(혹은 당나귀생)이 평온하기를.

연도의 숫자만큼은 SF적인 새해를 고전적인 난방 기구인 고타쓰에서 맞이하며

2020년 1월 이스카리 유바

# 게재

〈겨울 시대〉, (《SF 매거진》, 2018년 10월 호)

〈즐거운 초감시 사회〉, (《SF 매거진》, 2019년 4월 호)

〈인간들 이야기〉, (새로 집필)

〈중유맛 우주 라멘〉, (《SF 매거진》, 2018년 4월 호)

〈기념일〉, (《소설 스바루》, 2017년 8월 호)

〈No Reaction〉, (WEB 투고)

# 인간들 이야기

**초판 1쇄 발행** 2024년 10월 24일
**지은이** 이스카리 유바 | **옮긴이** 천감재 | **펴낸이** 최원영
**편집부장** 윤영천 | **편집부** 김서연 이지윤 | **북디자인** 곰곰사무소
**본문조판** 양우연 | **국제업무** 박진해 조은지 남궁명일 | **마케팅** 김민원 조은걸
**펴낸곳** (주)디앤씨미디어 | **출판등록** 2002년 4월 25일 제20-260호
**주소** 서울시 구로구 디지털로 32길 30 코오롱디지털타워빌란트 1301-1308호
**전화번호** 02.333.2513 | **팩스** 02.333.2514

ISBN 979-11-92738-43-7 03830

**정가** 16,700원